LOS ARROGANTES MILLONARIOS DE GLENHAVEN

El más prepotente

El más gruñón

El más antipático

RELAY PUBLISHING EDITION, NOVIEMBRE 2024
Copyright © 2024 Relay Publishing Ltd.

Leslie North es un seudónimo creado por Relay Publishing para proyectos de novelas románticas escritas en colaboración por varios autores. Relay Publishing trabaja con equipos increíbles de escritores y editores para crear las mejores historias para sus lectores.

Traducción de: María Elena Gil Alegría

www.relaypub.com

EL MÁS antipático

LESLIE NORTH

SINOPSIS

Dicen que los diamantes son los mejores amigos de las chicas.
Pero el tío que vende esos diamantes… es mi peor enemigo.

Tardé menos de un segundo en odiar a muerte a Cameron O'Connor.

Llegaba tarde a una entrevista de trabajo, así que me pareció un milagro que un taxi se detuviera justo a la puerta de mi casa… hasta que me lo quitó el gili-pijo más antipático, gruñón y ridículamente guapo del mundo.

Por supuesto, cuando llegué a la entrevista, ¿quién estaba sentado al otro lado de la mesa?

—Llegas tarde. ¿No encontrabas taxi?

Por muy guapo que fuera, ese hombre me había puesto furiosa, así que no me corté lo más mínimo al explicarle hasta qué punto su empresa estaba metiendo la pata al tratar de resolver su actual crisis de relaciones públicas.

Pero ni todo el oro del mundo me haría aceptar ese trabajo, y mucho menos a ese jefe, por muy bueno que estuviera. O, al menos, eso pensé hasta que me ofreció una cifra con más ceros de los que había visto en mi vida. Así fue como me encontré trabajando para el jefe del infierno, y haciendo esfuerzos sobrehumanos para que mis comentarios sarcásticos no cruzaran la delgada línea entre una actitud razonable, pero en desacuerdo, y la rebelión abierta.

Ojalá él no hubiera decidido contratar a una *influencer* para promocionar los anillos de compromiso de la empresa, porque ella decidió anunciar que Cameron y yo estábamos ocultando un romance secreto.

A partir de ese momento, nuestra supuesta relación se convirtió en asunto de interés público, solo que no había ni rastro de romance, porque nos odiábamos sin piedad. Pero, para que la historia fuera creíble, tuvimos que empezar a salir juntos… y tuvimos que besarnos.

Hasta que ha llegado el momento en el que yo ya no tengo que seguir fingiendo, y creo que Cameron tampoco finge. Los diamantes son para siempre, pero ¿podrá nuestro amor durar tanto?

Es imposible que me enamore del antipático de mi jefe. ¿Verdad?

LISTA DE ENVÍO

Gracias por leer "El más antipático"
(Los arrogantes millonarios de Glenhaven Libro 3)

Suscríbete a mi boletín informativo para enterarte de los nuevos lanzamientos.
www.leslienorthbooks.com/espanola

ÍNDICE

1

FELICITY

—Tarde, tarde y más tarde —pensé desesperada mientras atravesaba lo más rápido posible el vestíbulo de mi edificio—. *Siempre* llego tarde. ¿Cuándo aprenderé?

La falda de tubo negra que llevaba me impedía ir a la carrera, y los zapatos de tacón que me había prestado Nina, mi compañera de piso, estaban adaptados a sus pies, lo que me obligaba a estar pendiente de que no se me salieran. Hice una pausa para mirarme los dientes en el enorme espejo dorado situado tras un jarrón de flores y asegurarme de que no había quedado nada entre ellos después de cepillármelos. Eso hizo reír a Carl, el portero que trabajaba allí desde antes de que me mudara a vivir con Nina, y que era testigo de mi lamentable vida.

—Estás preciosa, como siempre, niña —dijo, con su habitual acento del Bronx, al tiempo que salía de detrás del mostrador para abrirme la puerta—. Eres la inquilina más guapa del edificio.

Sabía que eso no era cierto, porque en Central Park Tower también vivían modelos, mujeres mantenidas y damas de la alta sociedad muy bien conservadas. La única razón por la que había acabado viviendo

I

en aquel edificio tan lujoso, donde no encajaba en absoluto, era que una tía de Nina le había dejado su apartamento al fallecer.

—Me halagas, Carl. Estoy hecha un desastre. —Le devolví la sonrisa mientras metía de nuevo el faldón de mi blusa rosa en la cintura de la falda—. Solo espero poder representar bien mi papel, porque voy a una entrevista en Veritique, y me interesa muchísimo conseguir ese trabajo.

Y no solo se trataba de eso: necesitaba aquel trabajo de verdad, pero no podía admitirlo en voz alta. Como consultora autónoma en cuestiones de marketing y relaciones públicas para empresas pequeñas, podía pagar las facturas, pero solo por los pelos. Evitaba mirar mi cuenta corriente, porque suponía la prueba evidente, en negro sobre blanco, de la realidad de mis dificultades económicas. La vida de autónoma, siempre cruzando los dedos mientras esperaba a recibir el siguiente encargo, resultaba demasiado estresante. Necesitaba ingresos estables y, si tenía mucha suerte, incluso podría empezar a ahorrar un poco, para variar. Si lo conseguía, era posible que Nina y yo pudiéramos empezar a pensar en la forma de hacer realidad el sueño de tener nuestra propia librería.

Por eso esta entrevista era tan importante para mí. Representaba la oportunidad de alcanzar la estabilidad y, más adelante, dar el próximo gran paso.

—Bueno, pues que tengas mucha suerte —dijo Carl abriéndome la puerta.

Me saludó con la misma inclinación de la cabeza y la misma sonrisa seca que le había visto utilizar con los ricachones que vivían en el edificio. Me pregunté por qué se habría puesto tan formal de repente, ya que solíamos cotillear y reírnos juntos con frecuencia, pero enseguida me fijé en que se acercaba alguien desde el ascensor. Era muy probable que algunos de los pijos que vivían en el edificio considerasen absurda nuestra amistad, pero, aunque a mí no me importaba lo más mínimo su opinión sobre mí, no quería causar problemas a Carl. Seguí su iniciativa.

—Muchas gracias, *señor* —le respondí con un guiño antes de salir a la brillante luz de la mañana.

—Demuéstrales de lo que eres capaz —dijo en un susurro que me hizo reír.

La suerte me sonreía aquella soleada mañana de invierno porque, en ese momento, alguien se bajó de un taxi justo delante del edificio. ¡Perfecto! Yo no era una persona afortunada; mi vida parecía consistir, más bien, en una sucesión de situaciones en las que me quedaba a punto de conseguir algo, o de perderlo por los pelos. Sin embargo, ahora estaba dispuesta a hacer un esfuerzo por cambiar mi suerte, y esta entrevista era mi oportunidad para conseguirlo.

—¡Taxi! —grité, haciendo gestos con el brazo, aunque el coche tenía las ventanillas subidas y el taxista estaba absorto en su teléfono.

Rebusqué en el bolso para asegurarme de que no había olvidado la cartera y podría pagar la carrera. Estaba tan ocupada escarbando en las enormes profundidades del bolso, que no me fijé en una figura oscura que pasó por mi lado hasta que chocó conmigo.

—Disculpa —dijo una voz grave, en un tono que daba a entender que me había interpuesto en su camino, aunque era él quien me había empujado tan fuerte que me había obligado a retroceder unos cuantos pasos.

—¡Mira por dónde vas! —repliqué cuando conseguí enderezarme y sacar por fin la cartera.

Con lo ancha que era aquella acera, ¿por qué diablos se me había echado encima ese tío? Lo comprendí al verle dirigirse muy decidido hacia mi taxi. Ah no, eso ni en broma.

3

—¡Eh! —grité indignada al ver que iba a robarme mi taxi—. ¿Qué te crees que haces?

Él se detuvo, con la mano en la manecilla de la puerta.

—¿A ti qué te parece?

Aquel gilipollas ni se molestó en mirarme, como si no mereciera ni un ápice de su atención. Su actitud altanera me enfadó todavía más.

—Me parece que estás tratando de robarme el taxi —repliqué irritada—. Yo he llegado antes.

Él soltó la manecilla del taxi y se giró para enfrentarse a mí cara a cara. Al verle de cerca, tuve que contener el impulso de dar un respingo de sorpresa, porque aquel hombre era una puta obra de arte.

Cuando le había lanzado miradas asesinas a la espalda, había creído que solo tendría la ventaja de su altura, pero ahora veía mi error con claridad. Era un hombre guapísimo, con una actitud arrogante en plan «es que no sabes quien soy», que sugería que su atractivo le había bastado para conseguir todo lo que deseara en la vida. Llevaba el pelo castaño oscuro bien peinado, pero no demasiado arreglado; tenía una nariz recta que, seguramente, le habría tocado en una lotería genética transmitida de padres a hijos durante generaciones, y una mandíbula por la que mataría cualquier modelo masculino. Vestía un traje de lana gris oscuro y, aunque a mí no me enloquecía la moda tanto como a Nina, por la forma en que le sentaba, estuve segura de que estaba hecho a medida. Parecía salido del cartel de una película. Eso sí, me miraba, como si yo acabara de salir arrastrándome de una alcantarilla, y eso que iba tan bien arreglada como me era posible.

—Si es verdad que has llegado antes —dijo desafiante—, ¿qué haces ahí parada en medio de la acera, tan lejos del taxi?

—Sí… pero yo… —señalé a mi alrededor, cada vez más enfadada—. ¡Sé que me has oído gritarle al conductor! —exclamé en un volumen suficiente como para que algunos peatones se volvieran a mirarme—. Deja de fingir que no me has oído.

—Yo no finjo —contestó sin entonación, y con una cara de asco considerable.

Bueno, eso parecía obvio. No se me ocurría que fuera capaz de hacer nada remotamente imaginativo o divertido. Además de todo, parecía bastante desanimado, y me pregunté si esa sería su expresión habitual o si le habría ocurrido algo malo, como que su novia supermodelo hubiera cancelado una cita en el último momento. O tal vez su enorme cartera de valores se había devaluado la vigésima parte de un punto porcentual esa mañana.

—Da igual —dije, haciendo un gesto con la mano para zanjar el tema —. Este es *mi* taxi.

Nos habíamos encarado junto al vehículo y, aunque él había vuelto a poner la mano en la manecilla de la puerta, yo me había situado de forma que no pudiera abrirla sin darme un golpe. Claro que, por la forma en que me miraba, no podía contar con que no lo hiciera. Me enderecé y le reté, furiosa. *Atrévete, gilipollas.*

Nos miramos con odio unos instantes, sin decir una palabra, y cuando noté que el vello de la nuca se me empezaba a erizar, tuve que contenerme para no humedecerme los labios bajo su intensa mirada. Tenía los ojos color avellana; no verdes ni marrones, sino de un color intermedio, como el de las algas que se pegan a las quillas de los barcos, o la capa de grasa que se forma en el centro de algunos charcos. Iba bien afeitado, sin la menor sombra de barba, y no me gustó nada admitir que tenía una piel preciosa. Seguro que se hacía tratamientos faciales cada semana, pensé con desprecio. Era tan guapo que casi no parecía real, y eso hacía que resultara más fácil declararle mi odio eterno.

—Tengo prisa por llegar a un sitio —dijo exasperado, mirándome de arriba abajo de un modo que dejaba claro lo mucho que me estaba juzgando—. Es importante.

Claro, porque mi poco relevante e insustancial entrevista para el trabajo de mis sueños no importaba lo más mínimo, ¿no?

—¿Y qué sitio es tan importante como para hacerte actuar como un *capullo* de campeonato?

Él echó la cabeza hacia atrás, sorprendido. Estaba claro que nadie se atrevía a hablarle en ese tono.

—¿Y por qué iba a decírtelo a ti? Considerando cómo has perdido la cabeza por un *taxi*, estoy seguro de que tienes problemas más importantes de los que ocuparte. No hace falta que te preocupes por los míos.

Su tono me hizo hervir la sangre a borbotones. ¡Maldito condescendiente! Estaba tan furiosa que no conseguí articular palabra, y él tomó mi silencio como una oportunidad para seguir provocándome.

—Ya que tú también pareces tener prisa, ¿por qué no me dices a dónde vas? —preguntó.

—A una entrevista de trabajo —espeté, segura de que eso era más importante que cualquier estúpido recado que tuviera que hacer él.

Él arrugó la nariz como si oliera a basura. Estaba claro que, a alguien como él, con su traje de corte perfecto y sus zapatos brillantes, el concepto de una entrevista de trabajo no le resultaría familiar. Supuse que, nada más salir de la universidad, su papaíto habría conseguido que algún amigo suyo del club de campo le pusiera un enorme despacho esquinero en alguna oficina. O, tal vez, había heredado un fideicomiso y había invertido sus millones en alguna de esas ridículas empresas emergentes que hacen aplicaciones para encontrar a las mujeres sexis desesperadas del barrio, o algo por el estilo.

—Una entrevista de trabajo —repetí, hablando de forma lenta y deliberada como si me dirigiera a alguien que no conociera bien el idioma—. Eso es lo que hace la gente que espera *ganarse* un puesto de trabajo. Ya sabes, en lugar de que te entreguen en bandeja de plata el título que tú quieras.

—Te puedo asegurar que no tienes la menor idea de lo que es trabajar en serio, créeme —dijo él con expresión sombría—. Pero, en cualquier caso, espero que el... *establecimiento minorista* —arrugó la nariz al decirlo—, al que hayas presentado tu solicitud se lo piense dos veces antes de contratarte. Eres una maleducada.

—¿Yo soy *maleducada*? —chillé, tan fuerte que el eco resonó a nuestro alrededor—. Tú prácticamente me has pisoteado para llegar a este taxi. ¿Es que no has oído hablar de la caballerosidad?

—Es más fácil comportarse como un caballero cuando la otra persona no va por ahí dando codazos dignos de un defensa en un partido. —Se pasó la mano por la chaqueta con expresión resentida—. Casi me rompes una costilla para impedirme llegar.

—¡*Ja*! —Sacudí un dedo ante su cara, victoriosa—. ¡Así que sabías que yo quería ese taxi! Eso lo confirma: eres un capullo de campeonato.

Él se inclinó hacia mí sonriendo de una forma que era cualquier cosa menos amable.

—Nunca he dicho que no lo supiera. Es solo que creo que no te lo mereces.

Solté un gruñido escandalizado que sonó como una mezcla entre un grito y un quejido, y jadeé como si acabara de correr un esprint.

—Te convendría cerrar esa boca tan bonita que tienes —observó él, haciendo un gesto hacia las bolsas apiladas en la esquina de la calle para la recogida de basura—. Por aquí hay unas moscas tremendas.

Le habría estrellado el puño en su mandíbula perfecta, si no hubiera creído que haría que me metieran en la cárcel. No era una persona violenta, pero era capaz de defender mis derechos si era necesario.

—Vale, ¡ya está bien! ¡Quítate de en medio! —grité, acercándome a él un poco más.

—Un momento. —Él extendió el brazo delante de mí para detenerme, pero sin llegar a tocarme—. Dejemos que decida el conductor.

Al decirlo, se inclinó hacia la ventanilla del coche y dio un golpe con los nudillos.

—¿Oiga?

El conductor bajó la ventanilla con cara de sufrimiento. Parecía estar a punto de renunciar a la carrera y marcharse a Central Park en busca de algún turista agradable y nada polémico al que dar vueltas por la ciudad.

—¿Sí? —contestó.

—Esta *mujer* —dijo, como si hubiera considerado referirse a mí de otro modo—, y yo, estamos discutiendo quién de los dos se queda el taxi. —Me señaló con un dedo y me dieron ganas de arrancárselo de un mordisco—. Así que, díganos, ¿a cuál de los dos quiere llevar? Y antes de contestar, déjeme decirle que le pagaré el triple de la tarifa habitual, en efectivo.

—Lo siento, cariño —dijo el taxista mirándome—. Eres muy guapa, pero gana este tío. Eso sí, primero quiero ver la pasta.

Aquel gilipollas me miró entonces con una sonrisa triunfante, y pareció una persona distinta. El semblante ceñudo y moralista que había mostrado durante nuestra discusión fue sustituido por… bueno, la cara más increíble que había visto en mi vida. Estuve a punto de tambalearme por la sorpresa al recibir de lleno la descarga de alto voltaje que suponían su enorme sonrisa y sus ojos castaños entrecerrados. Y eso que solo sonreía para presumir de haber ganado.

Sin embargo, la sonrisa se esfumó en cuanto se palpó el pecho, y luego el culo, buscando su cartera.

—Oh…

Procedió a repetir las palmadas por todo su cuerpo y a abrir la chaqueta para mirar el bolsillo interior, como si la fuerza de su mirada fuera suficiente para hacer aparecer lo que buscaba como por arte de magia.

—¿Qué pasa? —pregunté, sonriéndole con dulzura—. ¿No encuentras la cartera?

—Un momento, ¿no me habrás…?

—No me lo creo. ¿Ahora me acusas de robarte la cartera? —pregunté, incrédula—. ¿Me estás llamando ladrona?

El gilipollas se quedó callado y, cuando su mirada se perdió en el horizonte, fue evidente que estaba recordando todo lo que había hecho antes de ese momento.

—Joder, me la he dejado en casa. Muy bien, tú ganas, Fagin. El taxi es tuyo.

Me quedé helada al oír aquel nombre en su boca. Era el del jefe de los carteristas en *Oliver Twist*. ¿Acaso ese tío leía a Dickens? Porque, más bien, de lo que tenía pinta era de ser lector empedernido de la revista *Maxim*.

—Sí, gracias por nada —dije, pero él ya se estaba alejando, absorto en su teléfono . ¡Siempre fue mi taxi, y lo sabías! —grité a sus espaldas.

Él giró sobre sus talones para mirarme, tratando de encontrar el insulto perfecto, pero no se lo permití.

—Oye, te conviene cerrar esa boca tan bonita que tienes. —Le sonreí mientras entraba en el taxi despacio y metiendo las dos piernas juntas a la vez, como una chica en un anuncio—. Recuerda que a las moscas les atrae la basura.

Cerré la puerta de golpe y me dejé caer contra el respaldo del asiento, decidida a pensar en aquella pequeña victoria en lugar de en que ahora llegaba aún más tarde a mi entrevista.

Di al conductor la dirección de la sede central de Veritique y, cuando el coche se puso en marcha, me dio la sensación de que mi suerte estaba cambiando por fin.

2

CAMERON

Me estaba costando concentrarme después del encontronazo con la preciosa ladrona de taxis. Había resultado atacante, sí, y también chillona, y exigente, pero no se podía negar lo guapa que era. Pelo rubio oscuro recogido en un moño suelto, blusa ajustada, falda que se ceñía a su culo de una forma que hacía pensar en la típica secretaria seductora, y unos ojos marrones tan oscuros que las pupilas casi no se veían. Aquella mujer era un diablillo con tacones que no dejaba de entrometerse en mis pensamientos, a pesar de lo mucho que necesitaba centrarlos en toda la reorganización y cambios de planes que necesitaba hacer aquel día tan complicado.

El mensaje que mi amigo Tyler había enviado aquella mañana era la razón por la que había necesitado un taxi con tanta urgencia. Mi chófer, Jimmy, iba hacia mi casa para recogerme a la hora habitual, pero venía desde el Bronx y aún tardaría un buen rato en llegar. Sin embargo, necesitaba llegar a casa de Tyler enseguida para hablar con él antes de ir al trabajo. No había querido volver a subir a mi ático para esperar a Jimmy porque los ascensores de aquel edificio histórico eran terriblemente lentos, así que había llamado a Daniel, mi asistente, y le había pedido que me encontrara un conductor alternativo.

Después de diez años trabajando para mí, Daniel casi era capaz de leerme el pensamiento, así que había reaccionado sin pedir detalles. Eso era lo mejor de nuestra relación, y no tenía precio en situaciones de negocios en las que cada minuto malgastado significaba dinero perdido. O, lo que era más importante en este caso, en situaciones en las que los demonios de Tyler amenazaban con apoderarse de él una vez más.

Busqué los últimos mensajes que había intercambiado con Tyler, que eran la razón de que hubiera salido de casa a toda prisa y sin la cartera. En el último mensaje, muy confuso, se disculpaba por no poder venir a sacar a Boris, a causa de la «complicada» noche anterior. Por supuesto, Daniel podría encargarse de encontrar a alguien que sacara a pasear a mi adorado *schnauzer* gigante, pero no se trataba de eso. Había encargado a mi amigo la tarea de pasear a mi perro cada día porque podía pagarle bien, pero, sobre todo, porque eso le hacía responsable de alguien que no fuera él mismo. Tyler y Boris se habían convertido en un dúo muy conocido en el barrio, hasta el punto de que la gente conocía sus nombres y asumía que Tyler era el dueño de aquel perro negro encantador. Si Tyler dejaba esos paseos diarios, me preocupaba que volviera a deprimirse por el giro que había tomado su vida. Después de alcanzar la fama de forma repentina y recibir adulación constante, había pasado a caer en el anonimato con la misma rapidez cuando su segundo álbum fue mal recibido por la crítica y el público. Por mucho que le gustara la música, tocar para un puñado de personas en un sótano oscuro no podía compararse a llenar estadios enteros como hacía antes.

Las drogas habían formado parte de su estilo de vida durante el punto álgido de su fama, y ahora… no sabía si las utilizaba para recordar sus días de gloria, o para olvidarlos. En cualquier caso, había estado recurriendo a ellas cada vez con más frecuencia en los últimos tiempos. Cuando estaba conmigo, se limitaba a la bebida, pero ¿quién sabía qué demonios tomaba cuando yo no estaba con él? Y también estaba perdiendo el control del alcohol, lo que probablemente explicaba eso de la «noche complicada». No podía imaginar qué clase de problemas se habría buscado.

Una berlina negra se detuvo entonces junto a mí, y el conductor bajó a abrirme la puerta.

—Señor O'Connor. —Me saludó con un gesto de la cabeza.

—Hola Robert.

No había visto a aquel hombre canoso en varios meses, pero jamás olvidaba una cara. Esa era una de las pocas lecciones que había aprendido de mi padre.

De camino al sórdido piso de Tyler, hice recuento de todas las cosas que necesitaban mi atención. La salud mental de mi amigo, el actual problema de relaciones públicas de la empresa y la campaña de marketing que necesitábamos para contrarrestarlo. Como director ejecutivo, siempre había tenido muchas responsabilidades a mi cargo, pero en los últimos tiempos, la presión estaba empezando a poder conmigo. Con un suspiro, cerré los ojos y me apoyé contra el reposacabezas.

Y la primera imagen que apareció en mi cabeza fue la de aquella maldita fierecilla del taxi.

Normalmente no le habría prestado tanta atención, pero me había intrigado lo mucho que había insistido en tener razón, y el hecho de que se hubiera enfrentado a mí sin apocarse. La gente no solía contradecirme, y me había sorprendido descubrir que, esa vez, me había gustado la sensación. Discutir con ella había sido… divertido.

—¿Desea que le espere delante del edificio del señor Boyd? —preguntó Robert mientras aparcaba.

No me había dado cuenta de que ya habíamos llegado.

—Sí, por favor— dije antes de salir del coche—. No tardaré mucho, y después iremos a la oficina.

Nueva York empezaba a desperezarse después de un largo invierno, pero en el barrio de Washington Heights, donde vivía Taylor, nadie lo diría. La zona había decaído mucho, y resultaba triste y lamentable en cualquier momento del año. Era muy deprimente. Yo le había ofrecido alquilarle una casa algo más cerca de mí, pero su orgullo no le había permitido aceptar mi oferta.

Subí a la carrera las escaleras hasta su piso, situado sobre un restaurante de comida rápida, y traté de ignorar el olor permanente a aceite caliente, esperando que no se me pegara a la ropa. ¿*Cómo* podía vivir allí? Llamé a la puerta con los nudillos, solo para descubrir que ya estaba abierta.

—¿Tyler?

Asomé la cabeza antes de entrar, en caso de que tuviera compañía. Mi amigo aún era capaz de ligar con mujeres guapas, tanto fans que aún recordaban sus días de gloria, como nuevas admiradoras incapaces de resistir su magnético atractivo.

—¿Uh? —dijo una voz desde algún lugar de la vivienda.

Me adentré a través del oscuro y desordenado piso hacia el lugar del que procedía el gruñido, y lo encontré boca abajo en el sofá, rodeado de botellas de cerveza y una caja vacía de pizza. Me senté en una silla frente a él.

—Tío, ¿qué estás haciendo? —pregunté.

—¿Qué crees que estoy haciendo? Dormir —dijo, arrastrando las palabras y sin molestarse en abrir los ojos—. Son como las seis de la mañana. Soy yo quien debería preguntarte qué estás haciendo aquí. Ya te he dicho que hoy no puedo sacar a Boris.

—Ty, son las diez menos cuarto, y no tienes que sacar a Boris hasta las dos. He venido a preguntar por qué no puedes ocuparte.

Al cabo de un momento se sentó y me miró con ojos entrecerrados. Fue entonces cuando me fijé en los cortes que tenía en un lado de la cara, y el cardenal que se le estaba formando en la mejilla y que, seguramente, se volvería morado oscuro en unas cuantas horas.

—¿Por qué tienes que ser tan plasta? —Tyler bostezó y se dejó caer de nuevo en el sofá—. Das mucho la lata, hermano.

—Gracias.

No dejé que me afectaran sus insultos. La resaca siempre le ponía de muy mal humor, aunque esa era una conversación para otro día.

—¿Cómo te has hecho ese cardenal?

Él hizo una mueca al tocarse la mejilla, pero, en respuesta a mi pregunta, se limitó a encogerse de hombros.

—Esto no puede ser —dije—. Si te has emborrachado hasta el punto de que no recuerdas cómo ni por qué te has llevado un puñetazo en la cara, tenemos que hablar muy en serio. Estoy preocupado por ti.

—Hostia, tío —gruñó—. Ahora no, ¿vale? Aún no me he despertado, y no estoy de humor para una intervención de Cameron O'Connor.

Alcé las manos en gesto conciliador.

—De acuerdo, pero que sepas que ocurrirá en algún momento. Y en cuanto a Boris...

—Sí, lo sé, lo sé —dijo Tyler tras emitir un largo suspiro—. Necesita a su tío T y no le vale ningún otro paseador. Lo tengo claro.

—Crees que estoy de broma, pero no es así. La última chica que te sustituyó dijo que tenía experiencia como paseadora, pero Boris le *aterraba*.

—Vaya tontería, Boris es como un osito de peluche. —Tyler bostezó —. Ni siquiera le gusta perseguir a las palomas, es un gigantón amable.

Eso era cierto. Mi perro pesaba cuarenta kilos y parecía muy peligroso, con aquellos ojos penetrantes y una especie de barba que le colgaba de la mandíbula, pero en realidad, era un bobalicón de pura raza.

—Bueno, ¿entonces vas a sacarlo hoy o no? —pregunté otra vez.

A pesar de la resaca, sabía que le vendría muy bien tomar un poco de aire fresco mientras paseaba a un buen perro. Él miró al techo un rato, al parecer haciendo algún tipo de cálculo mental antes de volver a mirarme. A veces me permitía entrever destellos del hombre que había sido: un hombre creativo y jovial, lleno de pasión por la vida y por su música. Solo esperaba que fuera capaz de recuperar aquella versión de sí mismo.

—Sí. Vale, allí estaré. Pero que conste que no lo hago por ti, que eres un pelmazo. Lo hago por él. —A pesar de sus palabras, un lado de su boca se torció un poco hacia arriba.

—Ya sé que no es por mí. Y también sé que soy el peor amigo del mundo —respondí en broma.

—Ya lo creo, tío —contestó Tyler, recurriendo como yo a nuestras pullas habituales—. Joder, me compraste una guitarra nueva cuando perdí la anterior. Una guitarra espectacular, nuevecita y sin un arañazo; fácil de afinar y con un sonido increíble. Uf, vaya putada me hiciste.

Preferí no recordar a Tyler que se había olvidado el instrumento en cuestión en una discoteca un día en que se pilló una cogorza tremenda.

—Y ahora te obligo a pasear a un monstruo rabioso por las calles de Manhattan. ¿A quién se le ocurriría semejante cosa?

—Adoro a ese perro, joder. —Tyler rio y sacudió la cabeza—. Al menos sacaste algo bueno de aquella ruptura, un compañero que te consuele un poco.

—Fue la *única* cosa buena que salió de aquella relación.

—Bueno, Carolina te devolvió el anillo, en eso también me ganaste —dijo Tyler, sin dejar de buscar aspectos positivos en aquella horrible historia—. La maldita Roxy se quedó con el que le regalé yo. Claro, que hice diseñar aquel puto trasto para ella, así que tampoco iba a volver a utilizarlo, pero tal vez habría sido divertido hacerlo añicos con un martillo pilón o algo así. En plan simbólico, ¿sabes? —Se quedó mirando al infinito durante unos segundos—. Nunca más. Cualquier tío que se gaste semejante montón de pasta en un pedrusco pegado a un trozo de metal está mal de la cabeza.

—Por eso te he contratado para pasear a mi perro, no para hacer publicidad de mi negocio —dije con sequedad.

Tyler parpadeó un momento y pareció espabilarse un poco más.

—Ah, es verdad. ¿Cómo va esa campaña de los anillos de compromiso?

Me daba cuenta de lo mucho que le estaba costando sobreponerse a la resaca, y me llegó al alma que se preocupara por mi empresa, pero así era Tyler. La estrella del rock con un corazón de oro. O, mejor dicho, la antigua estrella del rock, lo que era justo el origen de sus problemas.

—La campaña es un desastre —dije, tras un largo suspiro—. Nadie tiene ni idea de lo que está haciendo, y me está costando la vida no mandar a paseo a todo el equipo.

Veritique estaba tratando de recuperarse de una avalancha de prensa negativa. No hacía mucho que se había publicado un análisis sobre las deplorables condiciones de trabajo en las minas de diamantes de Sudáfrica, pero, aunque el informe mencionaba a varias empresas, las demás habían tenido el sentido común suficiente como para tomar medidas que protegieran su reputación. Mi padre, en cambio, no era de los que se disculpan, y ni en broma iba a permitir que la presión pública le «obligara» a hacer nada, ni siquiera para salvar su propio pellejo. Por esa razón, se había visto obligado a renunciar a la dirección ejecutiva de la empresa, y me habían asignado el puesto a mí. Ahora tenía la responsabilidad de enderezar las cosas y sacar nuestra reputación de las cloacas. Hasta ahora, me había estado costando muchísimo, y cada día seguía siendo un infierno.

—Ya lo resolverás, siempre lo haces. Eres un campeón, Cam. —Su expresión se volvió melancólica—. Ojalá se me pegara algo de tu suerte por ósmosis, ¿sabes?

Tyler miró a su alrededor y encontró una botella de Miller Lite aún sin abrir junto al sofá. Apoyó la chapa en el borde de la maltratada mesa de centro y le dio un golpe seco con el puño para hacerla saltar por los aires.

—Tío, ¿en serio? ¿A estas horas?

No me gustaba nada sonar como su padre, pero no podía dejarlo estar.

—¿Qué? ¡Es un remedio para la resaca! —Se llevó la botella a los labios y se bebió media cerveza de un trago—. No pasa nada.

—Ty…

—Para. —Extendió una mano con la palma hacia mí—. Te recuerdo que estás en mi casa, así que déjalo ya.

Me contuve para no decir nada más mientras él se bebía el resto de la cerveza. Qué poco me gustaba ver a mi amigo así, empeorando a pasos agigantados. Intenté apelar a él con lo único que podía.

—Solo te pido que no saques a Boris si estás borracho, ¿de acuerdo? —dije en voz baja—. Sabes que es un perro grande, podría tirar de ti y salir corriendo. Necesito que estés en condiciones de cuidar de él. —*Y de ti mismo*, pensé para mis adentros.

—*Adoro* a ese perro —me replicó, a la defensiva—. Jamás le pondría en una situación peligrosa, y me cabrea mucho que se te haya ocurrido mencionarlo. Joder, te estás convirtiendo en una abuela, ¿lo sabías? Dando la matraca todo el tiempo. Me estás hartando, hermano.

Se inclinó hacia delante con los ojos puestos en el suelo, supuse que en busca de otra cerveza. Decidí entonces que no importaba nada de lo que tuviera que hacer ese día: necesitaba llegar hasta él y sacarlo de aquella oscuridad en la que estaba sumido.

—Nos vamos a desayunar. Los dos. Ahora mismo.

Tyler abrió mucho los ojos, sorprendido.

—¿Y tienes tiempo para eso? Suponía que estarías muy ocupado.

El hecho de que tuviera razón me hizo sentir vergüenza por no haberle dedicado el tiempo suficiente.

—Nunca estoy demasiado ocupado para ti —dije, poniéndome en pie —. Vamos. Hora de ir a algún sitio grasiento que sirva huevos con patatas fritas.

Él asintió y se levantó despacio. Cuando estuvo en pie, se tambaleó un poco.

—Vale, me apunto, pero que no sea uno de tus restaurantes pijos, ¿vale? No creo que me dejaran entrar con estas pintas.

Le miré con atención. Si le llevaba a un sitio como Balthazar, su camiseta con agujeros, vaqueros rasgados y cara amoratada seguramente atraerían miradas escépticas, pero no nos negarían la entrada. Teniendo en cuenta mi posición, solía poder salirme con la mía en cualquier sitio, pero Tyler tenía razón: hoy no era un día para restaurantes pijos.

Nos dirigimos abajo, pero antes de salir a la calle, Ty se volvió hacia mí.

—Antes de que se me olvide, ¿vendrás a verme actuar en The Sty?

Aquel bar del West Village era una pocilga, como indicaba su nombre, pero en esos tiempos, aquel era el único tipo de local que le contrataba.

—Por supuesto. Si voy, tal vez pueda salir en tu ayuda si hay que evitarte otro ojo morado.

Antes de echar a andar por la acera, hice una señal a Robert, que esperaba en el coche con el motor en marcha, para que siguiera esperando, y él me devolvió un gesto afirmativo.

Tyler me dio un puñetazo en el brazo.

—Tío, ¿te acuerdas de la pelea en aquel bar, la noche en que estuvimos tocando en una fiesta en una casa? ¡Le estrellaste una silla en la cabeza a aquel pavo!

Hice a una mueca al recordar aquello. Nuestra amistad comenzó en el instituto, cuando tocábamos juntos en un grupo de música *garage* llamado The Torture. Yo había soñado con ser batería, y había dado la lata a mis padres hasta que me compraron el equipo y me consiguieron clases con los mejores músicos. Cuando vi en un anuncio que una banda local buscaba un batería, me presenté inmediatamente y, al conocer a Tyler, me dio igual que fuera de los barrios bajos; lo único que importaba era que tocaba la guitarra como nadie a quien hubiera escuchado antes. Por su parte, él solo sabía de mí al principio que tenía un talento limitado para tocar la batería, y que me gustaba ir de fiesta tanto como a él. Jamás mencionó que siempre era yo quien pagaba la cuenta, ni que parecía disponer de una cantidad ilimitada de fondos para gastar en lo que nos hiciera falta, como posters o camisetas. Lo que a mí me gustaba era poder comportarme como un chico normal cuando estaba con él, y el hecho de que el grupo me permitía escapar de las responsabilidades de ser un O'Connor.

—Mis días de pelear han terminado —repuse—. Y los tuyos deberían terminar también de una vez.

La mirada que me lanzó dejó clarísimo que era hora de cerrar la boca y tratar de pasar un rato agradable los dos juntos.

En fin, hice un esfuerzo por olvidar la interminable pila de trabajo que me esperaba y, por el momento, me centré en disfrutar de ser tan solo un hombre más en busca del burrito de desayuno perfecto.

3

FELICITY

E l diamante LeMonde parecía guiñarme el ojo desde el otro lado del vestíbulo de Veritique. O, más bien, debería decir que era una réplica del LeMonde, ya que el diamante original, con sus cien quilates, se exponía en ese momento en un museo de Dubái. Según se decía en el sector, el príncipe del emirato estaba intentando comprar aquel enorme pedrusco, pero el vicepresidente ejecutivo no quería venderlo. Yo sabía todo lo que había que saber acerca de Veritique, tanto lo bueno como lo malo, y en esos momentos, en la situación de la empresa predominaba lo malo. La marca era muy conocida y tenía una historia larga y complicada, pero su reciente problema de relaciones públicas suponía una auténtica catástrofe para ellos... Aunque, para mí, representaba una oportunidad fantástica.

Si conseguía el puesto, el trabajo que tendría por delante me ponía un poco nerviosa. Se trataba de un reto de un nivel muy superior al tipo de problemas a los que solía enfrentarme. A nadie le importaba que el nuevo director ejecutivo de la empresa estuviera tomando por fin las medidas necesarias para mejorar las condiciones de las minas. A la gente solo le importaba el hecho de que el director anterior, un tremendo imbécil, no había hecho absolutamente nada más que vociferar contra quienes le criticaban y, a continuación, tener una pataleta digna de un niño pequeño cuando, menuda sorpresa, la gente había dejado de comprar sus joyas. En resumen, lo único que había hecho era cargarse su propia marca, y resolver todo aquel desastre no iba a ser fácil.

Sin embargo, yo sabía adaptarme y era capaz de aportar nuevos puntos de vista a las situaciones más difíciles; por eso me habían llamado para más entrevistas una semana después de la primera ronda. Me sentía un tanto sudorosa e inquieta, pero, hasta ahora, lo había estado haciendo de cine. El puesto de directora de redes sociales estaba a mi alcance, si era capaz de hacerlo bien en la última entrevista del día. Ya llevaba unas cuantas horas en aquellas oficinas, y me había reunido con varios directivos, pasando de una sala de reuniones a otra, luego a otros tantos despachos y hasta una zona de descanso. Solo me faltaba la última entrevista de todas, con el director ejecutivo en persona. Estaba lista, y ahora nada podría acabar con mi concentración.

—Felicity, aún estás aquí —dijo una voz detrás de mí.

Al darme la vuelta vi acercarse a Sandrine, la vicepresidenta de asuntos corporativos y estrategia.

—Sí, solo me queda una reunión —contesté con una sonrisa, pues la entrevista con ella había sido la más fácil del día—. Tengo que hablar con el señor O'Connor.

—Ah, de acuerdo. —Su expresión agradable se tornó preocupada durante un instante tan breve que casi se me escapó—. Por supuesto. Bueno, me alegro de haberte encontrado, porque tengo otra pregunta sobre redes sociales para ti.

Antes de que me diera cuenta, nos habíamos enfrascado en una discusión sobre cómo medir el retorno sobre la inversión en las campañas de promoción de productos hechas por *microinfluencers*.

Yo sabía muchísimo sobre eso, así que me tomé mi tiempo para explicarle a Sandrine mi punto de vista, y me encantó el interés con el que me escuchaba. Estaba tan absorta en la discusión que tardé un rato en fijarme en una mujer rubia muy elegante, peinada con un moño, que se había acercado a nosotras. Aguardaba con discreción a un lado y nos miraba con aspecto nervioso, mientras yo alardeaba de mis conocimientos. Al cabo de un momento, Sandrine reparó en ella.

—Alessandra, ¿puedo ayudarte en algo?

La mujer miró la tableta que llevaba en las manos.

—Sí, siento mucho interrumpir, pero Felicity lleva cinco minutos de retraso para su entrevista con el señor O'Connor.

Sandrine volvió a fruncir el ceño y yo sentí que los nervios me atenazaban el estómago. ¿Por qué parecían las dos tan nerviosas al referirse al director ejecutivo?

—Por supuesto —dijo Sandrine con una sonrisa de disculpa—. Deja que te acompañe y le explicaré que yo tengo la culpa de que llegues tarde. Se toma la puntualidad muy en serio, y soy yo quien debe responsabilizarse, no tú.

Mierda. Sabía que debía haber buscado más información sobre el jefe, pero como llevaba poco tiempo en el puesto, había asumido que no habría mucha información disponible sobre él, así que me había centrado en preparar otros aspectos de las entrevistas. Además, ni siquiera habían puesto aún su foto en la página web de la empresa, lo que sugería que los cambios podían no haber terminado aún.

¿Cómo de mal le sentaría que la gente llegara tarde? ¿Lo bastante como para no contratarme por eso? A mí me resultaba difícil ser puntual, pero no tenía problema en darlo a conocer en las entrevistas cuando me preguntaban por mis debilidades. Lo de llegar con retraso de vez en cuando se solía considerar un problema menor, pero parecía que el gran jefe no lo iba a ver así. Tomé nota. Al menos, en esa ocasión Sandrine asumiría la responsabilidad.

Nos dirigimos hacia las oficinas de los directivos, sin dejar de charlar por el largo pasillo, hasta que su teléfono interrumpió la conversación.

—Oh *no*, se me había olvidado esta llamada por completo. Tengo que dejarte —dijo con una mueca tras ver el número que llamaba—. Por, favor, dile que ha sido culpa mía, seguro que lo entenderá. ¡Buena suerte!

El corazón se me cayó a los pies cuando nos detuvimos ante una gigantesca puerta doble, tan grande que Alessandra tuvo que doblarse por la cintura y usar toda su fuerza para abrirla. Para entonces, mi aliada había desaparecido.

—Señor O'Connor, aquí está Felicity Rhodes.

Tras decir eso, salió con rapidez y cerró la puerta, justo en el momento en el que la silla de cuero situada frente a la ventana giraba hacia mí.

Me costó unos instantes asimilar el hecho de que el hombre espectacularmente guapo que tenía delante, mirándome con cara de malas pulgas y con mi futuro en sus manos, era el mismo al que había llamado «capullo de campeonato» hacía una semana, el día en que había venido a Veritique para mi primera ronda de entrevistas. El corazón se me volvió a caer a los pies. Ay.

—Llegas tarde —espetó al tiempo que se ponía en pie, con una ceja arqueada, la cabeza inclinada hacia un lado, y en un tono que destilaba sarcasmo—. ¿No encontrabas un taxi?

Con que esas teníamos, ¿eh? De acuerdo. Al infierno con el trabajo de mis sueños. Debía haber sabido que mi suerte no cambiaría con tanta facilidad. Por un instante, me planteé responder con cortesía y, tal vez, disculparme, en un intento por convencerle de que me diera una oportunidad. Pero no, la mirada helada de sus ojos dejaba bien claro que este no era un hombre que ofreciera segundas oportunidades. Había tomado su decisión sobre mí en el momento en que nos conocimos; una disculpa por mi parte en aquel momento solo supondría una pérdida de tiempo para él, y a mí me haría perder el poco orgullo que aún me quedaba.

A la mierda con la cortesía. Esta entrevista ya se había ido al traste, así que daba igual si decía lo que pensaba.

—Por suerte, hoy no he tenido que discutir con ningún inmaduro con ínfulas para conseguir uno. Qué afortunada soy —repliqué—. Y que sepas que esta mañana he llegado pronto a mi entrevista con el señor Cook. —Hice una pausa—. Ha dicho que, si fuera por él, me habría contratado ayer.

—Menos mal que la decisión no depende de Roger —rio él—. Yo soy el único que ha visto a la auténtica… —Hizo una pausa para mirar la pantalla de su ordenador—. Felicity Rhodes.

Dijo mi nombre como si su sabor le resultara desagradable en la boca.

—Sí, y yo me alegro de tener ya claro cuál es tu estilo de dirección, señor O'Connor.

—Llámame Cameron, por favor. —Sonó forzado, y me hizo pensar en un gato que jugueteaba con un ratón antes de darle el golpe de gracia.

—Gracias, pero no, *señor O'Connor* —dije altanera—. Además, como te decía, no me interesa lo más mínimo trabajar para una empresa que valora más los beneficios personales que la justicia. Estoy segura de que mi visión del trabajo no encajará con tu estilo de dirección.

Me costó mucho decir aquella mentira porque, hasta aquel momento, jamás había querido conseguir un trabajo tanto como este. *Sabía* que encontraría la forma de sacar a la empresa de la situación catastrófica en la que se encontraba. Durante las entrevistas anteriores de aquel día ya se me había ocurrido media docena de soluciones diferentes. Respetaba a Veritique, a pesar de sus problemas actuales. Sus productos me encantaban, me había llevado bien con todas las personas a las que había conocido hasta ahora, me gustaba la oficina, y el salario era para morirse. Por todas esas razones, ahora me veía obligada a fingir que el trabajo no me importaba en absoluto. No podía permitir que viera lo mucho que me dolería dejar pasar la oportunidad.

—¿Y cómo sabes cuál es mi estilo de dirección?

—¿Necesitas que lo diga en voz alta, señor O'Connor? —me reí en su cara.

—Por favor —dijo él, haciendo un amplio gesto con la mano—. Me encantaría conocer tu opinión sobre Veritique.

—Dejaré que sea la prensa quien lo haga por mí. —Me aclaré la garganta antes de recitar—. «A pesar de las protestas públicas, Veritique sigue sin decir palabra sobre las condiciones de trabajo en las minas de Sudáfrica», el *New York Times*. «Veritique es la única empresa que se niega a hacer declaraciones sobre las condiciones de las minas, ignorando las peticiones de reforma», el *Washington Post*. «Los tres principales minoristas de diamantes acuerdan crear un código ético universal para las condiciones en las minas; Veritique es la única empresa que no participa», el *Atlantic*. —Hice una pausa y le miré—. Habéis tardado un siglo en hacer declaraciones sobre las deplorables condiciones de vuestros trabajadores y, en relaciones públicas, una respuesta tardía es una respuesta en sí misma. Creí que podría unirme a vuestro equipo y ayudaros a cambiar la percepción del público, pero me estoy dando cuenta de que, seguramente, eso no va a ser posible.

—Espera un momento —dijo él, acercándose furioso—. Esos titulares no tienen en cuenta que fue mi *padre* quien se negó a hacer declaraciones o implantar cambios. Ahora soy yo quien está a cargo y las cosas son diferentes.

—Ah, ¿en serio? —volví a reírme de él—. ¿Eres un multimillonario con ética? Pues me temo que yo no lo veo.

—Parece que piensas que se puede juzgar a la totalidad de una persona por un solo incidente estúpido —espetó él—, pero, si es así, ¿qué opinión crees que he sacado yo sobre ti?

Me enderecé. Si pensaba que iba a hacerme trizas con sus palabras, podía intentarlo todo lo que quisiera. No sería el primero.

—Es obvio que te mueres por decírmelo, así que, adelante —repliqué.

—¿Seguro que quieres saberlo?

—Estoy impaciente.

Noté un cosquilleo en la piel bajo el peso de su mirada. El ambiente en el despacho parecía cargado de electricidad estática y el pulso se me aceleró. Él me observaba con una intensidad que solo pude atribuir al odio puro. No me gustaba nada discutir con aquel hombre, pero tampoco me dejaba de gustar. De hecho, «gustar» no era la palabra adecuada. Nuestras discusiones me hacían sentir... viva. Como si me obligaran a mantenerme alerta para seguir su ritmo. Nada me resultaba más sexi que un hombre inteligente, aunque jamás admitiría que le encontraba sexi.

Aunque así era.

—Creo que eso sería una pérdida de tiempo. Me parece que ya hemos terminado, señorita Rhodes.

Estuve a punto de dar un pisotón en el suelo como una niña malcriada, porque se me había adelantado. Quería haber sido yo quien terminara aquella entrevista, y debía admitir que tenía mucha curiosidad por saber qué pensaba de mí, pero no iba a permitirle ver mi decepción.

—Me has quitado las palabras de la boca —mentí.

—Me alegro de que estemos de acuerdo en algo —replicó él.

—¡Será la primera vez! —Di unos pasos hacia la puerta—. En otras circunstancias, te habría dado las gracias por tu tiempo, pero sé por experiencia propia que los modales no te importan.

Su mandíbula se movía, pero le costó emitir las palabras.

—Vas a…

—Largarme de aquí —terminé por él, y salí del despacho, cerrando la puerta a mis espaldas.

Había conseguido decir la última palabra, y eso me hizo feliz, hasta que asimilé que acababa de perder el mejor trabajo del mundo solo por discutir.

Pero, claro, un puesto que significaba trabajar para aquel hombre, tampoco sería tan bueno, ¿no? Tal vez había esquivado una bala. Al menos, de este modo, nunca tendría que volver a mirarle a la cara.

∼

—¿Te hace efecto la cerveza? —preguntó Nina gritándome al oído, para hacerse oír por encima de una vieja canción de los Grateful Dead.

Mi querida compañera de piso me había obligado a salir después de que le contara con todo detalle mi catastrófica entrevista de trabajo. Yo solía evitar los garitos atestados y dudosos como aquel, pero una de las camareras había vivido en Lafayette Hall, nuestro colegio mayor en la universidad, y de vez en cuando nos invitaba a alguna copa en aquel bar. Considerando mi precaria situación laboral, y que Nina trabajaba de bibliotecaria en la sección de Colecciones Especiales de una universidad pública, a las dos nos venían bien todas las bebidas gratis que pudiéramos conseguir, sobre todo del tipo que ayudaba a mejorar el estado de ánimo.

—La verdad es que no —contesté a su pregunta.

—Igual te vendrá bien un poco de buena música —sugirió ella a gritos—. Creo que va a empezar la música en directo.

Estiró el cuello para tratar de ver mejor el escenario, lo que no era fácil, porque medía un palmo menos que todas las personas que nos rodeaban. Nina y yo éramos distintas en todo, y en lo único que estábamos de acuerdo era en nuestro amor por los libros. Sin embargo, nuestras diferencias nos unían aún más, éramos casi como hermanas. Para ser alguien cuyo trabajo consistía en mejorar la imagen de otros, yo no me preocupaba mucho de la mía. Era la clase de persona que se limita a recogerse un poco el pelo y ponerse unos pantalones cómodos. Nina, por el contrario, se arreglaba como si su vida fuera un constante desfile por una pasarela de moda. Aunque su sección de la biblioteca no era la más visitada, se peinaba la melena pelirroja y se vestía para matar todos los días. Esa noche iba vestida como correspondía a una buena aficionada a los conciertos, con una camiseta antigua de Def Leppard y vaqueros rotos. La música le encantaba, y yo no quería fastidiarle la noche con mi mal humor, así que le permití que tirase de mi mano para arrastrarme delante del escenario y poder verlo todo mejor.

—Oh, Dios mío —suspiró, inclinándose hacia mí cuando el cantante del grupo se situó en posición detrás del micrófono—. ¡Mírale, es guapísimo!

Aunque a mí no me iban los roqueros flacuchos, estuve de acuerdo con ella. Aquel hombre claramente se sentía muy cómodo ante los montones de ojos que le observaban mientras trataba de afinar su guitarra. Emanaba un considerable carisma magnético, desde el pelo un poco largo que le caía sobre los ojos hasta su aspecto desgarbado. Parecía haber nacido para estar en un escenario.

—¡Un momento! —chilló Nina agarrándome el brazo—. ¡Creo que es Tyler Boyd!

El nombre no me sonaba de nada, así que negué con la cabeza. Ella puso los ojos en blanco.

—¿*Carved on my heart*? ¿No te acuerdas de esa canción? ¡Sonaba por todas partes! ¿O *Bad decision*? —Nina alzó el puño en el aire mientras cantaba—: ¡*You're the best bad decision that I ever made*!

—Esa igual me suena… —La miré con ojos entrecerrados.

—Voy a tener que mejorar mucho tu educación musical, no tienes remedio —rio ella, volviendo la vista al cantante.

Él, que recorría con la mirada el público de la sala, detuvo sus ojos en ella durante una fracción de segundo adicional. Por mucho que a mí me apeteciera volver a casa y quedarme en la cama una semana o así, me aguanté para que Nina pudiera disfrutar de aquella noche. La música no estaba mal, e intenté distraerme con ella, pero no conseguía apartar de mi mente lo ocurrido aquel día durante el tiempo suficiente para dejarme llevar del todo. Nina, sin embargo, no había dejado de bailar ni un momento.

—Tengo que ir al baño —le grité al oído.

Sin dejar de moverse, ella asintió con la cabeza y yo me dispuse a atravesar aquella multitud de gente joven y demasiado guay, que llevaba *piercings* en lugares que tenían pinta de doler mucho, y camisetas que no habrían desentonado en un vídeo de Nirvana. Por una vez, mi camiseta vieja y mis vaqueros rotos encajaban a la perfección en aquel ambiente.

Intenté no levantar mucho la cabeza cuando volví a donde estaba Nina, para evitar hacer contacto visual con alguno de aquellos tíos de mirada ansiosa, pero no pude evitar fijarme en una figura situada en un lateral de la sala, que parecía totalmente fuera de lugar entre la gente que disfrutaba de la música. Aquel hombre estaba quieto, muy erguido, y miraba al escenario con tal concentración, sin apartar la vista ni un momento, que supuse que sería el representante del grupo, o algo así. Solo lo veía de medio perfil, pero me pareció que iba demasiado elegante para aquel bar, vestido con una chaqueta de traje entre aquel mar de camisetas y vaqueros. ¿Sería alguien del sector de la música tratando de descubrir al siguiente grupo de éxito? El que estaba tocando era lo bastante bueno como para merecer más atención o, al menos, el cantante sí lo era.

Entonces, aquel hombre se giró de repente y, al ver su cara, mi primera reacción fue agacharme para que no me viera.

¡Mierda! ¿Qué demonios hacía *Cameron O'Connor* en The Sty?

Me situé detrás de dos tíos que sacudían la cabeza al ritmo de la música hasta que él volvió a mirar al cantante. Por suerte, Nina estaba al otro lado del escenario, cerca de una columna que me serviría para ocultarme y asegurarme de que el enemigo no viera. Ni en broma iba a arriesgarme a tener un encontronazo con él, sobre todo considerando mi atuendo de rata de alcantarilla. No, lo mejor sería marcharme *ahora mismo.*

Me acerqué a Nina todo lo que pude, para gritarle al oído.

—¿Te importa que me vaya? No acabo de estar a gusto.

Ella me cogió de la mano e hizo un pequeño puchero.

—Lo siento mucho. ¿Quieres que vayamos a otro sitio? ¡Podríamos ir a tomar un helado! ¡O galletas! Aquí cerca hay un Insomnia Cookies.

Aquella tienda era famosa por estar abierta hasta las tres de la mañana, lo que hacía de ella el sitio perfecto para el ave nocturna que era Nina.

—No, ya sabes que yo soy fiel a Levain Bakery —contesté con una sonrisa—, y no les voy a engañar solo porque a ti te haya seducido su horario nocturno. Pero no tienes que preocuparte por mí. Además, sé que esta noche tienes reunión de tu club de libros terroríficos.

Nina era miembro certificado de un club de lectura centrado en el horror y las historias paranormales, que se reunía cada mes en una ubicación inquietante diferente. Ella no dejaba de insistir para que me uniera yo también, pero mis gustos literarios iban más orientados a las novelas románticas ligeras.

A pesar de que me aseguró que no le importaba marcharse conmigo si quería compañía, le insistí en que estaría bien y empecé a dirigirme hacia la puerta. Conseguí salir del lugar sin levantar la cabeza un momento, para evitar que me viera aquel capullo ladrón de taxis. Tras un largo viaje en metro hasta casa, con bailarines de *breakdance* pidiendo dinero incluidos, me sentía agotada y apenas podía mantener los ojos abiertos. Sin embargo, al salir del metro, no fui a casa por el camino más corto, no. Tenía que evitar la librería independiente que había por el camino y que había pasado de ser mi lugar favorito en la ciudad a mi enemiga declarada, gracias a un escaparate que me hacía sentir como si recibiera una patada en el estómago cada vez que lo veía.

No lo habían hecho a propósito, por supuesto, y tampoco podía decirle nada a Maggie, la dueña, porque hablar del problema no haría sino atraer más atención sobre él, y eso era lo último que quería. En lugar de eso, había optado por una de mis técnicas favoritas para enfrentarme a los problemas: evitarlos. Así que recorrí las tres manzanas adicionales necesarias para evitar pasar por delante de la única cosa que había arruinado mi vida aún más que perder el trabajo de mis sueños.

4

CAMERON

Entré en el edificio con los oídos aún ensordecidos a causa del volumen de la música.

—Buenas noches, señor O'Connor —dijo Carl con una ligera inclinación de la cabeza cuando me abrió la puerta.

—Carl, ¿cuándo vas a dejar de llamarme «señor»? —le reprendí, medio en serio—. ¿Voy a tener que empezar a descontártelo de la paga, o qué?

—Oh, no señor, quiero decir, *Cameron*. —Se había puesto pálido—. Yo… uh, no tiene que hacer eso…

Me detuve delante de él. No me gustaba nada que Carl siguiera poniéndose nervioso cuando me veía, a pesar de que había estado abriéndome la puerta desde que había comprado el edificio dos años antes.

—Por supuesto que no lo haría. Era broma.

—Es solo que el propietario anterior…

—Randall Fitzgerald.

Intenté no poner mala cara ante la mención del antiguo compañero de golf de mi padre. Los dos hombres eran de la misma escuela, y me había resultado particularmente gratificante quitarle de las manos aquel edificio tan especial. Fitzgerald era dueño de docenas de edificios a los que apenas prestaba atención, pero yo gestionaba mis propiedades de otra manera.

—Sí, el señor Fitzgerald —asintió Carl—. Él no toleraba que nadie utilizara su nombre de pila, así que pensé que usted querría…

—Créeme, yo no soy como él —interrumpí con rapidez.

—De acuerdo… Cameron. Haré lo que pueda a partir de ahora.

Tras darle una palmada en el hombro, me dirigí al ascensor, preguntándome si alguna vez volvería a oír con la oreja izquierda. Me encantaba ir a ver actuar a Tyler, pero prefería sus actuaciones en solitario, y no solo por mi salud auditiva. Los tíos con los que se había juntado para tocar aquella noche no eran malos, pero no formaban un grupo de verdad y, como siempre, Tyler destacaba mucho entre ellos. Aún estaba demasiado traumatizado como para darse cuenta de que, como músico, estaba muy por encima del circuito de música en directo de los bares, y eso era parte de su problema. Si no conseguía creer en sí mismo de nuevo, no haría más que seguir dando pasos en falso, solo para sentirse mal por ello y, lo que era peor, ahogar sus penas en alcohol.

Entre los problemas de Tyler, la conducta despreciable de mi padre y sus colegas, la crisis en Veritique y el dolor de cabeza que latía entre mis sienes, se había formado la tormenta perfecta para ponerme de un humor infernal. Estaba agotado hasta la médula. Y, cómo no, en mi teléfono sonó una alerta de Google justo cuando entraba en el ascensor, como si necesitara aún más problemas. Lo había configurado para recibir una notificación cuando se publicara cualquier noticia sobre Veritique, y teniendo en cuenta que era pasada la medianoche, solo podían ser malas noticias.

¿De qué se trataría ahora?

—Oh, Dios mío, ¿ahora me estás *siguiendo*? —dijo una voz detrás de mí—. ¿Primero en The Sty, y ahora en mi propia casa?

Me di la vuelta y ahí estaba *ella*, la insoportable y preciosa mujer de la que no parecía poder librarme, fuera en la calle, o en mi despacho. ¿Y cómo sabía que venía de The Sty?

—Perdona, señorita Rhodes, pero eres tú la que está en *mi* edificio, y eres tú la que siempre aparece allá donde vaya.

La miré de arriba abajo, despacio, mientras la puerta del ascensor se cerraba tras de mí, y me detuve en sus zapatillas Converse. Iba vestida como para hacer un recado nocturno, pero seguía siendo tan guapa que quitaba la respiración. Estaba lo bastante cerca como para ver las pecas que salpicaban el puente de su nariz, tan absurdamente perfectas que parecían pintadas. Y su boca… Curvada hacia abajo, por supuesto, pero con unos labios carnosos que pedían un beso. La delicadeza de sus facciones contrastaba con el cuerpo oculto por una camiseta fina y unos vaqueros rotos que llevaba, que sugerían una silueta espectacular.

—¿Qué? —exigió—. ¿Por qué me miras así?

Me hubiera dado una patada por haber permitido que me pillara observándola de ese modo. Me aclaré la garganta e intenté pensar en algo que decir para disimular mi momento de debilidad.

—No creo que alguien que vista como tú pueda permitirse vivir aquí, así que debes ser tú quien me está siguiendo a mí. ¿Has cambiado de opinión y has decidido venir a suplicarme que te dé el trabajo? ¿Eh?

—¿Cómo? —La furia le hizo abrir mucho los ojos—. Espera un momento, ¡yo vivo aquí!

Un fuerte ruido interrumpió lo que, seguramente, iba a ser otra parrafada a todo volumen, y el ascensor se detuvo de repente. Cerré los ojos y apoyé la cabeza contra una de las paredes.

—Mierda.

—¡*Mierda*! —corroboró ella, en una voz que sonó más nerviosa que enfadada.

Central Park Tower era un edificio representativo con una larga historia, pero, en Nueva York, eso también significaba que sufría todos los problemas propios de un edificio antiguo. Aunque resultaba carísimo vivir allí, el ascensor no era menos viejo que el edificio, y era muy temperamental. El gerente del edificio, Brian, tenía el número de la compañía de mantenimiento en marcación rápida.

—Tenemos que informar de… —empezó Felicity.

—Ya lo he hecho —contesté, pulsando el botón de enviar—. Acabo de mandar un mensaje al gerente del edificio.

—Ah, deja que lo adivine. Eres de los que siempre quieren hablar con el supervisor, ¿no? Uno de esos individuos que se queja por todo hasta que las cosas se hacen como él quiere. Te pega mucho.

Hice un esfuerzo considerable para no rechinar los dientes.

—Lo que soy es el *propietario* del edificio, y estoy siempre al corriente de los problemas de mantenimiento para asegurarme de que los vecinos estén a gusto. Eso también incluye a las personas que no merecen vivir aquí.

Felicity tartamudeó, incapaz de formular palabra. Bien, tal vez así dejaría de insultarme un rato. En lugar de eso, comenzó a andar de un lado a otro del ascensor con los brazos apretados alrededor del cuerpo.

—Esto no me gusta nada.

—¿Y crees que a mí sí, Fagin? —repliqué.

Mi teléfono no había dejado de recibir alertas, pero los sonidos empezaron a escucharse cada vez con más frecuencia, hasta el punto de que parecía la alarma de un despertador.

—Más vale que contestes a la pesada de tu novia —dijo Felicity para provocarme.

Le dirigí una mirada asesina y traté de ignorar el hecho de que parecía bastante pálida. ¿Le pondría nerviosa estar sola conmigo en un espacio tan reducido?

—Por favor —contesté con un resoplido, sin dejar de mirar el teléfono—. Es del trabajo.

Leí unas cuantas alertas. Nuestra nueva campaña de marketing, llamada #Pregúntale, estaba recibiendo muchos comentarios, pero el estómago se me cayó a los pies al ver que no obedecían a la razón que esperábamos. Se suponía que se trataba de una campaña divertida, una forma de animar a los novios reticentes a preguntar a sus novias de una vez si querían casarse con ellos. Nuestro objetivo, como era obvio, era generar prensa a nuestro favor para variar, pero estaba claro que el departamento de marketing no se había documentado como debía.

Joder. No pude evitar apretar el puño mientras seguía leyendo.

Una organización benéfica llamada Su Refugio, que ayudaba a las víctimas de violencia de género, también utilizaba la etiqueta #Pregúntale para proponer a la gente que intentara obtener información si creían que alguna amiga o familiar podría estar siendo víctima de malos tratos. También ofrecían información sobre los indicios de violencia de género, y todo ello hacía que la campaña de Veritique no solo pareciera totalmente desconsiderada, sino que resultara una enorme metedura de pata.

—Vaya, ¿el gran jefe tiene problemas con su chica? —preguntó Felicity imitando la voz de un niño.

Levanté la vista del teléfono para lanzarle una mirada despectiva, sin dejar de escribir un mensaje muy mordaz a mi equipo.

—Un momento, ¿pasa algo malo? —Esta vez su voz no sonaba burlona.

—No, nada —contesté con un gruñido—. Nada en absoluto. Es solo que alguien de marketing la ha cagado a base de bien.

Me apoyé contra la pared del ascensor, sin cesar en mi empeño de hacer control de daños a base de enviar un mensaje tras otro.

—¿Marketing? Cuéntame qué ha pasado —dijo, acercándose un poco más—. Tal vez pueda ayudarte.

Estuve a punto de decirle que no había forma humana en que pudiera ayudarme, pero me contuve al recordar lo que mi gente había dicho sobre ella. Se habían deshecho en elogios sobre Felicity Rhodes, y habían estado a punto de echarme una bronca por cancelar la entrevista con ella incluso antes de empezar. Nadie se había atrevido a decírmelo a la cara, por supuesto, pero estaba bastante claro lo que pensaban: la había cagado, y Veritique no podía permitirse ni un solo traspiés más.

Le expliqué con rapidez lo ocurrido, haciendo esfuerzos por ignorar la forma en que su cara pasó del desdén a la incredulidad.

—Oh, vaya —dijo ella en un suspiro cuando terminé—. Eso… eso es todo un problema.

—No me digas —repliqué fastidiado—. Ya lo sabía.

Ella reanudó sus paseos por el ascensor, esta vez en actitud concentrada.

—Pero se puede arreglar.

—¿Cómo? ¿Cómo demonios se le puede dar la vuelta a esta situación?

—Primero —dijo ella, contando con los dedos—, reconoces el error; después, aceptas las consecuencias…

—Sí, sí, ya, y luego decimos lo de: «Lamentamos profundamente este descuido…» —suspiré—. Todo eso ya me lo sé, es el procedimiento habitual.

Felicity alzó con rapidez la cabeza, en una mueca de desagrado.

—¡*No*! Ese es un error gravísimo —dijo ella, lanzándome una mirada despectiva—. Lo de «lamentamos profundamente» no es una disculpa, y llamarlo *descuido* sería insultante.

—Vaya. —Hice una pausa. Tenía toda la razón—. ¿Y cuál es tu propuesta?

Ella se apoyó contra la pared opuesta y sujetó con fuerza la barra que rodeaba el interior del ascensor, lo que me ofreció un asiento de primera fila para admirar sus pechos que, por cierto, merecían toda la admiración posible. Solo conseguí apartar la vista con un esfuerzo sobrehumano.

—Hay que ofrecer una disculpa sincera, y explicar lo que va a hacer Veritique para arreglar la situación. Yo te propondría buscar el modo de asociarte con Su Refugio.

—Continúa.

Ella se animó al momento.

—Deja de usar esa etiqueta, les pertenece a ellos. Pon en marcha una campaña totalmente distinta, orientada a avisar de lo frecuente que es la violencia de género. Puedes centrarla alrededor de un producto que no esté relacionado con el matrimonio, como una cadena de oro sencilla. —Felicity hizo una pausa y buscó algo en su teléfono—. Sí, una cadena iría bien, porque te permitiría utilizar la etiqueta #Rompercadenas, y donar a Su Refugio una parte de los beneficios obtenidos con la venta durante un tiempo y, al final de la campaña, la empresa hará una segunda aportación por la misma cantidad.

Todo aquello tenía mucho sentido. Mi padre siempre había insistido en que admitir los errores no era más que una muestra de debilidad, pero yo sabía que no era así. Mi problema era que estaba tan habituado a su forma de pensar que pocas veces me paraba a cuestionar lo que estaba haciendo, ni por qué. Las falsas disculpas o, lo que era peor, la falta de disculpas, debían quedar ya en nuestro pasado.

—Me gusta esa idea —dije—. Es sencillo, fácil de hacer... sí, eso funcionaría.

—Vaya, me estás alabando —se burló ella—. Pero gracias, de todos modos.

—Sí que lo hago, y también voy a decirle a Sandrine que ponga en marcha tu plan en seguida —contesté, mientras escribía un mensaje en mi teléfono a toda velocidad.

Al enviarlo, tuve que admitir que mi equipo había tenido toda la razón sobre ella. Felicity llamaba la atención. Había sido demasiado testarudo como para ver más allá de mi primera impresión sobre ella o, tal vez, me parecía a mi padre más de lo que estaba dispuesto a admitir. Si ese era el caso, debía tomar medidas inmediatamente. Era aquella antigua actitud de «se hace lo que yo diga y punto» lo que nos había metido en toda aquella crisis, de la que solo podíamos responsabilizar a mi padre. Ahora dependía de mí que pudiéramos salir de ella.

—Puedes considerar mi ayuda como un regalo —dijo ella, con una ceja arqueada—. Eso es todo lo que conseguirás de mí.

—No acepto limosnas —repliqué, mientras una idea empezaba a cobrar forma en mi cabeza, y seguí hablando antes de dudar de mí mismo—. Lo que quiero es que te plantees trabajar para Veritique.

Ella había reanudado una vez más sus paseos de un lado a otro del ascensor, pero mi oferta le hizo detenerse en seco.

—*¿Cómo dices?*

—Eres muy buena, Felicity. Se te ha ocurrido un plan para redimirnos en solo un instante, y tu currículum ni siquiera mencionaba experiencia en la gestión de crisis.

—Oh, ¿quieres decir que te lo leíste y todo? —dijo con una carcajada burlona—. Menuda sorpresa.

—Lo leí antes de saber que eras tú —admití.

—Ya, pues soy yo, y ya sabemos que tú y yo —hizo un gesto con la mano entre los dos—, no encajamos para nada. Así que, gracias por la oferta, pero debo rechazarla, señor O'Connor.

Eso no era aceptable, a mí nadie me decía que no.

—¿Hablaste del salario durante tu entrevista con Andre Thibault?

—Sí, menuda sorpresa —volvió a burlarse ella—. El representante de recursos humanos me explicó el paquete salarial. De locos, ¿no? Y, aun así, mi respuesta es no.

Ignoré el sarcasmo en su voz porque, cuando tomaba una decisión, no me detenía hasta conseguir lo que quería y, en aquella ocasión, estaba decidido a salirme con la mía.

—Te pagaré el doble.

Sus bonitos labios color rosa se abrieron en una expresión que parecía ser la que adoptaba cuando se quedaba sin palabras. Me gustó poder causarle ese efecto.

—Yo… yo… —tartamudeó.

—Di que sí —propuse alzando los hombros, seguro de que eso la convencería—. Es así de fácil.

—No.

Esta vez fui yo quien se quedó boquiabierto por la sorpresa.

—¿Cómo dices? ¿Que *no*?

—No —insistió ella en tono más firme.

—¿No me estás escuchando, señorita Rhodes? Estoy ofreciéndote el doble de un paquete salarial que ya es bastante generoso. ¿Tan bien te va, que puedes rechazar una oferta de ese importe? Porque eso me sorprendería mucho.

Hice un gesto para señalarla de arriba abajo, pero ella dio una patada en el suelo, con la cara enrojecida.

—Esa es *exactamente* la razón por la que he dicho que no —me espetó furiosa—. Eres insoportable y muy antipático. ¿En serio crees que seré capaz de aguantarte solo porque me pagues más dinero?

—Mucho más dinero —le recordé.

—Lo que sea —gritó ella—. ¡Me da igual! ¡Mi respuesta sigue siendo no!

—Te ofrezco el triple de la oferta inicial.

El ascensor pareció quedarse sin aire un momento, y ella se volvió hacia mí muy despacio.

—No lo dirás en serio —dijo ella en voz baja.

—Ponme a prueba.

—Pero… —Se detuvo y movió la boca en silencio, al parecer haciendo algunos cálculos—. No es posible. Eso sería suficiente para…

—¿Suficiente para qué? —pregunté, tomando nota de la diminuta sonrisa que estaba intentando ocultar.

—Nada —dijo ella enseguida, volviendo a su habitual expresión tensa y fastidiada.

Los paseos por el ascensor comenzaron de nuevo.

—¿Por qué no paras de moverte? —exigí—. Estate quieta de una vez, es muy molesto.

—Odio los sitios cerrados, ¿vale? —Sacudió ambas manos como si se le hubieran quedado dormidas y notara pinchazos—. Esto me está agobiando mucho. Estoy haciendo todo lo posible para no perder la calma, y el hecho de que tú estés aquí no ayuda nada.

Quise disculparme entonces, porque a Tyler le pasaba lo mismo. Una vez le vi sufrir un ataque de pánico terrible porque su discográfica le había obligado a salir al escenario metido en una caja del tamaño de un ataúd, y había sido espantoso.

—Vale, vale, lo entiendo —dije con calma, al tiempo que retrocedía todo lo posible para darle más espacio—. Tómate un momento para respirar mientras yo miro a ver si Brian tiene alguna novedad. No pasará nada, te lo prometo.

Felicity se dobló por la cintura y se puso las manos en las rodillas, haciendo inspiraciones profundas. Parecía encontrarse peor de lo que yo había creído. Por suerte, Brian respondió enseguida a mi mensaje para decirme que el servicio técnico estaba trabajando a distancia y no tardarían mucho en encontrar el problema.

—Ya falta poco —le aseguré.

Ella levantó la cabeza para mirarme.

—No es solo la claustrofobia lo que me ha puesto de los nervios, para que lo sepas.

Yo incliné la cabeza a un lado y esperé a que continuara.

—Es que voy a aceptar tu oferta.

Justo entonces, el ascensor volvió a ponerse en marcha.

Mi vida estaba a punto de volverse *mucho* más interesante.

5

FELICITY

Esperaba que no se notara hasta qué punto me sentía abrumada.

Al menos, sabía que tenía buen aspecto gracias al atuendo que Nina me había ayudado a elegir: unos pantalones grises nuevos que me sentaban de cine y una blusa amarilla de Ann Taylor, aunque, sin duda, el resto de las personas en aquella sala llevaban de marcas de las que yo ni siquiera había oído hablar. Pero lo que más me había descolocado era el hecho de estar sentada, codo con codo, con algunas de las personas más poderosas de Veritique, en una sala de reuniones rodeada de ventanas y situada en un piso mucho más alto que los demás rascacielos de la zona. Estábamos tan alto que habría jurado que podía ver hasta Pennsylvania.

Acababa de ascender a la primera división.

Me habían hecho completar el proceso de incorporación a toda prisa para que pudiera participar en esa reunión. Al parecer, Cameron no solo quería que yo formara parte de su equipo, sino que me necesitaba en él con urgencia.

Me gustaba saber que tenía un cierto poder en aquella situación, pero… también me asustaba un poco. Cameron se estaba fiando mucho de mí, así que no podía meter la pata. El ambiente en la sala de reuniones era muy tenso, todo el mundo parecía preocupado y nadie hablaba en un tono más alto que un murmullo. Todos esperábamos la aparición de nuestro intrépido jefe para dar comienzo a la sesión.

Sandrine se sentó en la silla vacía a mi lado.

—No sabes cuánto me alegro de que estés aquí —dijo en un susurro, inclinada hacia mí—. Representas un punto de vista nuevo, y tu opinión sobre nuestras opciones resulta muy interesante. Seguro que, ahora que estás aquí, ya no volveremos a cometer errores como el de #Pregúntale.

Toda aquella presión me estaba dando náuseas. Me hacía mucha ilusión enfrentarme a aquel desafío, pero me habría gustado disponer de unos días, al menos, para asentarme en el nuevo trabajo. Ahora había quedado claro que eso sería imposible.

—Vaya, qué poca presión —observé, incómoda.

Ella estaba a punto de contestar cuando la asistente de Cameron, Alessandra, entró a paso rápido en la sala, lo que seguramente anunciaba la llegada del capullo e hizo que todo el mundo se dirigiera enseguida a sus asientos. En cuanto entró él, la sala quedó sumida en el silencio y el ambiente cambió al instante, como si se prepararse una tormenta. Al ver las caras que me rodeaban, supe que yo no era la única que había notado el cambio.

—Buenos días. —La mirada de Cameron recorrió a los presentes, antes de tomar asiento.

Se oyeron algunos murmullos de respuesta, pero nadie pareció dispuesto a decir nada en voz alta para no arriesgarse a atraer la atención.

—¿Estáis todos listos para ofrecer soluciones? —preguntó, uniendo las manos con una sola palmada.

Yo le miré por primera vez desde que había entrado y encontré sus ojos clavados en mí. Noté que me ardían las mejillas y me centré en la tableta nueva que me acababan de entregar, mientras los demás murmuraban palabras incomprensibles que parecían indicar asentimiento.

—Antes de empezar, quiero asegurarme de que acogemos bien a nuestra empleada más reciente. Felicity Rhodes, ¿te puedes poner en pie, por favor?

Había veinte personas en aquella sala, pero tampoco era como si nadie supiera quién era yo. El hecho de que hubiera llamado la atención sobre mí nada más empezar hizo que me sonrojara aún más, pero me puse en pie y saludé con ambas manos, como una alelada. No aguanté más de un par de segundos antes de hacer ademán de sentarme otra vez.

—Espera un momento —dijo Cameron, señalándome con el dedo.

Me quedé helada, a medio camino de sentarme y con el culo a un palmo de la silla.

—Todos sabemos bien que la campaña #Pregúntale ha sido un desastre. —Hizo una pausa para mirar enfurecido a un hombre llamado Glen, al que me acababan de presentar y que, a juzgar por la forma en que se encogió en su silla, debía de ser el responsable de la idea—. Quiero que sepáis que ha sido Felicity quien ha venido al rescate y ha propuesto la campaña #Rompercadenas en colaboración con la organización Su Refugio. El error nos ha costado algunas críticas, pero el vídeo de Sandrine con una disculpa casi inmediata, además del anuncio de colaboración, ha dado la vuelta a la situación. Así que vamos a tomarnos un momento para dar las gracias a Felicity por ayudarnos incluso antes de unirse a nosotros.

Los aplausos parecieron auténticos, y ahora me ardían las mejillas por una razón completamente distinta. Esperaba que en aquella reunión se hablara de cómo iba la campaña, pero no había venido preparada para recibir semejante reconocimiento. Y, mucho menos, para que fuera *él* quien lo propusiera.

Tal vez mi nuevo jefe no era tan malo como parecía, después de todo.

Solo tenía que ignorar su maldita actitud crítica y el enorme complejo de superioridad que destilaba por todos sus poros. Y lo buenísimo que estaba. ¿Cómo esperaba que la gente se concentrara mientras él se paseaba por ahí con *aquel* aspecto, sin tener siquiera la decencia de llevar un cartel de advertencia? Como en aquel momento, sentado a la cabecera de la mesa, recostado en su silla y con los brazos cruzados sobre el pecho. Con aquella cara y esa actitud de modelo. Una parte de mí se imaginaba gateando por la mesa hasta él, para agarrarle de la corbata azul marino, sujetarla alrededor de mi mano, atraerle despacio hacia mí y…

—¿Felicity? —dijo Cameron, con una expresión entre fastidiada y divertida—. ¿Sigues con nosotros?

Cerré la boca de golpe, avergonzada de que me hubiera pillado con ella abierta sin darme cuenta.

—Sí, por supuesto —contesté con rapidez, al tiempo que trasteaba con mi tableta para intentar encenderla de nuevo.

—Bien, ¿y qué opinas? —insistió, mirándome con ojos entrecerrados.

Mierda, mierda, mierda. ¿De qué habían estado hablando mientras yo babeaba por él?

—La campaña de anillos de compromiso —me susurró Sandrine por un lado de la boca.

—¡La campaña de anillos de compromiso! —repetí triunfante, dando las gracias para mis adentros a mi nueva amiga, por salvarme la vida —. Sí, por supuesto que tengo un montón de ideas.

Me ponía nerviosa que todo el mundo me estuviera mirando. Desde luego, me sentía muy preparada para participar en aquella reunión, pero no tenía ni idea de que me iban a poner en el punto de mira y pedirme que hiciera de primer cerebro pensante en la resolución de aquel maldito entuerto.

—Tienes la palabra —dijo Cameron con soltura.

Yo aún no había conseguido abrir mis notas en la tableta, lo que daba la impresión de que no sabía utilizarla. Y claro que lo sabía, pero se me había olvidado dónde las había metido. Tenía un plan completo preparado, aunque no estaba lista para compartirlo porque todavía no había calculado cuánto costaría. Una vez más, me recordé que no había previsto tener que presentarlo durante mi primer día de trabajo.

En fin, hora de lanzarse al agua.

—Bien —comencé, con las manos tan sudorosas que no me atreví a apoyarlas sobre la mesa, porque sabía que dejarían marcas en su superficie brillante—. Bueno, creo que nos vendría bien algún tipo de influencia externa que nos permita atraer más atención hacia Veritique.

Al otro lado de aquella mesa larguísima, Cameron me miraba ceñudo. ¿Tanto le costaba ofrecerme, al menos, el beneficio de la duda, antes de juzgarme?

—No es que necesitemos ayuda, ni nada de eso —aclaré con rapidez —, puesto que Veritique es una marca potente. Pero mi idea es que dupliquemos nuestra exposición asociándonos con algún *influencer* que se dedique al negocio del amor y pueda amplificar nuestro mensaje. A la gente le encantan esas cosas, y es muy sencillo hacerlas virales.

—Nosotros no nos asociamos —gruñó Cameron—. No colaboramos con modelos, no hacemos colecciones cápsula ni cosas así. No es nuestro estilo.

No me sorprendió que echara mi idea por tierra inmediatamente. Ya sabía que Veritique creía estar por encima del tipo de alianza de marketing que la mayor parte de las empresas incluían por defecto en sus presupuestos anuales.

—¿Y qué tal os ha ido hasta ahora? —me limité a preguntar.

Se oyeron unos cuantos respingos. Estaba claro que, con aquella salida, me la había jugado un poco. Bueno, o un mucho. Lo que fuera.

—¿Quieres ver nuestras cuentas anuales? —replicó Cameron con una mirada fulminante—. Créeme, nos va bastante bien.

—No tan bien como antes de toda la historia sobre las condiciones de las minas —apuntó con rapidez un hombre llamado Jeffrey, al que también había conocido aquella mañana.

Cameron parecía estar a punto de explotar en su sillón de cuero.

—Exacto —dije, tratando de apartar la atención de Jeffrey, ya que había salido en mi defensa, aunque fuera de forma indirecta—. Por eso creo que nos vendrá bien utilizar un enfoque nuevo.

—De acuerdo, continúa —indicó Cameron a desgana.

Conseguí sacar de mi interior más fuerzas de flaqueza con las que no sabía que contaba.

—Propongo —dije con una sonrisa—, asociarnos con Lucy Dubois. ¿La conocéis?

A mi alrededor, la mayoría de las cabezas asintieron, pues la gente de marketing la conocía bien, por supuesto. Aquella mujer había construido un imperio de influencias que casi rivalizaba con el de las

Kardashian, y los productos que promocionaba siempre aportaban ganancias considerables a las empresas con las que se asociaba. Su enorme cantidad de seguidores, muy fieles y bastante fanáticos, hacían todo lo que les pedía. Asociarnos con Lucy sería una estrategia bastante lógica para la marca porque, entre otras cosas, ella era conocida por sus predicciones sobre qué parejas de famosos llegarían al altar, y cuales romperían en poco tiempo, lo que declaraba con sus ya famosas proclamaciones «para siempre jamás», o «para nunca jamás». Por alguna razón, acertaba con sorprendente regularidad, y no había nadie más que se acercara ni de lejos a su número de predicciones correctas.

—¿Quién diablos es Lucy Dubois? —preguntó Cameron en tono irritado, mirando a su alrededor con mala cara, como si el hecho de que no estuviera al día en cuestiones de cultura popular fuera culpa de los allí presentes.

—Es una *influencer* —contestó Sandrine—. O, tal vez, debería decir que es *la influencer* en cuestión de romance y relaciones de pareja.

En la pantalla a sus espaldas apareció una imagen sonriente de Lucy Dubois y, a continuación, un recorrido a cámara lenta por sus publicaciones. Cameron se volvió para mirar las imágenes.

—Eso no son más que noticias de Hollywood.

—Noticias *románticas* de Hollywood —corregí—, lo que encaja con nosotros a la perfección. Hasta ahora, ninguna de las marcas que han trabajado con ella ha utilizado el potencial de ese aspecto de su negocio; se han centrado sobre todo en ofrecerle colecciones de ropa para que se las ponga y las muestre. Pero si nos asociamos con ella y conseguimos que asigne uno de nuestros anillos a cada una de sus predicciones de boda, por ejemplo, conseguiremos muchísima atención, y eso debería generar aún más compras de las colecciones similares. La gente quiere hacer lo mismo que los famosos y, si no pueden tener el mismo anillo que su actriz favorita…

—¡Es brillante! Me encanta —dijo Sandrine entusiasmada.

—Explícamelo —gruñó Cameron con los ojos puestos en mí—. Dame un ejemplo concreto de lo que quieres decir.

—Muy bien. —Eso era sencillo—. Ahora mismo, Lucy ha predicho que Joe, el cantante de Calculated Mischief y Jen R., la concursante de ese programa de repostería, van a anunciar su compromiso en los próximos tres meses. Lucy podría publicar que Joe debería pedirle matrimonio con nuestro anillo Veritique Iconic, ya que forman una pareja icónica. También podríamos organizar una sesión de fotos con Jen y Joe en nuestra boutique principal, y después Lucy predice el anillo que han elegido. Podríamos utilizar esa asociación de un montón de formas distintas.

Alrededor de la mesa se oyeron murmullos que sonaban favorables. Me quedé mirando a Cameron, a la espera de que, en contra de toda lógica, echara mi idea por tierra.

—Me parece bien.

Alucinante, ¡era capaz de razonar! Intenté contener una enorme sonrisa victoriosa.

—*Pero* —continuó él—, necesito ver los números. Y antes de hacerle una oferta a esa mujer, el departamento de análisis de riesgo tiene que revisar bien su pasado. Debe ser totalmente intachable. Cuando hayamos hecho todo eso, quiero conocerla en persona. Si no me gusta, no lo haremos.

No tenía ni idea de si Lucy superaría todos los filtros de Cameron, pero solo el hecho de que hubiera dado su aprobación preliminar ya me ilusionaba. Tal vez las cosas no irían tan mal con el antipático aquel, después de todo.

—También podríamos trabajar directamente con gente famosa, para evitar implicar a un tercero —sugirió Glen, con el claro objetivo de volver a ganarse el favor de Cameron—, puesto que Veritique no suele hacer ese tipo de cosas. Hay un autor que, ahora mismo, tiene la novela más vendida de su género y está a punto de ser superconocido. Tal vez podríamos trabajar con él a un coste reducido, si llegamos antes que la fama.

Me quedé helada, porque estaba casi segura de a dónde quería ir a parar. Y no, eso por encima de mi cadáver.

—¿Y qué tiene eso que ver con el romance? —preguntó Cameron—. No tenemos nada en común con un escritor de novelas de misterio, o históricas, por ejemplo. Y me da que lo tuyo no son las novelas de amor, Glen.

—No, a eso voy. Es rollo romántico, pero para hombres —se animó Glen—. Se llama Steven Brudny y…

Empecé a ver borroso, y el estómago se me encogió. Tuve que agarrarme al borde de la reluciente mesa de madera. ¿Cómo era posible? ¿Es que no podría librarme de mi ex jamás? Ahora, en la pantalla se veía una foto de la portada de su novela, y tuve que admitir que era bastante atractiva: un fondo color azul brillante sobre el cual se veía un tatuaje clásico de un corazón atravesado por una daga, y las palabras *Corazón desquiciado* escritas en cursiva en una cinta situada debajo.

—… ha escrito unos cuantos libros bastante buenos que he leído con mi club de lectura, pero este último ha sido muy bien recibido. —Glen seguía desarrollando su idea y hablando de forma cada vez más entusiasta—. No es una novela romántica barata, yo no leería ese tipo de basura. —Soltó una risa despectiva—. Es más bien un *análisis* de todo lo que fue mal en una relación que tuvo. Es para morirse de risa, y resulta tremendamente honesto. No sé, hasta cuenta que solía pensar en otra mujer cuando su ex y él estaban… Uh, bueno, es una historia descarnada y muy decidida.

Sí, tan descarnada que también mencionaba el asco que le daba el olor de mi aliento por las mañanas, y lo dependiente que me había vuelto hacia el final de nuestra relación. Me hacía quedar como una acosadora obsesiva, cuando lo cierto era que yo solo había intentado conseguir algunas respuestas por su parte. A ver, Steven había desaparecido sin previo aviso después de tres años juntos, y su marcha no me hizo perder la cabeza: me rompió el corazón. Mis reacciones al final de nuestra relación fueron normales y comprensibles, pero *Corazón desquiciado* no hablaba de nada de eso. La historia se centraba en demostrar que él había «ganado» en nuestra ruptura y lo mucho mejor que estaba sin mí. Y, por si contar en negro sobre blanco lo mucho que me despreciaba no fuera lo bastante humillante, aquel maldito libro estaba *por todas partes*: en los escaparates de las librerías, en los programas de variedades de las mañanas, en las manos de la gente en el metro, y hasta se había colado aquí, en mi flamante y nuevo trabajo de mis sueños. Fuera donde fuera, no se me permitía olvidar de lo estúpida que había sido al desperdiciar todos aquellos años con Steve.

—Yo no veo el romance por ningún sitio en todo eso, Glen —dijo Cameron, juguetenado con el teléfono como si se aburriera.

La pantalla cambió para mostrar la foto de autor de Steve que se incluía en el libro. Algunas mujeres soltaron exclamaciones de admiración porque, encima, era una buena foto.

—No, espera, ¡esa es la cuestión! El libro también cuenta cómo ha conocido a la chica de sus sueños, y la parte final trata de lo perfecta que es, y de cómo le ha enseñado el significado del amor. La he buscado y es guapísima. Parece que él ha salido ganando considerablemente.

Alrededor de la mesa se oyeron algunas carcajadas, y tuve que hacer esfuerzos indecibles para no lanzar miradas asesinas a los hombres allí reunidos, mis nuevos compañeros de trabajo. Ellos no lo sabían;

nadie lo sabía. Me mordí el interior de una mejilla al sentir que los ojos se me llenaban de lágrimas.

—De acuerdo, eso me gusta más. Lo añadimos a la lista de posibilidades —aceptó Cameron—. Felicity, míralo y me das tu opinión.

Por nada del mundo iba a considerar siquiera la posibilidad de hacer *nada* con Steve Brudny, pero no podía objetar a las instrucciones del jefe delante de todo el mundo sin dar una explicación que no tenía la más mínima intención de ofrecer. Intenté tragar el nudo que se me había formado en la garganta y esbozar una sonrisa, pero mis ojos se negaron a cooperar. *Mierda y más mierda*, ¡me iba a echar a llorar en mi primer día en el trabajo! No, no podía permitirlo. Necesitaba un minuto para recomponerme, así que empujé mi silla hacia atrás sin hacer ruido, esperando poder escabullirme un momento sin que se notara mucho.

—Vaya, ¿ya te marchas, Felicity? —rio Cameron, lo que hizo que todos se volvieran a mirarme—. ¿Demasiada presión para ti? Pues más vale que te vayas preparando, porque esto no es nada.

¡Pero cómo se atrevía a convertirme en un espectáculo, cuando lo único que yo quería era tomarme un respiro! Levanté la barbilla con la esperanza de que no se me notaran las lágrimas.

—No, ¡estoy bien! —dije hablando con firmeza, al tiempo que alargaba un brazo hacia el vaso vacío que tenía delante—. Solo quería un poco más de agua, eso es todo.

Siempre se me había dado bien improvisar sobre la marcha.

—Alessandra se puede ocupar de eso —dijo él sin más—. Siéntate, aún nos queda al menos una hora hasta que terminemos.

Lo dijo en el mismo tono en el que un profesor se habría dirigido a un niño díscolo, y me sonrojé sin remedio.

Me pasé los cincuenta y ocho minutos siguientes atrapada entre la mirada altanera de mi ex, que me sonreía desde la pantalla, y el capullo del jefe sentado en la cabecera de la mesa, listo para tratarme con la misma falta de respeto.

Aquel trabajo había sido un puto error enorme.

6

CAMERON

Me encantaba ir a nuestra boutique principal. Con sus líneas limpias y nuestro característico esquema de color en plateado y negro, lograba aunar la imagen del lugar de ensueño que todas las futuras novias aspiraban a visitar, con un ambiente lo bastante masculino para que los clientes de ese género no se sintieran fuera de lugar. Casi todas las mujeres que atravesaban las grandes puertas dobles hacían una pirueta en el famoso mosaico circular que adornaba la entrada, imitando una escena de *Very Veritique,* una película de los años cincuenta en la que nuestra tienda había tenido un papel principal.

Habíamos acudido allí después de cerrar, aprovechando nuestra primera reunión oficial con Lucy Dubois para hacer el lanzamiento interno de una nueva colección de anillos de compromiso. En el grupo elegido estaban, además de Sandrine y Glen, nuestra diseñadora jefe Clara, Dominick, del departamento jurídico y Felicity.

Por supuesto que estaba Felicity. Ella era la razón por la que habíamos organizado aquella reunión, que yo esperaba que no resultara una completa pérdida de tiempo. Lucy había superado sin problemas nuestra revisión de antecedentes, y ahora se trataba de ver si tenía química con nosotros. ¿Podría una marca tan compleja como Veritique conectar de verdad con una *influencer*? Me costaba mucho imaginarlo, pero cada una de las objeciones que se me ocurrían contra aquel plan me recordaba a algo que habría dicho mi padre, y su actitud de rechazo absoluto a adaptarse a cualquier novedad, o a escuchar otras opiniones. Yo no quería ser como él. Como mínimo, tenía que hacer un esfuerzo por considerar aquella nueva estrategia.

Lucy y Felicity estaban hablando en un rincón alejado de la tienda y parecían llevarse muy bien. Eso me daba la oportunidad de analizar a aquella mujer que no había dejado de ser una molestia desde su primer día en la empresa.

No, eso no era cierto. Felicity estaba haciendo un trabajo fantástico. Lo que me ponía de los nervios era que nuestras personalidades no encajaban en absoluto. El resto del equipo la adoraba, y el sentimiento parecía ser mutuo, así que ¿por qué parecía que siempre me miraba a mí con mala cara? En aquel momento, por ejemplo, yo solo estaba tomando nota del vestido azul que llevaba puesto y cómo destacaba su espléndida figura, pero ella me había lanzado una mirada asesina que me hizo sentir como si me hubiera pillado babeando.

Aunque cabía la pequeña posibilidad de que hubiera estado babeando un poco, porque aquella maldita mujer era una diosa. No es que se vistiera para destacar su cuerpo, pues todo lo que llevaba resultaba más que adecuado para nuestra cultura de empresa, un tanto rancia, pero hasta las pequeñas aberturas de sus faldas, que mostraban la parte posterior de sus rodillas, eran suficientes para que me preguntara qué habría un poco más arriba. No pude evitar reírme. Podía acostarme con la mujer que quisiera, pero allí estaba: arriesgándome a que se me pusiera dura en el trabajo con solo pensar en una *rodilla*, y todo gracias a mi nueva empleada.

—¿Por qué no empezamos ya? —propuse en voz alta, de forma que mis palabras resonaron por el amplio espacio de la tienda.

Todo el mundo se acercó al mostrador en el que Bernard, nuestro vendedor más veterano, esperaba con un cojín de terciopelo negro. Felicity terminó situada a mi lado, pero se aseguró de no mirarme a los ojos. Estaba seguro de que no me soportaba.

—¡Bienvenidos! —saludó Sandrine—. Lucy, ¡estamos encantados de tenerte aquí esta noche!

Los asistentes aplaudieron, mientras Lucy nos dedicaba una enorme sonrisa y hacía gesto de devolver el aplauso al grupo. Se movía con una gracia practicada, como si estuviera lista en todo momento para enseñar su mejor ángulo para las fotos. Era atractiva, del modo en que lo suelen ser las modelos de Instagram, con cejas un tanto exageradas y labios que debían tener una buena relación con las agujas. Ahora que la veía junto a una belleza natural como la de Felicity, mi primera impresión fue que parecía un tanto alienígena, pero me reprendí por ser demasiado crítico. Su aspecto no era relevante para nuestros planes. Lo que nos hacía falta era alcance, y el suyo era muy considerable. Lucy era muy buena en lo suyo, y si todo salía según nuestros planes, nuestra asociación con ella iba a ser todo un éxito.

—Queremos empezar esta reunión presentando nuestra nueva colección de anillos de compromiso, para que Lucy pueda dar rienda suelta a toda su creatividad —continuó Sandrine, mirando con una sonrisa a nuestra invitada.

—Estoy emocionadísima por tener esta oportunidad —exclamó Lucy—. ¡No paro de pellizcarme para asegurarme de que es real!

Bueno, al menos su entusiasmo resultaba encantador, pero lo importante era que se tradujera en buenas opiniones sobre nosotros.

—Clara, ¿por qué no nos presentas la colección? —propuso Sandrine.

Nuestra diseñadora jefe era la viva imagen de una mujer creativa, con su melena negra de corte severo, enormes gafas de montura negra y un moderno atuendo compuesto de un vestido y una capa unidos de una forma que no lograba entender. Eso sí, no tenía la menor intención de pedirle que me lo explicara, porque procedería a contármelo con todo lujo de detalles. No era una persona de trato fácil, pero era la mejor en el negocio.

—Por supuesto. Esta noche comenzaremos con el Eternum —entonó Clara con aquel acento alemán que la hacía parecer aún más seria. Seleccionó el anillo en cuestión entre los que había en el cojín de terciopelo negro situado frente a Bernard y lo alzó en el aire para mostrarlo—. Es un diamante de ocho quilates de talla pera, con cincuenta facetas en forma de flecha y engastado en pavé. Es un anillo muy característico, que llama mucho la atención.

—Oh, es glorioso —chilló Lucy, dando palmas—. Necesito verlo puesto, pero no en mis manos, que llevo una semana sin hacerme la manicura. —Se volvió hacia Felicity—. Tú tienes las manos perfectas. ¡Póntelo para que lo veamos!

Felicity se puso pálida y me miró de reojo.

—Oh, no, no puedo hacer eso. —. Sandrine podría…

—¿Qué talla de anillo usas, Felicity? —preguntó Bernard con sonrisa de experto—. ¿Tal vez la seis?

—Hum. —Ella se quedó pensando con los ojos puestos en el anillo, como si le diera miedo—. Lo cierto es que no tengo ni idea.

—Todos los anillos que mostramos en la tienda son talla seis, y sé que Sandrine utiliza la siete. Pero creo que el Eternum te irá bien.

Felicity cogió el anillo como si fuera una granada a punto de estallar y, tras lanzarme otra mirada rápida, se lo puso en el dedo.

—Caray, es espectacular —suspiró, moviendo la mano a un lado y a otro, antes de acercárselo a la cara.

—Te encaja a la perfección —dijo Bernard, orgulloso—. Como si fueras Cenicienta.

Lucy ya había sacado el teléfono y estaba grabando aquella prueba informal.

—Deberíais ver cómo brilla en el vídeo, ¡ni siquiera voy a necesitar un filtro! —exclamó—. ¡A mis seguidores les va a encantar este contenido!

Lancé a Dominick una mirada de advertencia.

—Esto, Lucy —dijo él, ajustándose las gafas—. No puedes publicar nada de esto todavía, aún no hemos llegado a un acuerdo.

—Y esta solo es una sesión interna, aún no estamos listos para presentar esta colección al público —añadió Sandrine.

—Claro, claro, claro —dijo Lucy sin dejar de grabar—. Aún no voy a publicar nada, por supuesto, pero esto me dará ideas para más adelante.

Felicity seguía admirando el anillo que llevaba en el dedo. Era precioso —no podía ser de otro modo, pues era yo quien había aprobado el diseño—, pero no era adecuado para ella. El Eternum era una joya grande y llamativa, más apropiada para una mujer que quisiera lanzar un mensaje al mundo, a todo volumen. Una mujer que quisiera proclamar su posición. Yo no conocía bien a Felicity, pero no parecía ser una de esas mujeres.

—¿Qué te parece? —pregunté.

Estaba lo bastante cerca de mí como para notar un leve aroma a melocotón a su alrededor. Cómo no, tenía que oler a algo dulce.

—Es increíble —contestó, sin apartar la mirada de la joya—. Creo que debo llevar puesto el equivalente a dos años de alquiler. ¡Y pesa mucho! —Movió la mano de un lado a otro—. Es como una pesa de gimnasio.

—¿Estás diciendo que eres demasiado débil para llevar ocho quilates? —pregunté riendo—. Pues eso va a ser un problema, espera a ver el Brillante. ¡No podrás levantar la mano del mostrador!

Le tomé la mano para ver mejor las facetas de la piedra, sin caer en que estaba *cogiéndole la mano* delante de todos los presentes, hasta que escuché a Lucy soltar un «ooooh» a todo volumen. Si le soltaba la mano de golpe y me apartaba, eso sería aún más embarazoso que hacer como si nada, así que continué como estaba.

Por su parte, Felicity saltó como si hubiera recibido una descarga eléctrica, pero se relajó enseguida al ver que me estaba limitando a inspeccionar profesionalmente el anillo, y nada más.

—¿Qué opinas, Romeo? —preguntó en un tono mucho más ligero del que nunca le había oído utilizar conmigo—. ¿Es digno de tu Julieta?

Hizo una pequeña reverencia.

—No. Creo que no te sienta bien —dije con sinceridad.

Ella apartó la mano al momento, con aire ofendido.

—¿Por qué no?

—No es tu estilo… por alguna razón, en tu mano parece bisutería.

—¿*Disculpa*? —Levantó las cejas todo lo que pudo—. ¿Estás diciendo que hago que parezca barato?

—No estoy diciendo eso en absoluto —refunfuñé, cogiéndole la mano de nuevo.

Volví a mirar el anillo, a pesar de que ella estaba tratando de soltarse de mi mano. Su piel era muy clara, casi transparente, y suave como la seda. Aquel anillo parecía un enorme y brillante obstáculo en su delicado dedo. La miré a los ojos.

—No cabe duda de que el Eternum es una pieza sobresaliente, pero no es el anillo adecuado para ti. Un anillo debe ser un complemento para la mujer, no tratar de eclipsarla. A ti te iría mejor un anillo inspirado en la belleza natural. Claro, que alguien como tú podría llevar un trozo de cuerda enrollada en el dedo y hacer que pareciera una pieza de un millón de dólares.

Ese era el tipo de cosas que habría dicho a cualquier cliente, pero decírselo a Felicity mientras le sujetaba la mano parecía dar a mis palabras un significado distinto, de una forma que no podía explicar.

Su boca dibujó una bonita forma de *O*, y hubiera jurado que oí a Lucy soltar un chillido. Cuando la miré, me encontré con que nos estaba grabando.

—Recuerda que no puedes… —empecé.

—Lo sé, lo sé —rio ella—. No lo voy a publicar, pero quiero grabarlo porque ¡es para desmayarse!

En cuanto comprendí lo que estaba dando a entender, solté la mano de Felicity como si quemara.

Seguro que daba la impresión de que había algo entre nosotros. Éramos dos personas atractivas, de sangre caliente y con nuestras necesidades, pero ¿cómo podía Lucy no notar la corriente de desconfianza entre nosotros? Parecía emanar de Felicity, aunque su mano se había relajado en la mía de un modo que casi me resultaba familiar. *No*, imposible, debía de haberlo imaginado.

Estaba a punto de dejar bien claro a Lucy que Felicity y yo solo trabajábamos juntos, cuando Clara dio unos golpecitos sobre el cristal del mostrador con la enorme esmeralda de su propio anillo para llamar la atención de todo el mundo.

—Si me permitís continuar —dijo, en aquel tono tan serio. A Clara no le gustaban las tonterías, pero a mí me gustaban aún menos.

Bernard situó otro anillo en el cojín negro y Clara procedió a cogerlo y alzarlo ante ella.

—El Novo —anunció con solemnidad—. Dos diamantes redondos de talla brillante, que enmarcan una piedra central. Con tres quilates justos, es el más pequeño de la colección, pero la pureza inigualable de sus piedras es lo que marca la diferencia.

Clara se lo entregó a Felicity, quien se lo probó con mejor ánimo.

—¡Me gusta! —canturreó Lucy cuando Felicity alzó la mano.

Se oyeron diversas exclamaciones de admiración, pero a mí me interesaba solo un anillo concreto, porque sabía que sería perfecto para alguien como Felicity.

—Bernard, por favor, sácame el Eternity —pedí en voz baja.

Él sacó el anillo y me lo entregó sobre el cojín justo cuando Felicity se quitó el Novo. Alcé el anillo y carraspeé para llamar la atención.

—Clara, si no te importa, seré yo quien describa este. —Clara inclinó la cabeza, como si yo fuera un rey, o algo así, y eso me recordó su don para el drama—. El Eternity es un diamante de seis quilates en talla cojín, con facetas centrales perfectamente alineadas, montado con cuatro garras y engaste en micropavé, lo que le da un brillo muy superior a otros diseños. Es un anillo deslumbrante, que aúna la sensibilidad moderna con un alma romántica.

Me volví hacia Felicity, notando todas las miradas puestas en nosotros, incluyendo la cámara del teléfono de Lucy.

—¿Me permites? —pregunté, tendiéndole el anillo.

En ese momento, Dominick, con los ojos puestos en su móvil, como siempre, tropezó al dar un paso en mi dirección y cayó contra mi espalda. El empujón hizo saltar el anillo por los aires, y yo me dejé caer de rodillas detrás de él, para recuperarlo. Conseguí cogerlo justo cuando rodó a los pies de Felicity, que se había tapado la boca con las manos por la sorpresa de ver caer al suelo una joya que valía unas cuantas decenas de miles de dólares.

—Ay, Dios mío, *por favor* ¡no os mováis ahora! ¡Esto no tiene precio! —chilló Lucy desesperada—. ¡Os voy a hacer un millón de fotos! ¡Pónselo en el dedo!

Su tono insistente hizo reír a Felicity, y yo tampoco pude contener una sonrisa, a mi pesar. Debíamos parecer tremendamente ridículos en aquella postura, como si le estuviera pidiendo la mano de verdad.

—Los deseos de Lucy son órdenes para mí —dijo Felicity y, tras decir eso, tendió la mano hacia mí.

Le puse el anillo lo más rápido que pude y me levanté. Estaba a punto de hacer una broma sobre lo ocurrido cuando vi que se había quedado mirando el anillo con los ojos muy abiertos.

—*Oh* —exhaló al examinarlo—. Este es perfecto.

—Es mi favorito —expliqué.

Le tomé la mano con cuidado para observar cómo le quedaba el anillo. No me sorprendió que el tamaño fuera perfecto para su dedo, como si estuviera hecho para ella.

—Vale, bien. Podéis decir que estoy loca, pero he tenido la mejor idea del mundo —dijo Lucy acercándose a saltitos—. Ya sabéis que lo mío son las parejas famosas, pero ¿y si para esta campaña nos centramos en algo más cercano?

Sandrine se acercó para escuchar la propuesta.

—¿A qué te refieres? —pregunté, notando cierta tensión en el estómago al ver cómo nos miraba a Felicity y a mí.

—Si es que soy la mejor, ¡se me ocurren unas ideas brillantes! —exclamó ella—. Vosotros dos resultáis adorables juntos, así que podríamos mostrar vuestra historia de amor, desde la mesa de diseño, a la selección del anillo, la pedida, los anillos de boda… ¡Vuestro romance encajaría sin problema en mis publicaciones! Está claro que no sois famosos, pero teniendo en cuenta a qué os dedicáis, yo creo que no habrá diferencia. Y los dos sois guapísimos, así que… —Se interrumpió para sacar su teléfono y mostrarnos la foto en la que yo estaba arrodillado ante Felicity—. ¿Veis? Quedáis fenomenal en las fotos.

Felicity y yo nos acercamos para mirar la imagen, que daba la impresión de que éramos dos personas profundamente enamoradas, y demostraba a la perfección hasta qué punto mienten las fotos. Felicity no estaba viviendo una historia de amor: solo sonreía porque yo había tenido que tirarme al suelo para recoger el anillo a sus pies.

—No somos una pareja —dijo Felicity enseguida—. De hecho, casi no nos aguantamos.

Intenté ocultar lo mal que me sentó eso. Yo ya la toleraba bastante bien. ¿Acaso a ella no le pasaba lo mismo? Bueno, daba igual; no necesitaba caerle bien, solo necesitaba que hiciera bien su trabajo.

—Exacto, es solo una relación de trabajo, y nada más.

—¿*Qué*? —protestó Lucy—. Ni de coña, no me lo creo. ¡Tenéis una química increíble! Me habéis engañado del todo. —Hizo una pausa y esbozó una gran sonrisa—. Un momento, ¡quizá podamos utilizar eso! Si *yo* me he creído que ibais en serio, y ni siquiera lo estabais haciendo a propósito, entonces ¡podéis engañar a cualquiera!

—Eh, espera un momento —replicó Felicity—. Eso ha sido durante tres minutos o así. No podríamos mantenerlo a largo plazo.

¿Se había estremecido por un instante al decir aquello?

—Bueno, la idea no es mala —dijo Sandrine con cautela—. Hay muchas formas de sacar partido a una relación fingida. Nosotros controlaríamos toda la historia.

—Y yo me encargaría de que fuera muy sencillo —añadió Lucy—. Solo tenéis que dejarme a mí toda la planificación y limitaros a aparecer y estar bien guapos.

No me gustaba a el giro que había tomado todo aquello. Yo apenas podía mantener una relación de verdad, así que intentar aparentar las emociones adecuadas para una falsa estaba descartado. Lo malo era que Sandrine y Lucy ya estaban calculando la tasa de mantenimiento de atención, mientras Felicity las escuchaba atónita, sin dejar de tocar el anillo, que aún llevaba puesto, con el pulgar de la misma mano, como para asegurarse de que seguía allí.

—Disculpadme, ¿podéis escucharme un momento? —interrumpí al cabo de un momento—. El objetivo de esta sesión eran los anillos, ¿os acordáis? Y luego tenemos que determinar si tiene sentido que Veritique se asocie con Dubois Enterprises.

Me sentí como un capullo por utilizar el contrato para recordar a Lucy quién tomaba las decisiones allí. No me gustaba nada perder el control de la situación.

—El anillo, por favor —dije, volviéndome a Felicity con la palma de la mano hacia arriba.

Sus labios se fruncieron durante un instante, pero por fin se quitó la maldita sortija y la dejó en mi mano con un golpe.

—¿Clara? Vamos a pasar al Soleste, por favor.

Necesitaba centrarme en algo que no fuera la sensación de la mano de Felicity en la mía.

7

CAMERON

—Me vas a perdonar, ¿qué es lo que has dicho?

Mi hermano pequeño, Aiden, me miraba lanzando chispas por los ojos. Estábamos en el estrecho pasillo que conducía a los baños del restaurante Eleven Madison Park, y la incómoda cena de la que se suponía que estábamos disfrutando ahora iría mucho peor, gracias a lo que me acababa de contar.

Habíamos quedado para que yo pudiera conocer por fin a la misteriosa mujer con la que llevaba saliendo unos cuantos meses. A Aiden le gustaba ir de flor en flor, así que el hecho de que hubiera aguantado más de tres citas con la misma mujer resultaba toda una novedad. Sin embargo, hasta ahora no había querido presentármela, y era yo quien había tenido que insistir en salir a cenar los tres, así que me había preocupado que hubiera algo raro en todo aquello. Mis peores temores se confirmaron en cuanto entró con su acompañante.

La mujer con la que había estado saliendo en secreto era nada menos que Megan Bartholomew, la hija mayor del dueño de la empresa que era nuestro mayor competidor, Barth & Co. Y no solo eso, sino que acababa de confesarme que estaba pensando en pedirle matrimonio.

—Ya me has oído —replicó irritado—. Quiero casarme con ella. La quiero.

—¿Que la *quieres*? ¡Pero si casi no la conoces! —espeté—. Aiden, sería un error de campeonato. ¿Es que no lo ves? ¿Una *Bartholomew*? ¡No sabes si podría ser una espía de su empresa!

—Para empezar, ¿qué tipo de información me iba a sacar? Sí, estoy en el consejo de Veritique, pero solo voy a la oficina dos veces al año. Sabes muy bien que mi participación en la empresa es nominal y, además, Meg no trabaja para Barth, tiene su propio estudio de diseño de interiores. —Hizo una pausa—. Cameron, estoy enamorado de ella. ¿Por qué cojones no lo entiendes?

Aiden parecía muy molesto y, por un momento, me sentí mal por él. Siempre había vivido a mi sombra, y hasta parecía mi gemelo malvado, con su pelo negro. Él se había revelado contra lo mucho que nos parecíamos tratando de ser justo lo opuesto a mí y, aunque le había costado bastante tiempo encontrar su propio camino, en los últimos años se había asentado y le iba bastante bien. Bueno, bien para él, se entiende. Era marchante de arte y le encantaba rodearse de tipos creativos a los que yo no era capaz de entender. Pero daba igual, yo le apoyaría en todo lo que le hiciera feliz. O, al menos en casi todo, porque en esto, desde luego que no. Con un suspiro, intenté encontrar en mi interior una pizca de simpatía por a su situación, pero solo conseguí enfurecerme aún más al pensar en el error que iba a cometer.

—Escucha, sé de primera mano que apresurar las cosas siempre acaba fatal —dije, tratando de hablar con calma—. ¿Por qué no aprendes de mis errores?

—Solo porque tú hayas tenido mala suerte en cuestiones románticas no significa que a mí me vaya a pasar lo mismo —replicó él—. Esperaba que me apoyaras, pero está visto que, como no sigo tu guion, no vas a hacerlo. Típico de ti.

Una mujer pasó entre nosotros de camino al baño, así que Aiden y yo nos apartamos un poco. La tensión estaba haciendo que me empezara a doler la nuca.

—Lo único que te pido es que vayas algo más despacio —contesté en voz baja, aunque era mentira. No quería que tuviera *nada* que ver con Megan Bartholomew—. No te precipites, sobre todo con ella.

Tenía la esperanza de que, si se tomaba la relación con calma, tal vez se daría cuenta de que casarse con ella era una idea malísima. Y, si me permitía salirme con la mía, le estaría a su lado hasta que llegara a ese punto para hacerle ver todos los problemas que resultarían de su decisión, hasta que comprendiera que yo tenía razón.

—Escucha, no puedes hacer ni decir nada que me haga cambiar de opinión. Meg es una mujer increíble, cosa de la que te darías cuenta si le dieras la menor oportunidad. Pero no, claro; tenías que mirarla como si fuera una intrusa que se hubiera colado en nuestra cena.

—Es la enemiga literal del negocio de nuestra familia —dije entre dientes, señalando hacia la sala—. ¿No te acuerdas de cuando Barth & Co. hizo aquella campaña publicitaria para dar la impresión de que estábamos atentando contra los derechos humanos?

—Te lo vuelvo a repetir, Cam: *ella no trabaja para la empresa.* —Aiden pronunció aquellas palabras como si estuviera hablando con un niño pequeño, y terminó golpeando una mano con el dorso de la otra. Me dieron ganas de darle un puñetazo—. Además, eso fue hace un siglo, cuando papá todavía llevaba el negocio.

Nos miramos en silencio durante unos momentos.

—¿Vas a volver a la mesa, o no? —preguntó Aiden.

Traté de imaginarme sentado de nuevo frente a aquella mujer y me sentí incapaz de aparentar que lo estaba pasando bien, así que negué con la cabeza.

—Lo siento, Aiden, pero no voy a fingir que esto me parece bien. Estás cometiendo un error y no estoy de acuerdo con esta relación.

Me preparé para que estallara, pero mi hermano me sorprendió.

—De acuerdo —contestó en tono comedido—. Pero te voy a demostrar que te equivocas. *Los dos* vamos a demostrártelo.

Quise reírme en su cara. No podía creer que, después de haber sido testigo de las relaciones infernales en las que yo me había visto envuelto, aún creyera que a él no podían pasarle cosas similares.

—De acuerdo, adelante —dije—. Voy a despedirme para que los dos podáis disfrutar de una cena maravillosa sin mí. Hasta os pagaré la cuenta.

Volví a la mesa, me despedí de una resignada Megan Bartholomew y salí a la calle. Necesitaba aclararme las ideas, así que le indiqué a Jimmy que se marchara y me dirigí a casa andando, con la esperanza de que un paseo mejorase mi estado de ánimo.

No me di cuenta de la velocidad a la que caminaba hasta que mi corbata empezó a ahogarme, así que la aflojé y me obligué a aminorar el paso. Me estaba costando mucho asimilar la *impotencia* que sentía ante la decisión de Aiden. ¿Cómo no veía que iba a cometer un error gravísimo, que no solo cambiaría su vida, sino que también podía afectar a la empresa? ¿Mi fracaso en el intento de encontrar la felicidad no había sido suficiente para demostrarle que precipitarse a un matrimonio era una locura?

Seguí caminando por la abarrotada acera sin molestarme en levantar la vista del suelo y, de alguna manera, conseguí esquivar a todo el mundo hasta que choqué con alguien que salía de un supermercado. Le di un golpe tan fuerte que soltó la bolsa de papel que llevaba en los brazos, haciendo que un montón de mandarinas salieran rodando por la acera en todas direcciones.

—Lo siento, ha sido…

—Sí, claro que ha sido culpa tuya, Romeo.

Solo entonces miré a la persona con la que había chocado, y no pude contener un largo suspiro.

—Fagin. Tenías que ser tú, por supuesto. Justo lo que me faltaba hoy.

Felicity arrugó la cara, pues claramente se lo había tomado como un insulto. Empecé a recoger las mandarinas, solo para no tener que mirarla porque, maldita sea, estaba deslumbrante hasta con una coleta mal hecha y sin maquillaje.

—¿A dónde ibas con tanta velocidad? —preguntó cuando le entregué la última mandarina fugitiva, mientras ella trataba de reorganizar las tres bolsas que llevaba—. Fuera donde fuera, lo lamento por las personas a las que vayas a ver.

—Esta noche no, Fagin —suspiré, frotándome los ojos—. Me voy a casa, ¿vale? He tenido un par de horas bastante malas.

Ella me observó durante un momento, y mi aspecto debió delatar lo estresado que estaba, porque cuando volvió a hablar, lo hizo en un tono menos mordaz.

—Vaya, siento oír eso. Yo también voy a casa. ¿Quieres que vayamos juntos y me lo cuentas? A lo mejor te ayuda hablar de ello.

Me sorprendió que aquella oferta tan amable viniera de una persona que, por lo general, actuaba como si no me soportara. Aunque no estaba de humor para comentar mis problemas familiares con una empleada, ahora que sabía que los dos íbamos al mismo sitio, no tenía más remedio que acompañarla.

—De acuerdo. —Suspiré de nuevo—. Dame una de tus bolsas, te ayudaré.

—¿Estás siendo caballeroso? —Ella se detuvo—. Vaya, eso sí que es una sorpresa, viniendo del ladrón de taxis al que creía conocer tan bien.

—No tienes ni idea de cómo soy en realidad —protesté, al tiempo que ella me entregaba una bolsa llena de lo que debían de ser pelotas medicinales.

—Eso es cierto —admitió ella cuando echamos a andar—. Y ahora, suéltalo. Cuéntame que ha pasado.

Durante un momento, me planteé contarle la lamentable historia de mi hermano y aquella mujer, pero comprendí que sería mejor mantener la distancia profesional. Algo en Felicity Rhodes me desequilibraba, y no estaba acostumbrado a esa sensación. El instinto me obligaba a esforzarme por mostrarme distante con ella. Era una mujer muy hermosa, eso era evidente, pero, además, era valiente, inteligente y no tenía reparos en decir lo que pensaba, ni siquiera a mí. Me mantenía en alerta constante, y no había mucha gente que lo consiguiera. No haría falta mucho para que una mujer como ella se me metiera en la cabeza, y no estaba dispuesto a permitir que eso ocurriera.

—Vaya, debe de ser bastante serio, si lo vas a mantener en secreto —insistió ella.

Al mirarla para contestar a su observación, vi que su boca dibujaba una pequeña sonrisa.

—Es broma, no tienes que contármelo, si no quieres —continuó—. No hace falta que digas nada. Podemos caminar en silencio, como si fueras mi asistente personal y me estuvieras ayudando a llevar la compra a casa.

—Sí, eso me vale —resoplé.

Caminamos durante otra manzana, hasta que Felicity se detuvo bruscamente.

—Hum… —Miró nerviosa hacia una bocacalle—. Bueno, yo me voy por aquí.

—Solo estamos a una manzana de casa. —La miré sorprendido—. ¿Por qué vas a ir por ahí? ¿Vas a dar un rodeo, o se te ha olvidado dónde vives?

—Esto… —Ella cambió el peso de un pie a otro, mirando en ambas direcciones—. Por ahí hay un parque que me encanta, Hanwell Park. ¿Lo conoces? Tiene unos cuantos rincones preciosos en los que sentarse a disfrutar la naturaleza, es muy agradable...

—Sí, claro que conozco ese parque —interrumpí—, pero ahora hace frío y está oscuro. ¿Por qué narices querrías ir al parque de noche, cargada con la compra?

—Es que, bueno, es uno de mis lugares favoritos en la ciudad, y yo…. Bueno, da igual, no pasa nada.

—Eres un enigma, Fagin —dije cuando volvimos a ponernos en marcha—. No te entiendo.

—El sentimiento es mutuo —replicó ella.

Cuando pasamos por la pequeña librería independiente que siempre me hacía desear tener tiempo libre para entrar a echar un vistazo, miré un momento al escaparate, y entonces fui yo quien se detuvo en seco al ver el libro destacado en el centro.

—Eh, ese es el libro del que estaba hablando Glen en la reunión del otro día.

A juzgar por el tamaño del cartel que había en el escaparate y el montón de ejemplares apilados a su alrededor, estaba claro que Glen no iba mal encaminado. Aquel libro parecía un éxito de ventas.

—¿Lo has leído? —Miré a Felicity.

Ella se había situado de espaldas a la librería, y miraba fijamente hacia delante, como si tratara de ignorar a un monstruo cuya existencia no quería admitir.

—¿Estás bien? ¿Qué te pasa? —pregunté.

Ella se limitó a sorber por la nariz y negar con la cabeza, todo ello sin mirar a la librería. Aquello empezaba a pasar de «raro» a «preocupante». ¿Qué podía haberla alterado tanto? Fuera lo que fuera, no me gustaba la forma en que parecía encogida sobre sí misma, como si estuviera asustada, o herida.

—Te estás comportando de forma muy rara. Dime qué pasa, Fagin.

—Sigamos andando —dijo ella con la barbilla levantada—. No me gusta estar aquí.

Nos volvimos a poner en marcha, Felicity con la vista clavada ante sí y yo sin apartar los ojos de ella. Al final se volvió hacia mí y dejó escapar un sonido exasperado.

—¡De acuerdo! Te lo diré —dijo ella y, tras una inspiración profunda, explicó—: Steven Brudny es mi ex. *Corazón desquiciado* trata sobre mí.

Su voz se quebró al confesarlo. A mí jamás se me habría ocurrido que lo que le pasaba fuera algo semejante. ¿Era ella la ex enloquecida de esa historia que estaba en boca de todo el mundo? No la conocía muy bien, pero no daba la impresión de ser una de esas exnovias chifladas que andaban por ahí. A ver, sí, a veces reaccionaba de forma muy intensa, pero nunca había parecido desequilibrada ni peligrosa. ¿Y qué había dicho Glen sobre que el autor había salido ganando con su nueva novia? ¿Quién podría ser mejor que Felicity?

—¿Cómo es eso posible? —pregunté, sin llegar a creerlo—. ¿Te avisó antes de escribirlo? ¿Te pidió permiso?

Ella dejó escapar una risa amarga y negó con la cabeza.

—Por supuesto que no. Yo jamás habría aprobado la basura que ha escrito en ese libro, pero no tengo la menor posibilidad de demandarle porque ha cambiado algunos detalles esenciales sobre mí. La novia del libro se llama «Felicia Raines».

—¿Y de qué te acusa en el libro? Bueno, si no te importa contármelo.

Felicity clavó los ojos en el suelo, como si intentara encontrar allí el valor necesario para hablar del tema.

—Si no quieres, no hace falta que… —empecé.

—Dice que estaba obsesionada con él —interrumpió ella, hablando entre dientes—. Afirma que fui yo quien le persiguió, como si le estuviera acosando, hasta que accedió a salir conmigo. ¡Eso ni se acerca a la verdad! Fue él quien iba detrás de mí. No dejaba de aparecer por la cafetería a la que yo solía ir, y siempre se paraba en mi mesa con alguna excusa para hablar. O, más bien, lo que hacía era soltar *monólogos*, porque ni siquiera me daba la oportunidad de decir palabra.

—Odio a ese tipo de gente —murmuré.

—Yo también, así que ahora no tengo ni idea de por qué acepté salir con él. Vale, sí, supongo que no tiene mal aspecto, pero joder, ¡es aburridísimo! No hace más que hablar de sí mismo. No consigo comprender cómo le aguanté durante tanto tiempo.

Su vehemencia me hizo reír.

—Ese libro está lleno de mentiras —continuó—. De hecho, ha escrito que Felicia le dijo: «Eres el mejor amante que he tenido nunca. Querría que me follaras todos los días, durante el resto de mi vida». —En ese punto, fingió que le daban náuseas—. Para empezar, *qué grima* y, en segundo lugar, ¡ni siquiera es verdad! Era super egoísta en la cama. No está ni entre mis cinco mejores amantes.

¿Por qué me alegró saber que el guaperas del autor superventas no había dado la talla en la cama? Claro, que mi siguiente pregunta era quién ocupaba el primer puesto en su lista.

—Y encima —continuó Felicity en un tono más agudo—, me hace parecer débil y sentimental, como una de esas heroínas de las novelas baratas que leía mi abuela. ¿Tú crees que yo diría algo como: «Mi rey, nuestras almas se han unido esta noche cuando me has hecho el amor.»?

No pude evitar soltar una carcajada al escuchar esas palabras tan ridículas.

—¿Ese es el tipo de literatura que vende estos días?

—¿*Lo ves*? —chilló ella—. Si no fuera tan lamentable, casi sería divertido, pero supongo que ha tenido que inventarse toda esa mierda para justificar que me dejó por las buenas, sin la más mínima explicación. Hay toda una sección en el libro según la cual yo le estuve persiguiendo para pedirle que volviéramos, pero lo único que hice fue intentar hablar con él unas cuantas veces. No porque quisiera volver, sino porque quería una explicación suya para poder pasar página. Pensé que, al menos, me debía eso. —Hizo una mueca—. Lo que no me esperaba era que compartiera su expli-cación con todo el mundo, ni que el cuarenta por ciento de ella fueran invenciones y, el otro cincuenta y cinco por ciento, mentira podrida.

Caí en la cuenta de que estábamos bromeando con un asunto que era bastante complicado. No podía ni imaginar por lo que habría pasado Felicity al ver cómo arruinaba su reputación.

—Supongo que estarás evitando todas las críticas y opiniones sobre el libro, ¿no? —pregunté.

Ella se encogió de hombros sin mirarme.

—Felicity… eso no es bueno para ti.

—Lo sé, pero no puedo evitarlo. Al principio, pensé que los críticos atacarían su forma de escribir, o se darían cuenta de que se lo había inventado todo, porque ninguna mujer se comportaría así de verdad, pero ¡solo dijeron cosas horribles sobre mí! Como que de menuda se había librado, o que yo era una loca obsesiva, o... cosas peores.

Acabábamos de llegar a nuestro edificio, pero yo no quería terminar aún la conversación.

—Oye, espera un momento. —Le sujeté el codo con una mano—. ¿Quieres que alguien se encargue de él?

—Cameron, ¿lo dices en serio? —Felicity abrió mucho los ojos, miró a su alrededor nerviosa y luego se acercó un poco más a mí—. ¿Me estás preguntando si quiero que lo liquiden?

La miré alucinado durante un instante, y luego me eché a reír.

—¿Liquidarlo? ¿Crees que te estoy ofreciendo contratar a un esbirro que acabe con tu exnovio? —Las carcajadas me estaban dificultando la respiración, mientras ella se iba poniendo cada vez más colorada—. Me refería a encargarme de él *profesionalmente*. Tengo contactos en el sector editorial y en la prensa. Está claro que no puedo retirar el libro de la circulación, pero podría conseguir calmar el fervor publicitario, si quieres.

—Ufff, menos mal —dijo ella con una risilla aliviada—. Bueno, creo que me gusta la idea de que lo quites de en medio, pero nunca te lo pediría. —. Hizo una pausa para considerar mi oferta—. Y tampoco hace falta que entierres el libro.

La miré con una ceja levantada, esperando que continuase.

—Le odio, y odio *Corazón desquiciado*, pero preferiría centrar mi energía en algo positivo, ¿sabes? Como mi nuevo trabajo. —Al mencionarlo, un lado de su boca se torció hacia arriba—. Cuanto más pienso en él, más poder tiene sobre mí. No quiero dedicarle más espacio en mi mente. Quiero decir… resulta muy irónico: la mitad del libro habla de que yo era la causa de todos sus problemas, porque le encantaba echarme la culpa de todo, así que estaría bien que yo tuviera la posibilidad de fastidiarle un poco. Pero… ¿no confirmaría eso su opinión sobre mí? —Se encogió de hombros—. Creo que lo mejor sería no volver a hablar de él nunca más.

Así que Felicity Rhodes quería dejarlo estar. Vaya, otra sorpresa procedente de aquella mujer que me mantenía en estado de desconcierto constante.

—Si eso es lo que quieres, eso es lo que haremos —le aseguré—. Olvidaremos a Steven Brudny por completo.

Cambié de mano la bolsa de la compra para poder abrirle la puerta para que pasara, y entonces vi quién nos estaba esperando en el vestíbulo.

—Oye, Felicity —advertí—. Prepárate para el impacto.

8

FELICITY

Giré la cabeza, tratando de entender lo que quería decir Cameron, y vi un enorme bulto negro que atravesaba el vestíbulo hacia nosotros a toda velocidad.

—Oh, Dios mío, ¿ese perro va a atacarnos? —pregunté aterrada.

—Algo así, pero más agradable —rio Cameron.

Dejó la bolsa de la compra en el suelo, y se agachó para recibir la embestida de aquel enorme animal. Lo que había esperado que resultara un ataque terrible, se convirtió en el alegre saludo de un perro que parecía no saber qué hacer con aquel cuerpo gigantesco. Solo pude ver un torbellino de patas, cola y hocico baboso mientras Cameron trataba de acariciar al animal.

—Este monstruo es mío —rio—. Te presento a Boris.

En aquel momento, el perro descubrió que había otro humano sobre el que saltar, así que corrió hacia mí y repitió sus vueltas y saltos juguetones.

—Eh, eh, para un momento, Boris —dije, tratando de dejar en el suelo las bolsas de la compra para poder acariciarle.

—Lo siento, chicos —dijo una voz desde algo más lejos.

Boris se dio la vuelta y salió corriendo hacia un hombre que se acercaba corriendo por el vestíbulo, pero cambió de opinión en el último momento y giró de repente a la derecha para saludar a Carl, el portero.

—Parece que alguien necesita un adiestrador —sonrió Carl, acariciando a Boris.

El otro hombre consiguió por fin sujetar la correa de Boris y se acercó a nosotros cuando lo hubo controlado por fin.

—Bueno, ya he hecho bastante ejercicio por hoy. Recuérdame que sujete la correa con más fuerza —suspiró cuando llegó hasta nosotros —. Ha estado correteando por todo el vestíbulo. ¡Es muy rápido!

—Y fuerte —añadió Cameron, que se había inclinado para dar un beso al perro en la cabeza. Cuando se levantó, nos miró a los dos—. Felicity Rhodes, te presento a mi viejo amigo Tyler Boyd.

—Eh, que no soy *tan* viejo —rio Tyler.

Miré con los ojos entrecerrados a aquel hombre tan guapo, de pelo oscuro.

—¿De qué me suena tu nombre?

Él sonrió incómodo durante un momento, y movió un poco los pies.

—Pues no lo sé.

—Estoy segura de que nos hemos visto antes —dije, sin dejar de mirarle.

—Oh, puedes creerme. Si nos hubiéramos conocido, no te habría dejado olvidarlo. —Me dedicó un guiño juguetón.

—Ya te vale, Tyler, eres incorregible —protestó Cameron.

—¡Ya me acuerdo! —El tonteo me había recordado algo—. Te vi cantar en The Sty. Fui con mi amiga Nina, estuvimos en la primera fila. ¡Sois todos increíbles!

—Oh, vaya, de acuerdo —dijo él con una inclinación de la cabeza—. Muchas gracias, te lo agradezco. Bueno, los otros no son mi grupo, solo tocamos juntos de vez en cuando.

—Tyler es más bien un solista, en mi opinión —explicó Cameron—. Cuando está ahí arriba él solo, es digno de verse.

Recordé que Nina había dicho que había tenido algunos grandes éxitos en su día, o algo así. Había querido buscar algunos vídeos en YouTube, pero aquello fue la noche en que me quedé encerrada en el ascensor con Cameron y, para cuando llegué a casa, cualquier recuerdo de Tyler se había borrado de mi mente por completo.

—Este es mi fan número uno. —Tyler dio un puñetazo en el brazo a Cameron—. ¿Vais a subir?

—Sí, pero antes voy a ayudar a Felicity a llevar la compra a su casa —contestó él.

—Os ayudo. Si Boris no vuelve a salir corriendo, me queda una mano libre.

Cogió una de mis bolsas y los tres nos dirigimos juntos al ascensor. Contuve una risa tonta, porque sabía que Nina iba a alucinar cuando viera en casa al cantante que le había gustado. Esperaba que no se hubiera cambiado de ropa al volver a casa, porque aquella mañana se había puesto guapísima para ir a trabajar. Hubiera querido avisarla, pero ya no tenía tiempo.

—Aquí es —dije cuando se abrieron las puertas del ascensor.

Les precedí por el pasillo hacia la puerta y di un golpe de advertencia antes de abrir con las llaves.

—Nina, ¿estás visible? Tenemos visita.

—¿Quién es? ¿Es Jenny? —preguntó ella, refiriéndose a nuestra vecina del otro lado del pasillo, que venía algunas noches a tomarse una margarita con nosotras—. Jen, si eres tú, ya sabes que estoy mucho mejor que visible —continuó ella—. Me he quitado el sujetador, me he puesto ropa cómoda, voy por la segunda copa de vino, y ¡la vida es bella!

Tras decir eso, salió de su habitación y se detuvo en seco al vernos.

—¡Hola! —Saludé alegremente, y señalé a Cameron y Tyler—. ¡La visita!

—¡Y un *perro*! —chilló Nina, sujetando su copa de vino con las dos manos—. Bueno, ¡hola! Oh, Dios mío, ¡tú eres Tyler Boyd! —se sorprendió al fijarse en él—. ¡Estás en mi casa! ¿Qué diablos está pasando?

—He venido con mi amigo Cam y este bicho —contestó él—. Y supongo que he traído una sandía —añadió, cambiando la bolsa de mano.

—Un momento, ¿eso era una referencia a *Dirty Dancing*? —preguntó Nina incrédula.

—Culpable —rio él—. He oído que fuiste a mi último concierto, gracias por asistir. —. Tyler amplió aún más su sonrisa y Nina estuvo a punto de caer redonda—. Me acuerdo de ti, esa melena roja es inolvidable.

—¿En serio? ¿Te fijaste en mí?

—¿Cómo no me iba a fijar? —Él sonrió aún más—. Cantaste las letras de todas las canciones. ¡Estuve a punto de darte el micrófono!

—Oh, por Dios. ¡Ni en broma! —Se echó a reír al pensarlo—. Si no puedo ni cantar en un karaoke.

—Bueno, tal vez debamos comprobar eso de primera mano —dijo Tyler—. Deja que sea yo quien juzgue tu voz.

—*Para* —pidió ella, haciendo un gesto coqueto con la mano para que callara—. Si soy lo peor.

Boris, aburrido, se separó un poco del grupo para ir a explorar nuestro piso, y Tyler ni se enteró.

—¿Cuál fue la canción que más te gustó? —preguntó—. Espero que no se notara que desafiné un poco en *That Night*.

—Ah, ¿sí? Pues a mí me sonó perfecto. Y me gustó mucho *A Toast to Us*, pero cambiaste el estribillo y me pillaste desprevenida. —Nina se acercó un poco más a Tyler—. El cambio me gustó, pero me da curiosidad saber por qué lo hiciste. ¿Me lo cuentas?

Tyler sonrió con timidez y empezó a explicar que algunos cambios en su vida le habían inspirado a modificar la letra. Los dos se comportaban como si no hubiera nadie más en la habitación, así que cuando capté la atención de Cameron, hice un gesto para indicar que fuéramos a la cocina.

—¿Me ayudas a guardar todo esto? Me vendría bien un par de manos adicionales.

Él comprendió que estaba pasando algo interesante entre nuestros amigos, así que me siguió hasta la pequeña cocina, con Boris pisándole los talones.

—Es un hombre encantador —dije, soltando la bolsa que llevaba sobre la encimera—. ¿Tengo que preocuparme?

Cameron me miró ceñudo mientras sacaba cosas de las bolsas.

—¿Por *Tyler*? No, es buena gente.

—Pero es una estrella de rock —dije, haciendo constar lo evidente mientras sacaba las mandarinas—. No suelen ser gente particularmente estable. Nina es como una hermana para mí, así que, si Tyler es un desastre, te pido que me lo cuentes. Lo digo en serio.

Cameron me entregó un paquete de pan, intentando mantenerlo lo bastante alto como para que Boris no llegara hasta él.

—Y yo quiero a Tyler como a un hermano, así que te entiendo. Siempre estaré de su lado, pero, si te soy sincero, no lo ha pasado bien.

Chasqueé la lengua.

—Vamos, que debo avisar a Nina de que se mantenga alejada de él.

—Eh, un momento —dijo Cameron, a la defensiva. ¿O tal vez le estaba protegiendo? —. Tyler es un *hombre* increíble. Tiene el corazón más grande del mundo, y más empatía que nadie. Pero Tyler, *la estrella de rock…* Bueno, eso es otra cosa. Llegó a lo más alto muy rápido, y eso afecta mucho a una persona. Se juntó con gente a la que le gustaba demasiado ir de fiesta, y se enganchó a ese estilo de vida. Cuando su segundo álbum fue un fracaso, todos sus nuevos amigos, que para entonces eran todo su mundo, le abandonaron. Ahora está intentando volver a centrarse, pero a veces recae y yo tengo que intervenir y cantarle las cuarenta. De hecho, eso es lo que iba a hacer la mañana que nos conocimos. Estaba preocupado por él y tenía mucha prisa por llegar a su casa.

Al oír que, en realidad, aquella mañana Cameron no había sido un capullo egoísta que solo quería quitarme el taxi, toda mi percepción de aquel encuentro cambió por completo. ¿Me habría equivocado en algo más con él?

—Tiene mucha suerte de contar contigo —murmuré, centrándome en encontrar un hueco libre en mis atestados armarios para no pensar en la sensación cálida que se estaba extendiendo por mi pecho.

—Gracias. Estoy a su lado en todo momento —explicó Cameron, dejando una caja de té sobre la encimera—. Es un amigo increíble.

—Entonces, ¿no es de los de tener rollos de una noche? —pregunté, mientras comprobaba que no quedara nada en ninguna bolsa.

Cameron se detuvo en seco, con una caja de pasta en la mano.

—¿Lo estás preguntando en serio?

Me tapé la boca con una mano porque, hasta ese momento, me había olvidado por completo de que Cameron no solo era un tío que estaba en mi piso, sino que era mi *jefe*.

—Lo siento, pero tengo que preocuparme por Nina —dije, con la cabeza hundida entre los hombros.

Nos quedamos en silencio unos minutos mientras terminábamos de recoger lo que quedaba.

—Entonces… ¿es de esos? —pregunté con un hilo de voz.

Contuve la respiración hasta que Cameron sonrió un poco, por fin, y terminó por echarse a reír a carcajadas.

—No había oído esa expresión desde la universidad. ¿Qué cojones, Felicity?

—¡Es una pregunta importante! —insistí—. Tengo que cuidar de mi amiga.

—De acuerdo, te lo explicaré para que lo entiendas: mi perro es lo que más quiero en este mundo, y dejo que Tyler lo cuide. ¿Crees que encomendaría este monstruo a cualquiera?

Se dejó caer sobre una rodilla para acariciar a Boris, que sacudió la cola, encantado.

—Vale, te fías de que cuide a tu perro, lo pillo. Entonces no hace falta avisar a Nina sobre él. —Observé la mirada de adoración que Boris dirigió a Cameron cuando se apartó de él—. ¿Dónde lo compraste? Es un perro precioso.

—Yo no *compro* perros —replicó él en un tono despectivo que me resultaba familiar—. A él lo rescaté.

—¡Venga ya! —Ignoré su tono—. ¿Por qué habría que rescatarle? Es básicamente el *schnauzer* gigante perfecto.

—Sí, lo es. Cumple todos los requisitos de la raza, pero un perro es algo más que un conjunto de características físicas y, por desgracia, no todo el mundo se fija en eso —dijo Cameron preocupado—. Lo compró una familia de Long Island cuando era un cachorro, pero no sabían nada sobre las necesidades de un perro de trabajo como este. Cuando creció y dejó de ser un cachorrito adorable, siguió necesitando atención, pero la familia dejó de ocuparse de él. Él se volvió destructivo, y la solución que eligieron fue sacarlo de la casa y encerrarlo en el garaje.

—¡No! Eso es *horrible*.

—Sí, pero eso no es todo. Empezó a atacar las paredes y no dejaba de ladrar. La familia lo dejó entonces fuera, en el jardín, pero es un perro muy listo y consiguió saltar la valla para salir huyendo, hasta que lo atropelló un coche. Alguien lo recogió, lo llevó al veterinario, y consiguieron identificar a los dueños, pero cuando les llamaron para contarles lo ocurrido, dijeron que les daba mucho trabajo y nunca fueron a recogerlo.

Entonces fui yo quien se dejó caer de rodillas para acariciar al perro.

—¡Pobrecito Boris!

Él se sacudió un poco y me lamió la cara, como si quisiera asegurarme que ahora estaba bien. Y bueno, le había adoptado un multimillonario. Yo diría que le iba de perlas. Miré a Cameron.

—¿Cómo acabó contigo?

La forma en que me miraba mientras acariciaba a Boris me estaba haciendo sentir incómoda. ¿Lo estaría haciendo mal? Pero, cuando me fijé bien, estaba sonriendo de una forma tan cálida que mi corazón dio un salto. Volví a centrarme en el perro enseguida.

—Mi asistente, Daniel, había ido a visitar a sus padres en Long Island y tuvo que llevar a su gato al mismo veterinario en el que había acabado Boris. Cuando se enteró de todo lo que había pasado, pensó en mí inmediatamente. Me gusta ayudar a los desfavorecidos, así que no pude hacer otra cosa que adoptarlo.

Me costaba mucho asimilar que a Cameron le gustara algo que no fueran los informes sobre aumento de ventas, pero ¿sería posible que, en el fondo, fuera un sentimental?

—Proporcioné a la clínica un pequeño fondo que les permitiera cuidar de los animales que acabaran en la misma situación —continuó—. Resultó que hay mucha gente que abandona a sus mascotas en el veterinario: cuando el tratamiento es demasiado caro, el animal es viejo, o si ya no lo quieren. Es muy triste, pero al menos ahora disponen de margen para asegurarse de que esos animales recibirán el tratamiento que necesitan y acaben en un lugar seguro.

Lo de su «pequeño fondo» me hizo reír. Estaba segura de que la cantidad de dinero que habría aportado sería suficiente como para abrir en la clínica un ala adicional donde alojar a los animales abandonados.

Tuve que ceder ante la incesante necesidad de caricias de Boris, y acabé por sentarme en el suelo de la cocina junto a él. Tras dejarse caer en mi regazo, el perro se puso de costado para darme mejor acceso a su tripa.

—Le caes muy bien —observó Cameron.

—Venga ya. Me he fijado en cómo correteaba por el vestíbulo. Le cae bien todo el mundo.

—No, esto es distinto. Creo que se está obsesionando contigo.

Durante un instante, deseé que Cameron se estuviera refiriendo a sí mismo, pero me repuse enseguida. ¿Por qué le iba a interesar a un multimillonario alguien como yo? Además, su faceta de amante de los perros solo era una minúscula parte del jefe capullo al que ya conocía. Pero… ¿quién era el *auténtico* Cameron O'Connor?

—Tengo que llevármelo a casa, o empezará a zamparse todo lo que has comprado. Sabe muy bien cuándo es la hora de cenar.

Cuando oyó mencionar la cena, Boris pasó de estar acostado sobre mis piernas a ponerse alerta, a una velocidad que me hizo reír.

—Te lo dije —rio Cameron—. Bueno, muchas gracias por distraerme de todas las tonterías que tengo entre manos. —Durante un momento, su cara volvió a ponerse tensa.

—Soy yo quien te da las gracias por cargar con mi compra —dije, poniéndome en pie, antes de añadir—: Y por escuchar toda esa historia sobre *Corazón desquiciado*.

—Pensaba que no íbamos a volver a hablar de eso nunca más.

—Claro, ¡por supuesto! —Dibujé una equis en el aire delante de mí—. Lo borramos de la lista.

—Exacto —dijo él con amabilidad.

Durante unos segundos, nos quedamos allí, mirándonos, como si ninguno de los dos quisiera salir de la burbuja que habíamos creado en mi pequeña cocina, pero Boris rompió el encanto al echar a correr hacia la puerta, y volver luego junto a Cameron.

—¿Ves? Lo que te decía. Quiere su cena —dijo, siguiendo a su perro fuera de la cocina.

Tyler y Nina seguían hablando en el salón, tan absortos que no se dieron cuenta de que habíamos vuelto.

—Boris y yo nos subimos a casa —dijo Cameron.

Siempre se me olvidaba que mi jefe vivía en el mismo edificio. La idea me gustaba y me fastidiaba al mismo tiempo.

—Sí, yo también —dijo Tyler enseguida.

Nina pareció salir del trance en el que estaba sumida y parpadeó, como para adaptarse a una luz muy brillante.

—Me ha encantado hablar contigo, y gracias por el consejo.

—¿Consejo? —preguntó Cameron, mirando a la pareja con el ceño fruncido—. ¿Es que tú también escribes canciones?

—No, ni en broma —rio ella—. Tyler me ha hablado de una serie de novelas fantásticas que está leyendo, y ahora quiero leerlas yo también.

—Podríamos empezar un club del libro y comentarlas por el chat —dijo él, con una ilusión que resultaba encantadora.

Lancé una mirada rápida a Cameron, que se encogió de hombros desconcertado.

—Bueno, nos marchamos —dijo él—. Nos vemos el lunes, Fagin.

¿Por qué sonó como si coqueteara conmigo?

En cuanto la puerta se cerró tras ellos, Nina hizo como si gritara en silencio, y empezó a dar saltos y palmadas a la vez.

—¿Eso ha pasado de verdad? ¿Tyler Boyd ha estado en nuestro piso?

—No te emociones tanto. Es amigo del capullo de mi jefe —dije, tratando de ignorar una cierta sensación burbujeante en mi pecho.

—¿Capullo? —resopló Nina—. ¿*Ese* tío? ¿Es que no has visto cuánto quiere a su perro?

—Supongo —dije, encogiéndome de hombros indiferente—. Pero ¿a quién no le gustan los perros?

—Por cierto, creo que se te había olvidado contarme algo muy importante sobre tu jefe…

Ladeé la cabeza, sin comprender.

—¡Está que lo flipas de bueno! —Se echó a reír, tapándose la boca con la mano.

—No, Nina, no está bueno —agarré un cojín y se lo tiré, para tratar de evitar que no viera lo colorada que me había puesto.

—Ya lo creo que sí, lo que pasa es que eres demasiado cabezota para admitirlo. Y, a mi parecer, puede que tú le gustes un poco.

Mi corazón se aceleró, pero intenté no hacerle caso.

—¿*A tu parecer*? —reí—. Vale, Shakespeare, creo que necesitas pasar menos tiempo leyendo.

—Lo que tú digas —dijo ella, volviendo a poner el cojín en su sitio—. Yo solo te cuento lo que he observado.

—¿Y si lo que has observado es odio en estado puro? Porque nos ha costado mucho llevarnos medio bien.

—Bueno, como dice el poeta, el camino del amor verdadero nunca fue sencillo.

—Amor verdadero. —Fingí una risa desdeñosa—. Venga ya.

Sin embargo, una diminuta parte de mí se preguntaba si a un hombre como Cameron le podría gustar una chica como yo.

Aparté aquella idea. Sí, seguro. Tendríamos suerte si conseguíamos seguir *tolerándonos* el uno al otro.

9

CAMERON

—Nooo —protesté, dando la vuelta en la cama para ver por qué mi teléfono no paraba de sonar—. ¡Es demasiado temprano!

Una vez más, estaba recibiendo una alerta sobre Veritique tras otra, pero no se me ocurría ni una sola cosa que pudiera suponer un problema ahora. Y, aunque no podía atribuir a Felicity todo el mérito, estaba seguro de que había tenido algo que ver en todo aquello.

—¿Qué diablos es #Ponleunanillo? —Enfoqué la vista en el teléfono.

Aquella etiqueta no me sonaba de nada. Claro, que yo no estaba al tanto de todo lo que hacía el departamento de comunicaciones, pero al menos solían enviarme un correo electrónico antes de lanzar algo nuevo. Busqué en la lista de mensajes hasta encontrar un enlace y lo pulsé.

—Ay, joder —dije cuando acabé en la página de Instagram de Lucy y vi una foto en la que estábamos Felicity y yo, la noche en que tuvimos aquella reunión en la tienda de Veritique—. ¿Qué clase de drama se habrá inventado ahora?

Asociarnos con Lucy había sido buena idea, pero yo no me sentía muy cómodo con el margen que le habíamos dado para publicar lo que le pareciera más efectivo sin consultar antes conmigo, dentro de unos límites. Cuando habíamos redactado el contrato, ella había alegado que era quien mejor sabía a qué responderían sus seguidores. Yo no había podido discutir ese argumento, pero eso no significaba que estuviera de acuerdo con todo lo que decidiera hacer para conseguir resultados.

—Esto no me va a gustar nada.

En ese momento, Boris decidió que yo necesitaba apoyo emocional, así que saltó a la cama y se instaló a mi lado. Se negaba a dormir conmigo, pero tenía su propia cama de perro, una muy buena, en mi dormitorio.

Al pulsar en uno de los vídeos, descubrí que Lucy había grabado en primer plano nuestra conversación acerca de que el anillo Eternum no era adecuado para Felicity, y el vídeo terminaba con mi declaración de que el anillo perfecto para ella debería complementarla. En lo que no me había fijado entonces había sido en la mirada que me había dedicado Felicity cuando describí la relación entre el anillo y la persona que lo llevaba. Tenía los ojos clavados en mí y, mientras yo hablaba, su expresión había pasado del enfado a la admiración. Al final del vídeo, Lucy había añadido unos cuantos corazoncitos flotantes.

Bueno, al menos la cosa no era tan *horrible*. En el vídeo no se veía el anillo, así que no nos había fastidiado la revelación, y yo mantenía todo lo dicho en aquella escena, por lo que el mensaje del vídeo seguía siendo adecuado. Pero no entendía por qué todo el mundo estaba reenviando el vídeo y etiquetando a Veritique junto con #Ponleunanillo y #CamLicity. Sí, el contenido era bueno, pero no tanto como para hacerse viral.

Entonces, leí el mensaje que había añadido Lucy.

«¿A que resultan encantadores? El director ejecutivo de Veritique y su responsable de marketing han estado ocultándonos un romance. Pero ¿el anillo para cuándo? Venga, Cameron, ¡pídeselo y haz a Felicity tuya para siempre! Yo estoy con #CamLicity!».

Me incorporé de golpe. No, ¡eso no podía estar pasando!

Sin embargo, al seguir mirando las redes sociales, comprendí que ya había pasado. La etiqueta CamLicity estaba por todas partes, ya era demasiado tarde. Y, lo que era peor, por poco que me gustara la idea de fingir un romance con Felicity Rhodes, al parecer al resto del mundo le entusiasmaba.

Veritique se estaba haciendo viral y, por primera vez en muchísimo tiempo, no era por razones negativas.

Sin embargo, eso daba igual, porque Lucy había actuado en contra de mis planes. Yo le había dicho que ni se le ocurriera publicar lo del romance fingido. De hecho, se lo había *prohibido*. Estaba a punto de escribirle un correo electrónico muy indignado, cuando me detuve para tratar de recordar qué había dicho aquella tarde exactamente y poder citar mis palabras en el mensaje.

Mierda. En realidad, nunca se lo había prohibido. Habíamos comentado varias ideas posibles, pero yo no le había llegado a decir a Lucy de forma expresa que no publicara lo de la relación falsa. Estaba claro que ella era de esas personas que prefieren pedir perdón a pedir permiso.

En ese momento, llegó un mensaje de texto de Felicity.

«¿Podemos hablar?»

Vaya, ella también había visto todo aquello.

«Nos vemos en Juniper en media hora», respondí enseguida, refiriéndome a la pequeña cafetería de la esquina.

«Que sean 45 minutos».

Sonreí. Como siempre, Felicity tenía que hacer las cosas a su manera y cuando le pareciera.

Me puse en marcha distraído, tratando de encontrar la forma de salir de aquel embrollo, porque ni en broma iba a seguir con la historia de la relación fingida. De ninguna manera. Claro que, siendo sincero conmigo mismo, la posibilidad de que Felicity representara el papel de mi novia me resultaba intrigante. La noche en que la acompañé con la compra, había visto un atisbo de cómo era en realidad y, desde entonces, me había encontrado pensando en su sonrisa más de una vez.

La esperé en la cafetería, incapaz de decidir entre las dos opciones a las que me había visto obligado a enfrentarme. O ponía fin a toda aquella historia, lo que acabaría con la buena publicidad que estaba recibiendo Veritique, o fingía una relación con una mujer a la que no le asustaba encararse conmigo. No me gustaba ninguna de esas alternativas.

Seguí mirando las diferentes publicaciones que llevaban aquellas etiquetas, hasta que levanté la vista un momento y me fijé en dos mujeres jóvenes, sentadas cerca de la puerta, que parecían disimular que me estaban mirando. Cuando las miré, rieron nerviosas. No me hacía mucha gracia la idea de ser observado, así que volví a centrarme en mi teléfono, pero al prestar atención a todo lo que estaba pasando en las redes, tuve que plantearme la posibilidad de aceptar aquella situación. Los números no mentían, y no se podía negar el impacto de lo que tenía delante de mis ojos.

Volví a levantar la vista cuando oí sonar la campana sobre la puerta, y tuve que inspirar hondo al ver entrar a Felicity. *¿Por qué* tenía que ser tan tremendamente atractiva? Y no parecía que le costara el más mínimo esfuerzo. Se había recogido el pelo y llevaba un vestido sencillo, pero, de alguna manera, estaba mucho más guapa que cualquiera de las modelos con las que había salido en mi vida.

Ella me dirigió una sonrisa incómoda cuando me vio.

—Hola —dijo Felicity al dejarse caer en la silla enfrente de mí—. ¿Qué hay?

No pude evitar reírme ante su saludo casual, en medio de todo aquel espectáculo que se había organizado a nuestro alrededor.

—Nada especial. ¿Qué tal tú?

—Oh, ya sabes. Aquí, inmersa en una intensa historia de amor con mi jefe que ha captado la atención de todo el país en las últimas veinticuatro horas. Nada especial —dijo, con una sonrisa de medio lado.

—Ah, es verdad. *Eso.*

Nos miramos durante un momento, lamentando nuestra suerte en silencio.

—¿Café? —pregunté, rompiendo el momento—. Supongo que nos va a hacer falta.

—Sí, por favor. Pídeme un moca con chocolate belga. No está en la carta, pero a mí me lo hacen.

Cómo no. Con lo encantadora que era, había conseguido que la cafetería del barrio preparase una bebida especial solo para ella. Me pregunté cuándo sería a mí a quien dedicara su atención.

Volví a la mesa con el café, tratando de ignorar la sensación de que todo el mundo me estaba mirando. Sí, yo no llevaba una vida particularmente discreta, y había aparecido en las páginas de sociedad unas cuantas veces, sobre todo cuando salía con alguna mujer famosa. Sin embargo, las miradas de la gente nunca me habían parecido tan interesadas como en esa ocasión. ¿Era esta la vida que me esperaba a partir de ahora?

Felicity bebió un trago y cerró los ojos.

—Hum, el mejor momento del día.

Aproveché ese instante para admirarla. Maldita sea, ¿por qué tenía que ser tan guapa?

—Bueno —continuó ella—. No lo vamos a hacer, ¿verdad? Tenemos que aclarar todo esto enseguida. Tengo el teléfono de Lucy y puedo conseguir que todo esto…

—Espera un momento —interrumpí—. No tan rápido. ¿Has visto la cantidad de atención que estamos recibiendo?

—Bueno, un poco —contestó, ceñuda—, pero no he mirado las métricas ni nada. Como estábamos de acuerdo en que la idea era ridícula, no me ha parecido necesario. Hay un montón de razones por las que descartamos esa idea en cuanto se le ocurrió a Lucy.

—Sí, es una estrategia de marketing muy básica. Si me lo hubiera preguntado antes de publicarlo, jamás habría aprobado semejante sarta de estupideces, pero ella ha seguido su instinto… —Hice una pausa—. Y parece que funciona.

Felicity me miró sin expresión.

—¿Y qué?

—Pues que… —empecé con cautela—. Creo que deberíamos seguir con la farsa.

Ella se quedó boquiabierta.

—Vaya, te has quedado callada, para variar —bromeé.

—No, Cameron, para nada —protestó ella—. Tengo *un montón* de cosas que decir, así que prepárate. —. Miró a su alrededor y se acercó más a mí—. Mi respuesta es que ni de puta broma, y disculpa la expresión.

Me eché a reír, sin poder contenerme.

—¿Tan malo soy que no puedes ni imaginar la posibilidad de fingir que te sientes atraída por mí?

—Bueno, yo… —Titubeó durante unos segundos al caer en la cuenta de que acababa de insultar a su jefe—. No, no eres tan malo. ¡Pero no funcionaría!

—¿Y por qué no? —Me incliné hacia ella—. Y cuando contestes, por favor ten en cuenta que nos están observando.

Ella pareció confundida, así que hice un gesto con los ojos hacia la mesa en la que estaban las dos aprendices de periodista, a las que se les daba fatal fingir que no nos estaban grabando. Felicity hizo como que rebuscaba en su bolso para disimular al mirar hacia ellas.

—¿Me tomas el pelo? —protestó, aunque fue capaz de ocultar su desagrado bajo una expresión neutral.

—Eso es lo que digo. La historia ya se nos ha ido de las manos y ha adquirido vida propia. Lo que deberíamos hacer es tratar de controlarla, porque la otra alternativa es confesarlo todo y sufrir las consecuencias. —Jugueteé con mi teléfono—. ¿Te haces idea de la mala imagen que daríamos si tratamos de negarlo? ¿Y encima, justo después de todo aquel desastre de la violencia de género?

Ella sacudió la cabeza, y algunos mechones de pelo acariciaron sus mejillas.

—Tiene que haber alguna otra forma de controlarlo. Seguro que hay un modo de desmentirlo en el que salgamos bien parados.

—De acuerdo, señorita Experta en Marketing, ¿cómo lo harías tú? Explícamelo y, si es factible, lo pondremos en marcha.

Felicity se enderezó en su silla y se aclaró la garganta, como preparándose para empezar a discurrir.

—Creo que podríamos empezar... esto... —tamborileó en la mesa con las uñas—. Si lo planteamos como que estábamos...

—Exacto —dije, tras dejar que discurriera durante unos minutos—. No tenemos opciones.

Ella se encogió un poco, y yo intenté no sentirme insultado por el hecho de que se resistiera tanto a fingir que yo le gustaba.

—Puedo hacer que merezca la pena para ti.

—Ah ¿sí? ¿Cómo? —Me miró a los ojos.

—Lo primero que voy a hacer es dejar muy claro a Lucy que los dos tendremos que aprobar cualquier cosa que vaya a publicar. Se acabó lo de pillarnos por sorpresa. Tu aprobarás todas las fotos y los textos que las acompañen, y yo me encargaré de organizarte el maquillaje y la peluquería cuando los necesites.

—¿Estás sugiriendo que necesito *ayuda* con eso?

No le había hecho ninguna gracia, pero yo me limité a suspirar.

—No, Felicity, para nada. Eres prácticamente perfecta. —Me detuve de golpe, molesto por haber permitido a mi subconsciente tomar el control de mis palabras—. Lo que quiero decir es que, como la empresa es responsable de que te encuentres en esta situación, no tienes ninguna obligación de preocuparte por los pequeños detalles necesarios para mantener las apariencias. Yo me ocuparé de todo, para que no tengas que pensar en si vas a repetir atuendo, o si necesitas una manicura.

—Eso está muy bien, pero es lo mínimo que esperaría en esta situación. —Se encogió de hombros—. Pero aún no veo qué es lo que merecería la pena.

—Te pagaré el triple de la tarifa habitual que cobran los *influencers* por sus apariciones —dije, revelando mi última baza.

Ella se quedó muy quieta.

—Creo que no entiendes lo que eso significa —dijo por fin, hablando despacio—. ¿Tienes la menor idea de la cantidad de dinero que me acabas de ofrecer?

—Bueno, más o menos. —Veritique no había tratado con *influencers* hasta el momento, pero yo conocía a bastantes directivos de otras empresas y sabía cuánto pagaban por sus intervenciones.

Felicity miró a su alrededor un momento, y luego se inclinó hacia mí.

—¿Tendremos que *besarnos*? —Parecía aterrorizada.

Puse los codos sobre la mesa para acercarme a ella un poco.

—Si vamos a tener que fingir que estamos comprometidos, sí, seguramente. Con frecuencia.

El pulso se me aceleró solo con pensarlo.

—¿Y darnos la mano?

Alcé una de las comisuras de la boca.

—¿Quieres que acordemos todos los aspectos físicos antes de que te comprometas a nada?

—Pues, *sí,* ya lo creo que quiero —replicó ella, y su preocupación por el posible número de besos que nos pudiéramos dar me resultó encantadora—. Debemos llevar esta relación romántica de un modo profesional, ¿de acuerdo? Tal vez podríamos contratar a un coordinador de intimidad, como en las películas. O podríamos redactar un contrato.

—Felicity, yo sé mejor que nadie lo importantes que son los contratos, y tienes mi palabra de que cumpliré todo lo que acordemos. No creas que a mí me encanta esta situación.

Mientras yo hablaba, ella rebuscó en su bolso y lanzó sobre la mesa un cuaderno pequeño y un bolígrafo.

—De acuerdo. Lo redactamos ahora y lo firmamos, ¿vale?

La miré sacudiendo la cabeza, irritado y cautivado por ella a partes iguales.

—De acuerdo.

—Vamos a empezar con las cuestiones más serias. Los besos están permitidos, pero solo cuando haya cámaras delante. —Me miró con una ceja levantada y el bolígrafo listo para escribir.

—Por supuesto —contesté enseguida, y deseé que la idea de tenerla en mis brazos se borrara de mi mente.

—Y nada de lengua.

—Claro que no. Sin lengua.

Esa vez no fui capaz de bloquear una breve imagen de mi boca pegada a la suya y nuestras lenguas ignorando las reglas, lo que me provocó una cierta presión bastante familiar en la zona por debajo del cinturón. Ella continuaba escribiendo.

—Cogerse de la mano está bien, tanto delante de las cámaras como cuando creamos que hay gente mirando.

—¿Como ahora?

Ella miró a aquellas dos chicas.

—Sí, como ahora. —Se mordió un labio, nerviosa.

Extendí la mano sobre la mesa y enlacé mis dedos con los suyos. Las chicas lanzaron un chillido emocionado.

—¿Esto te parece bien? —pregunté en voz baja.

Felicity apretó sus dedos contra los míos y me acarició la mano con el pulgar. Caray, era una actriz sorprendentemente buena. Me miró con una expresión más relajada.

—Sí, está bien —Anotó algo a toda prisa con la mano libre.

—¿Pasear cogidos del brazo? —pregunté.

—Hombre, pues claro. —Volvió a escribir.

—En lo que se refiere al compromiso, yo elegiré el anillo.

Felicity empezó a tartamudear una respuesta, pero comprendió la imagen que ofreceríamos si parecía enfadada conmigo. Me sonrió con dulzura, pero resultaba evidente que, bajo la sonrisa, estaba apretando los dientes.

—Ya que me estás obligando a hacer esto, ¿no podría al menos dar mi opinión sobre el anillo?

—¿Es que crees que a mí no me están obligando? —Aunque sonreía, estaba seguro de que ella notó la irritación en mi voz—. No, Felicity, *yo* soy el experto en anillos, así que lo elegiré yo.

Ella me miró furiosa un momento, entrecerrando los ojos.

—De acuerdo. —Anotó algo más—. Pongo también mi tarifa.

—Perfecto. Creo que eso es todo —dije, mirando mi teléfono una vez más—. Tengo que marcharme.

Felicity me soltó la mano, arrancó la hoja del cuaderno y me la entregó.

—Firma.

Yo la miré con la cabeza ladeada, sonriendo con malicia.

—¿Y tus modales, amor?

Ella abrió mucho los ojos, y resultó evidente el esfuerzo enorme que estaba haciendo por no pegarme un grito. Tal vez toda aquella farsa fuera a resultar divertida, después de todo.

—Firma, *por favor* —dijo en un tono muy empalagoso, y hasta tuvo el valor de agitar las pestañas—, mi amor.

Garabateé mi nombre bajo aquella apresurada lista y se la devolví.

—Ya es oficial.

En cuanto lo dije, su expresión cambió, como si estuviera metiéndose en el papel. Relajó la frente, sus ojos brillaron y me lanzó una sonrisa que pareció auténtica al cien por cien.

—Vas a aprender muy rápido lo importante que son las apariencias en el mundo de las redes sociales —dijo con dulzura—. Crees que sabes lo que hace falta, pero en realidad, no tienes ni idea, así que sígueme el rollo.

Lo mío no era seguir a nadie, así que estuve a punto de protestar, pero ella se levantó con rapidez y rio como si yo acabara de decir algo muy gracioso. Luego miró dentro de su bolso y dio un paso hacia mí, pero fingió tropezar en la pata de la silla y cayó sentada sobre mi regazo.

—Ay, Dios mío, qué torpe soy —rio, mientras deslizaba una mano por mi nuca para juguetear con mi pelo.

Me impresionó lo auténtica que parecía aquella escena, y eso que no eran ni las nueve de la mañana.

—Ja, ja. —Conseguí soltar una especie de risa, pero hasta a mí me pareció artificial—. Sí que lo eres… cariño.

Ella me dio un beso fugaz en la mejilla y se puso en pie.

—Tenemos que volver a casa, cielo. Ya nos has retrasado bastante esta mañana, chico malo —me reprendió con una mueca traviesa.

Joder, esto iba a ser mucho más difícil de lo que había esperado.

—Esto… Sí, vámonos.

Felicity enlazó su brazo con el mío y nos dirigimos hacia la salida.

—Hola, perdonad.

Al volvernos, nos encontramos a aquellas dos chicas justo detrás de nosotros, con los móviles ya preparados.

—Hola —respondió Felicity con amabilidad.

—¿Vosotros sois... CamLicity? —preguntó la más bajita.

Felicity soltó una carcajada que resonó por toda la cafetería.

—¡Nos habéis pillado! Sí, somos nosotros.

—¿Os importa que os hagamos una foto? —preguntó la otra chica con timidez.

—Bueno —dije yo—, nos habéis estado grabando todo este rato, así que no sé por qué ahora os molestáis en pedir...

—¡Cam! —Felicity me apretó el brazo y me miró con intención. Después, se volvió a las chicas—. Por supuesto que sí.

Ella nos situó delante de la puerta, de forma que no se viera a nadie más, y apoyó la cabeza sobre mi hombro. Las chicas hicieron unas cuantas fotos, nos dieron las gracias y se marcharon. Nosotros salimos de la cafetería a la luz de aquella mañana de primavera y, en cuanto doblamos la esquina, Felicity se separó de mí y me miró enfurecida.

—Vas a tener que aprender un montón de cosas, amigo, así que vamos a dedicar la próxima media hora a la primera lección. A Hanwell Park, *ahora*.

Echó a andar delante de mí a grandes pasos. En fin, fingir un romance en público iba a ser mucho más difícil de lo que había creído

10

FELICITY

—Oooh, tu novio ha llegado antes que nosotras —dijo Nina, dándome un golpe con el hombro al entrar en la taberna de Frankie, otro bar cutre en el que iba a tocar Tyler.

Quedar con Cameron en el bar para ver actuar a Tyler era la forma perfecta de dar a conocer nuestra relación al público, después de la cita accidental en la cafetería unos días atrás. Las fotos y vídeos que habían publicado las chicas habían hecho que la etiqueta #Ponleunanillo se disparase, y estábamos atrayendo cada vez más interés. Aunque yo no creía que las fans de nuestro romance fueran a bares como aquel, me había arreglado bastante en caso de que alguien nos reconociera, y también había preparado otros lugares a los que ir para que nos «pillaran» juntos, en caso de que no consiguiéramos generar contenidos en aquel bar.

Nina y yo nos abrimos paso entre la gente para llegar a la mesa y, a medida que nos acercábamos, intenté ignorar las mariposas que revoloteaban en mi estómago, porque esa noche Cameron estaba tremendo. Había optado por cambiar su uniforme habitual de traje y corbata por una simple camiseta negra y vaqueros, aunque la forma en que la camiseta se adaptaba a su cuerpo era cualquier cosa menos «simple», y destacaba sus bíceps y antebrazos de una forma que me hizo preguntarme si pasaría todo su tiempo libre en el gimnasio.

Sus ojos se iluminaron cuando nos vio llegar, y se puso en pie de un salto. Por un momento, su reacción al verme *casi* pareció real.

—Esto, hola, eh, cariño —dijo con voz tensa, mirando a su alrededor a ver si alguien nos miraba.

Tuve que reírme. Aquel hombre tenía que aprender a fingir como yo, pero estaba claro que le iba a costar bastante.

—Hola, guapo —dije, poniéndome de puntillas para darle un rápido beso en la mejilla.

Era la segunda vez que me acercaba tanto a Cameron, y aunque el beso no había sido nada especial, algo similar al que le habría dado a mi abuelo, aquel breve contacto me hizo estremecer. Él parecía irradiar una especie de aura, una calidez que me daba ganas de pegarme a él. Y su olor… era increíble. La noche en que nos quedamos atrapados en el ascensor ya lo había notado un poco, pero al acercarme a besarle, había recibido el impacto directo de aquel aroma especiado. A diferencia de otros hombres que parecían bañarse en colonia, él llevaba solo la cantidad justa para hacer que una deseara acercarse más. Me habría gustado poder plantarle la nariz en el cuello e inspirarle durante un par de horas. Solo para conocerle mejor, por supuesto.

—Tyler acaba de irse —explicó cuando nos sentamos.

—¿Estaba nervioso? —preguntó Nina—, Me ha enviado un mensaje diciendo que se sentía un poco inquieto.

Desde que se habían conocido, aquellos dos habían estado enviándose mensajes sin parar, lo que me alegraba y preocupaba a partes iguales. Quería fiarme de lo que Cameron había dicho sobre Tyler, que era un buen tío, pero ser un buen amigo no siempre era lo mismo que ser un buen novio. Siendo sincera, me costaba imaginar que pudiera ser un buen novio para Nina, considerando su forma de vida. ¿Cómo podía un hombre que se ganaba la vida tocando por las noches, ser adecuado para una amante de los libros a la que apenas le gustaba salir?

—No, no estaba nervioso —explicó Cameron—. Estos días está bastante animado, y muy concentrado en terminar una canción nueva. Por eso no ha salido con nosotros.

—¿Una canción nueva? —Nina parecía muy interesada—. ¿Habla de dragones?

—Esto… No me lo ha dicho —rio Cameron—. Es posible.

—¡Me ha hablado de esa canción! —dijo Nina, inclinándose hacia mí para apretarme un brazo—. Está basada en el libro que estamos leyendo juntos.

Vaya, eso era muy bonito. ¿Un roquero escribiendo una oda a una novela de fantasía sobre dragones? Tal vez Tyler y Nina encajaban mejor de lo que había creído.

Miré a mi alrededor para ver si alguien nos había reconocido a Cameron y a mí, pero me decepcionó descubrir que, al parecer, éramos las personas menos interesantes del bar. Me habría gustado tener una excusa para acercar mi silla a la suya un poco más, y quizá cogerle la mano. Cuando establecimos las reglas de nuestra relación falsa, esas cosas me habían hecho dudar un poco, pero ahora estaba decidida. Además, tenía que demostrarle cómo debíamos comportarnos para las redes sociales, ya que no parecía resultarle fácil. Miradas cariñosas, grandes sonrisas, besos robados… La clase de cosas que hacen a la gente interesarse por una historia de amor.

Y, quién sabía, tal vez los dos podríamos aprender a disfrutar un poco de todo aquello.

—Joder —dijo Cameron entre dientes, con la mirada fija en un lugar de la sala—. Mi hermano está aquí.

Me quedé helada. ¿Iba a tener que conocer a su familia tan pronto? ¿Sabría su hermano algo de todo aquello? ¿Cómo se suponía que me debía comportar con él? Cuando redactamos nuestro «contrato» en la cafetería, no habíamos hablado de implicar a nuestros seres queridos. Obviamente, yo le había contado a Nina la verdad, pero no tenía ni idea del tipo de relación que Cameron tendría con su hermano. ¿Le podríamos confiar el secreto?

—¿No te llevas bien con tu hermano? —pregunté en voz baja.

—Adoro a mi hermano —replicó Cameron con una mirada enfurecida que esperé que no fuera para mí—. Es su novia a la que no aguanto. No la he invitado a *ella*.

Nina y yo observamos a aquel hombre guapo, de pelo oscuro, que se acercaba a nosotras, y yo intenté identificar a la horrible novia en cuestión.

—¿Lleva el brazo en un *cabestrillo*? ¿Qué cojones le habrá pasado ahora? —observó Cameron, aún más disgustado.

Cuando la pareja se sentó en las sillas vacías en nuestra mesa, los miré con atención. Su hermano tenía la misma mandíbula fuerte y ojos penetrantes que Cameron, pero parecía más relajado y propenso a sonreír. Su novia era rubia, guapísima y me resultó vagamente familiar, pero, claro está, las mujeres guapas con melenas perfectas abundaban en el mundo de las redes sociales al que yo me dedicaba.

—Bueno, y ahora, ¿qué has hecho? —preguntó Cameron, señalando el brazo de su hermano con un gesto de la cabeza.

—Ah, ¿esto? —rio y levantó un poco el brazo—. Megan propuso que fuéramos a patinar, y resulta que no tengo nada de equilibrio. Me he roto la muñeca —terminó, mirándonos a Nina y a mí, ya que Cameron no nos había presentado—. Hola, soy Aiden y esta es mi novia, Megan. Tú debes de ser Felicity. Cam no me ha contado absolutamente nada sobre ti.

—Hola —contesté, sin saber cómo interpretar aquello—. Tienes razón, soy Felicity. Esta es mi amiga Nina.

Durante unos minutos, hablamos un poco sobre nada en especial, salvo Cameron, que parecía más centrado en su teléfono de lo habitual.

—Aiden, vamos a hablar un momento —dijo después de ignorarnos durante un rato—. Ven conmigo. —. Se puso en pie y empezó a alejarse antes de que su hermano pudiera contestar.

—El rey ha hablado —dijo Aiden con ironía—. Disculpadme, señoritas.

En cuanto nos quedamos solas, Megan se llevó una mano al pecho y soltó un suspiro cansado.

—Uf, me odia a muerte.

Nina y yo nos acercamos un poco, para tratar de enterarnos de qué pasaba.

—¿Por qué? Si no te importa contarlo, claro —pregunté con suavidad.

—Se puede resumir en el hecho de que soy Megan Bartholomew —explicó, mirándonos a las dos.

—¡La leche! —exclamé antes de poder contenerme—. ¿De la familia Bartholomew, de Barth & Co.?

—¿Quién? —preguntó Nina, confusa.

—La familia de Megan y la de Cameron son básicamente los Montesco y los Capuleto. Rivales en el negocio de los diamantes —expliqué—. Se llevan a matar desde hace tiempo.

—Yo no diría tanto —corrigió Megan con una débil sonrisa—. Se puede decir que la relación entre nuestras familias es *delicada*. Pero yo no trabajo para la empresa, y Aiden tampoco, así que no estamos implicados en nada de eso, ¿sabéis? Claro, que a Cameron le da igual. Me trata como si fuera una novia por encargo que trata de conseguir dinero para ayudar a su madre enferma, o algo así. —. Hizo gestos de comillas con las manos al decir aquello último—. Apuesto que me va a echar la culpa de lo del brazo de Aiden.

—Lo siento —dijo Nina, mirando a Megan con simpatía—. Eso es un asco.

—Lo es, pero lo entiendo. Está el problema con nuestras familias, pero, además, a Cameron no le ha ido bien en su vida amorosa.

—¿Y eso? —pregunté, tratando de que no se notara lo desesperada que estaba por saber más—. ¿Qué ocurrió?

Megan lanzó una mirada rápida en la dirección en que se habían ido los hombres.

—No me sé toda la historia, pero Aiden me contó que acabó muy mal con su ex, en plan catastrófico. Ella le rompió el corazón, y seguramente eso sea parte de la razón por la que me odia. Seguro que piensa que voy a hacerle a su hermano lo mismo que le pasó a él. Pero Aiden y yo estamos enamorados de verdad, vamos muy en serio, y Cameron tendrá que aceptarlo en algún momento. —Jugueteó con el vaso de agua que tenía delante, con cara preocupada—. Al menos, eso espero.

Me mordí el labio mientras asimilaba aquella información sobre mi jefe capullo y novio falso. ¿Un corazón roto? Si no parecía tener uno. Claro, que aquella historia hacía que la forma en que me había tratado tuviera un poco más de sentido.

Cameron odiaba el amor. Genial.

En ese momento, Nina, que se había estirado un poco para mirar por encima de nuestras cabezas, dio un par de palmadas.

—¡Ahí está! Tyler acaba de salir al escenario. ¡Qué emoción!

—Parece que el amor está en el aire —musitó Megan mirando a mi amiga.

Se inclinó hacia mí, tal vez para preguntar por mi situación con Cameron, justo cuando Tyler se acercó al micrófono para saludar al público y provocó un tremendo pitido del micrófono que nos obligó a todos a taparnos los oídos.

—Uf —dijo Nina—. Ese no es un buen comienzo para su actuación.

Cameron volvió a su asiento con el mismo aspecto enfadado, y seguido de un Aiden no menos irritado. Me pareció que a todos nos alivió poder centrarnos en Tyler, que estaba empezando a tocar, en lugar del mal ambiente que se respiraba en el grupo. Solo en el escenario, con su guitarra, Tyler se encontraba en su elemento. Tocó canciones conocidas que todos los asistentes corearon, pero también una nueva que mencionaba una bestia alada y un amor eterno. Al mirar a Nina, la encontré observándolo embelesada, mientras él seducía con su música a los presentes. Eso hizo que me preocupara un poco más por ella.

Como era de esperar, Aiden y Megan se despidieron poco después de que Tyler terminara de cantar. Cameron pareció relajarse algo cuando se fueron, y un poco más cuando Tyler se reunió con nosotros en la mesa.

—Bueno —preguntó Tyler mientras nosotros le aplaudíamos—. ¿Qué os ha parecido?

Antes de que pudiéramos expresar toda nuestra admiración, una camarera se acercó a la mesa y, para celebrarlo, Tyler pidió chupitos de tequila para todos y, además, un whiskey para él.

—Has estado increíble —dijo Nina, mirándole como si aún no pudiera creer que lo tuviera delante—. Y me ha *encantado* la canción nueva. ¡Si hasta mencionas al dragón Astarot!

—No ha sido fácil encontrar una rima —dijo Tyler con una gran sonrisa—, pero creo que «amor» ha funcionado.

—¿Estamos todos de acuerdo en que Tyler debería centrarse en actuar solo a partir de ahora? —preguntó Cameron mirándonos a todos—. Siempre es muy bueno, pero es aún mejor cuando toca solo.

—Espera un momento —dijo una voz cerca de nosotros—. ¿Estás tratando de dejar sin trabajo a sus compañeros de grupo?

Un tipo delgado y de aspecto desaliñado, vestido con una camiseta de tirantes, y con ojos cansados, acercó una silla a nuestra mesa y se dejó caer en ella.

—¿*Cómo*? —exclamó Tyler, mirándole con ojos muy abiertos—. ¡Jerry Jones nos honra con su presencia! Ven aquí, colega.

Se puso de pie de un salto y le dio un abrazo, con palmadas en la espalda incluidas. Yo dirigí una mirada rápida a Cameron, y vi que observaba al desconocido con el ceño fruncido. No le culpaba: aquel hombre parecía tener algo siniestro.

—Jerry es un guitarrista legendario —explicó Tyler cuando se volvieron a sentar—. Tocamos juntos durante mi gira por la costa oeste, hace un millón de años.

—Sí, ha pasado un montón de tiempo —dijo Jerry asintiendo con la cabeza—. Y, hablando de los buenos tiempos, conozco a alguien que está *muy* interesado en volver a verte. El señor Brown está en la ciudad.

—¿Está aquí? —preguntó Tyler arqueando una ceja.

—Ya lo creo. Ven, vamos a hablar con él.

Los ojos de Tyler se volvieron a Nina durante un segundo, y me pareció que trataba de decidir si ir a ver a su otro amigo. No le culpé, porque los dos parecían llevarse muy bien.

—Bueno, eh, voy a ir a saludar a un viejo amigo, pero vuelvo enseguida. No os mováis de aquí. —. Nos señaló con los índices de las dos manos, y se alejó.

—¿Tú sabes de quién estaba hablando? —preguntó Nina a Cameron mientras le observaba hasta que se perdió entre la gente.

—El mundo de Tyler es enorme, conoce a un montón de gente —dijo él, encogiéndose de hombros—. Será algún viejo guitarrista de *blues*, o alguien así.

Cameron parecía un poco distraído, como si estuviera dándole vueltas a la conversación con su hermano. Sí, su estado de ánimo habitual siempre era bastante antipático, pero esta vez no se había animado ni siquiera estando con Tyler.

—¿Estás bien? —pregunté en voz baja.

Él apretó los labios un instante.

—Sí, es solo que mi hermano… —Sacudió la cabeza—. No lo entiende. Está cegado por el amor y no se da cuenta de que lo va a lamentar.

—¿Y si no es así? —propuse.

Por un instante, pensé en defender a Megan, pero decidí quedarme callada. Cameron y yo nos llevábamos mejor ahora, y no quería arriesgarme a que se enfadara conmigo. No creía que nadie nos estuviera fotografiando en ese momento, pero no podía estar segura del todo.

Tyler y Jerry volvieron a nuestra mesa, riendo. Me pregunté si la mezcla del chupito y el whiskey que se había bebido a toda velocidad se le habría subido a la cabeza, porque me pareció que se tambaleaba un poco.

—¡Hola! —dijo Nina alegremente—. ¿Qué tal tu amigo?

Tyler inclinó la cabeza hacia atrás y le dirigió una sonrisa.

—Muy bien. Muy, muy bien.

Jerry se echó a reír y se tapó la boca con la mano.

—Echabas de menos a nuestro amigo, el señor Brown, ¿eh?

—Creo que sí, colega —respondió Tyler, riendo también.

Hubiera jurado que Cameron se encogía un poco al oírle llamar a Jerry «colega».

—Nos lo pasábamos muy bien juntos —dijo Jerry—. Tío, ¿te acuerdas de cuando Roxanne, tú y yo fuimos a aquella licorería y tuvimos que robar una botella de tequila porque se nos había olvidado coger dinero? ¿Y el dueño nos *pilló*?

Tyler, que se había inclinado sobre la mesa, con la cabeza apoyada en una mano, abrió la boca para dejar escapar una risa silenciosa.

—Sí, y la única razón por la que no llamó a la policía fue que me reconoció. Un autógrafo y un pase de escenario después, problema resuelto.

—Eh, no te atribuyas todo el mérito. —Jerry le señaló agitando el dedo índice—. Roxanne le enseñó las tetas.

—*Cierto* —dijo Tyler, cuya sonrisa se redujo un poco—. Ella siempre estaba lista para lo que fuera.

—Roxanne era una tía estupenda —dijo Jerry—. Y estaba buena de cojones, si no te importa que lo diga, colega.

Nina se revolvió un poco en su asiento y empezó a mirar a su alrede-dor, como si hubiera preferido estar en cualquier otro sitio en ese momento. Tyler hizo un movimiento brusco con la mano y tiró un vaso vacío que había sobre la mesa.

—Ay, vaya.

Una camarera llegó enseguida para recogerlo, y Tyler la agarró del brazo y tiró un poco de ella para acercarla.

—Oye, ¿me puedes traer otra bebida? Soy el cantante —explicó, con un gesto hacia el escenario.

Claramente, Tyler estaba borracho, o algo peor. Nina estaba encogida en su silla, sujetando con fuerza el bolso sobre su regazo, como si estu-viera decidiendo si marcharse o no. Decidí echarle un cable porque la noche, que había empezado bastante bien, se había torcido muchísimo.

—Chicos, nosotras nos vamos. Nina tiene que madrugar mañana.

Ella me dirigió una sonrisa agradecida, pero Tyler ni se enteró, porque seguía recordando historias con su amigo Jerry, los dos sentados con las cabezas muy juntas.

—Sí, claro. Os acompaño a la salida —dijo Cameron, poniéndose en pie.

El bar me pareció de repente muy ruidoso y demasiado lleno de gente, y me alegré de que nos fuéramos. Me había sentido bastante incó-moda toda la noche.

—Voy a pedir un coche —dijo Nina, que se adelantó a toda prisa con el teléfono ya en la mano.

Salimos a la calle, con Cameron detrás de nosotras, y esquivamos al grupo de fumadores que se había situado junto a la puerta.

—Qué noche más rara. Gracias por venir, supongo —dijo Cameron.

—Ha sido *interesante* —dije con cautela, pues ambos sabíamos que no había sido divertido, gracias a la situación con Aiden y el extraño comportamiento de Tyler al final.

Cameron había cruzado los brazos sobre el pecho y parecía tenso, como si los altibajos de la noche hubieran sido demasiado para él. Yo me acerqué un poco y le di un pequeño apretón en el brazo.

—Oye, ¿estás bien?

—Sí —suspiró él—. Es solo que son un montón de cosas a la vez. Me da la sensación de que tengo que ser la niñera de los dos, aunque de formas diferentes, ¿sabes? En otras circunstancias, os acompañaría a casa, pero no quiero dejar a Tyler solo con ese gilipollas. No me fío de él.

—Lo entiendo. Yo tampoco me fiaría.

—Esta noche se está comportando como el Tyler de antes —dijo Cameron preocupado—. Cuando su segundo álbum fracasó, estuvo actuando de esa misma forma durante una temporada, pero últimamente… Bueno, sigue teniendo días malos, pero pensaba que ya había superado todo eso. Me duele verle recaer.

Cameron parecía tan deprimido que actué sin pensar y le rodeé con los brazos para darle un abrazo fuerte. Él se puso tenso durante un instante, pero luego cedió, me devolvió el abrazo y apoyó la barbilla sobre mi cabeza.

—Gracias —dijo en voz baja—. No me había dado cuenta de cuánto lo necesitaba.

Me alegró que le sirviera para algo, porque a *mí*, desde luego, me resultó muy agradable, y no me habría gustado ser la única. Seguimos abrazados unos segundos más, mientras yo disfrutaba de la sensación de estar pegada a él. Había pasado mucho tiempo desde la última vez que me había abrazado un hombre y, aunque Cameron y yo solo nos tolerábamos, el momento me encantó.

—Aquí está el coche —gritó Nina, lo que hizo que nos separásemos a desgana.

—Cuídate, ¿vale? Y a Tyler también —le dije.

—Gracias, lo haré —contestó él, asintiendo con la cabeza.

Me dio la sensación de que debía hacer algo para aligerar el ambiente.

—Nos vemos mañana… *cariñito*.

—Claro, *mi amor* —rio él.

Nos quedamos mirándonos unos instantes más, mientras el aire a nuestro alrededor parecía cargado de algo que no supe identificar, hasta que el conductor dio un pitido. Corrí hacia el coche preguntándome cómo alguien que había parecido tan desagradable al conocerle, podía convertirse en una persona normal en un abrir y cerrar de ojos.

11

CAMERON

Felicity entró a toda prisa en mi oficina, sin llamar, con el teléfono en alto y aire indignado.

—Lo sé, lo sé, ya lo he visto —suspiré, reclinándome sobre mi silla—. Supongo que tendremos que asumir que siempre va a haber alguien observándonos.

—Eso ya lo sé —dijo ella—. Me había vestido con la seguridad de que nos vería alguien, pero después de pasar tanto tiempo en el bar sin tener la sensación de que nos observaban, pensé que ese no sería el ambiente adecuado para los fans de CamLicity, ¿sabes? ¿Por qué me han tenido que pillar al final de la noche, con el pelo ya lacio y sin brillo de labios?

—Que conste que te ofrecí un estilista para que se ocupara de esas cosas. Te habría podido ayudar con algunos productos que te habrían permitido estar lista para las fotos hasta el final de la noche.

En realidad, tampoco necesitaba ayuda con su aspecto. Aunque, en la foto, su peinado no era tan perfecto como lo había sido al principio de la noche, a mí me gustaba cuando llevaba el pelo un poco alborotado, como si me hubiera dejado pasar los dedos por él. Pero no iba a decírselo, por supuesto, y tampoco iba a mencionar lo bonita que estaba en ese momento, con el pelo suelto y el lazo que cerraba su blusa en el cuello un poco torcido.

Ella cruzó los brazos sobre el pecho y frunció el ceño.

—Es que se me hace raro no haberme dado cuenta de que me estaban grabando.

A decir verdad, yo tampoco me había dado cuenta, y eso no era habitual en mí. Por lo general, tenía un cierto sentido para detectar esas cosas, pero claro, el abrazo de Felicity había supuesto una distracción considerable.

—*Nos* estaban grabando —le corregí.

—Lo que sea —dijo ella, y empezó a caminar al tiempo que miraba algo en su teléfono—. Aún me cuesta asimilar hasta qué punto se ha hecho pública esta relación de mentira.

—¿Estás segura de que te dedicas al marketing? —reí.

Ella se detuvo para mirarme, molesta.

—Bueno, el caso es que la recepción del abrazo ha sido increíble —continué—. Y la gente se está inventando nuevas etiquetas. ¿Has visto la que anima a la gente a pillarnos en plena demostración de afecto?

—¿Te refieres a #Enbuscadelromance?

—Sí, esa. Es como una especie de reto, o algo así.

—Pues me parece buena idea. La gente se está implicando. —Con un suspiro, se dejó caer en la silla al otro lado de mi mesa—. Bueno, eso significa que lo siguiente que debemos hacer es ofrecerles otro momento juntos, pero tiene que ser más llamativo, tendremos que planearlo bien. Los abrazos en público son cosa de todos los días, ahora se trata de vender glamur. Y yo tendré que asegurarme de salir perfecta.

—¿De qué estás hablando? —pregunté.

Saqué mi teléfono y busqué la serie de fotos que nos habían hecho delante de la taberna de Frankie. Felicity estaba apoyada contra mi pecho con los ojos cerrados, y a mí se me veía de perfil, con la mirada perdida en la distancia y la barbilla apoyada en su cabeza. Nuestros cuerpos estaban unidos de una forma que hacía convincente la idea de que estábamos enamorados.

—Estás preciosa, incluso con esos vaqueros —añadí.

—Vaya, gracias, supongo —dijo ella con sarcasmo—. ¿Qué les pasa a mis vaqueros?

—Por Dios, Felicity —suspiré—. A tus vaqueros no les pasa nada, pero tienes razón en que estamos tratando de vender una fantasía, así que será mejor hacerlo a lo grande. Es hora de llamar la atención.

Casi podía ver cómo se movían los engranajes en su cabeza mientras trataba de planear nuestro siguiente paso.

—Deberíamos ir subiendo el nivel poco a poco, y podemos empezar con una situación sexi pero accesible, como una cena en un lugar especial. Tenemos que asegurarnos de que sea un lugar muy concurrido, y que puedan sentarnos junto a una ventana.

—La Nuit —decidí, chasqueando los dedos—. No hay nada más sexi que un restaurante francés, y tienen una mesa en la parte delantera que será perfecta. Las ventanas están rodeadas de flores, así que quedará muy bien en las fotos. ¿Tienes algo que hacer esta noche?

—Eh, déjame ver. —Revisó su teléfono con rapidez y luego lo puso sobre mi mesa—. Creo que estoy libre.

Envié un mensaje de texto a Daniel y, en menos de tres minutos, recibí la confirmación.

—Esta noche a las ocho, y ahora nos vamos de compras.

—¿Cómo dices?

—Bueno, antes has dicho que tienes que estar perfecta. Si tuviéramos más tiempo, llamaría a un estilista, pero como vamos con prisa, lo haré yo mismo. Tengo una idea muy clara de cómo debe vestir mi pareja.

Ella arrugó la nariz, como si le hubiera llegado un olor desagradable.

—Vale, eso es muy inquietante. ¿Quieres que sea tu Barbie humana?

—No exactamente —contesté con una risa—. Digamos solamente que prefiero que vistas de Branson Designs, no de Lily Pulitzer.

—Como si pudiera distinguir uno de otro —dijo ella.

—Una vez más, ¿estás segura de que te dedicas al marketing? Creía que estar al día de la moda era parte de eso.

—Te lo repetiré una vez más —explicó ella, hastiada—. Por lo general, soy la persona que está entre bastidores con sus vaqueros cutres. Todo esto es nuevo para mí.

—Bien, pues ya somos dos —dije, recogiendo mis cosas y poniéndome en pie—. Vamos a ponernos en marcha. Esto podría llevar bastante tiempo, y solo tenemos un par de horas, si queremos estar listos a las ocho. Primero iremos a por el vestido y después, al salón de belleza para peluquería y maquillaje.

—De acuerdo, vamos —dijo ella, aún irritada.

—Ni que te fuera a llevar al dentista —reí, de camino a la puerta de mi oficina—. Será divertido, te lo prometo.

—Lo creeré cuando lo vea.

~

—De acuerdo, lo admito —dijo Felicity tras dar unas vueltas frente al espejo—. Me estoy divirtiendo.

—Te lo dije —contesté, alzando la vista de mi teléfono—. Caray.

Ella posó coqueta, con una mano en la cadera y una pierna doblada hacia un lado.

—¿Sí? ¿te gusta?

¿Que si me gustaba aquel vestido rosa pálido, sin mangas, con una falda de vuelo hasta medio muslo que revoloteaba a su alrededor al girar? «Gustar» se quedaba bastante corto.

—Oh, sí, ese es muy bonito —respondí—. ¿Quién es el diseñador?

Ella miró la etiqueta que colgaba del corpiño.

—Giam… *Giambat*… no soy capaz de pronunciarlo, pero suena italiano y muy caro —dijo, mirando con atención la etiqueta—. Un momento, ¿*tres mil dólares*? ¿Por un vestido?

—Uno de Giambattista Valli, sí, claro. Es espectacular, pero me gustaría verte con el último que has cogido. Tengo la sensación de que ese será el adecuado.

—Pues más vale que cueste menos de cien pavos, o no pienso ni planteármelo.

No le hice caso, porque tenía una idea muy clara.

Nos habíamos adueñado de los probadores de Atelier B, una diminuta boutique que ya conocía mis preferencias, sin que tuviera que darles indicaciones. Aun así, solo había estado allí unas cuantas veces con

Carolina, porque ella prefería ir a tiendas en las que hubiera más personal para hacerle la pelota, y situadas en alguna dirección elegante que le asegurase la presencia de fotógrafos en la puerta.

Comparada con ella, Felicity era un soplo de aire fresco. Las cámaras no le interesaban en absoluto y se preocupaba por el precio en las etiquetas. Y, aunque conocía de sobra todo lo que había tras el marketing y la publicidad, no estaba desesperada por ser la «cara» de todo ello, a diferencia de mi ex. Carolina no se cortaba en hacer tonterías, tales como dejar caer a propósito una bolsa llena de lencería que acababa de comprar, y luego posar muy mona mientras lo recogía todo. La Página Seis de cotilleos del New York Post había publicado una foto suya sujetando un picardías negro por un tirante, bajo el titular «Cameron O'Connor es un hombre con suerte».

Aquello no podía estar más lejos de la verdad, pero ahora no era el momento de pensar en las cicatrices que me había dejado mi ex. El romance fingido con Felicity necesitaba toda mi atención y, a pesar de nuestra tendencia a discutir, me sorprendía lo agradable que estaba resultando.

—Oh, cielos, creo que me he enamorado —dijo la voz de Felicity desde dentro del probador, después de unos minutos allí metida—. Es el vestido más perfecto de la historia.

—Bueno, pues enséñamelo —dije—. Déjame verte.

Sentí una punzada de expectación mientras esperaba a verla con aquel vestido. Los vestidos caros resaltaban su belleza natural, pero estaba ansioso por ver cómo le quedaba algo diseñado para permitir que esa belleza destacara aún más. Ella apartó la cortina del probador despacio, como si le diera reparo salir. Cuando lo hizo, dio unos pasos hacia mí y dejó que el vestido hablara por ella. La prenda era ajustada, sin mangas y se pegaba a su cuerpo, y estaba bordada con una explosión de flores de colores desde el cuerpo hasta el bajo. Resultaba elegante y divertido, pero también increíblemente sexi. Intenté no quedarme admirando la forma en que el escote resaltaba la parte superior de sus pechos. Era justo lo necesario para llamar la atención, sin parecer desesperada.

—*Perfecto* —confirmé con rapidez—. Va a quedar genial en las fotos esta noche.

—¿Eso es todo? —preguntó ella, mirándome a través del espejo y alisando la falda con las manos.

—Qué… ¿Qué quieres decir? —pregunté perplejo, sin entender a qué se refería.

—Has dicho que el vestido va a quedar genial en las fotos, pero ¿y yo? —Su mirada saltaba de su reflejo a mis ojos—. ¿Se trata solo del vestido, o yo también aporto algo?

Lo primero que pensé fue que estaba pidiendo un piropo, pero enseguida noté que parecía insegura de verdad. No dejaba de sorprenderme hasta qué punto Felicity ignoraba lo guapa que era. Sí, el vestido era una obra de arte, pero era ella quien lo convertía en una prenda impresionante.

Me puse en pie, me acerqué a ella y le puse las manos en los hombros para girarla hacia mí. Me costó mucho ignorar la sensación de su suave piel bajo mis manos.

—¿Cómo es posible que no sepas lo perfecta que eres? —pregunté—. Podrías ir vestida con una camiseta blanca extragrande y una coleta, y seguirías siendo la mujer más guapa allá donde fueras.

Ella miró al suelo, claramente azorada por mis cumplidos.

—Para.

—Ni hablar. Estoy siendo sincero. No es mi opinión, es un hecho.

Felicity levantó la cabeza y los dos nos quedamos mirándonos, tratando de averiguar qué hacer con esta nueva intimidad entre nosotros.

—Gracias por decirlo —murmuró ella—. No suelo preocuparme mucho por la ropa y cosas de esas. Recuerda que normalmente soy la persona que arregla el motor oculta en el garaje, no la que conduce el coche.

Aquella metáfora forzada me hizo reír.

—Pues ya va siendo hora de que quites la capota y salgas a dar un paseo.

Ella rio y se apartó un poco de mí, con las manos cruzadas sobre el pecho.

—Que quite ¿qué? ¿Qué sugieres, señor O'Connor?

—Ni se te ocurra pensarlo, Fagin —le advertí con una sonrisa—. Eso no está en el contrato.

—Me alegro de que te acuerdes —dijo, señalándome con el dedo—. ¡Quitarme cosas no es parte del acuerdo!

Me hubiera encantado seguir bromeando con ella, pero sabía que nuestra relación no podía dejar de ser profesional. Después de todo, ella lo había dejado muy claro en nuestro contrato, y yo no quería que se sintiera incómoda antes siquiera de empezar.

—¿Por qué no te quitas el vestido…?

—¿*Perdona*? —Se apartó de mí aún más, fingiendo que mi petición le había horrorizado.

—Para que pueda pagarlo —terminé, riendo—. Tenemos que irnos ya.

—Un momento, antes quiero ver cuánto cuesta —dijo ella, girándose para tratar de encontrar la etiqueta.

Yo la localicé colgando de su espalda antes de que ella la alcanzara, y la arranqué de un tirón para que no la viera y empezara a protestar.

—Yo me encargo —dije, saliendo del probador—. También hay unos zapatos listos para ti, y no quiero oír ni una palabra.

Me volví para mirarla justo cuando ella cerraba la boca de golpe.

—De acuerdo.

—Buena chica. Así que eres capaz de escuchar. —Le guiñé un ojo.

—Oh, Dios mío —la escuché exclamar, indignada, mientras me dirigía a la caja—. ¿Me acabas de alabar como a un perrito?

No pude evitar contener una carcajada, pero seguí mi camino. Poco tiempo después, con el vestido protegido por una funda, Jimmy nos llevó a un salón de belleza cuyo dueño nos había echado una mano en varias campañas de publicitarias de Veritique. La publicidad que había recibido gracias a su trabajo con nosotros le había beneficiado tanto que me había prometido atenderme siempre que lo necesitara, aunque fuera sin previo aviso.

Al entrar en el local, Felicity miró a su alrededor con desconfianza.

—¿Vas a hacer que me lijen y me saquen brillo?

—Bueno, si continuamos con la metáfora de los coches de antes, será más bien un trabajo de chapa y pintura.

Ella se detuvo de golpe.

—Ni hablar, Cameron, venga ya. Yo no soy así. No me siento cómoda debajo de una tonelada de maquillaje.

—¿Crees que me gustaría ser visto con alguien que pareciera la mujer de un mafioso? —pregunté—. Te prometo que Andrea es una artista y te va a encantar cómo te deja. Si no te gusta, te lo quitas y empezaremos de nuevo. —Hice una pausa—. No le hará ninguna gracia, pero hará lo que quieras hasta que estés contenta.

Ella suspiró, pero volvió a moverse y nos adentramos en el local.

—Esto me resulta muy raro.

—Solo tienes que dejarte llevar, y *fingir* que te gusta, ¿de acuerdo?

Sabía que se relajaría en cuanto pasara unos minutos en las manos de aquel personal tan competente. Cuando empezaron a trabajar, me sorprendí a mí mismo levantando la mirada de mi teléfono cada poco tiempo para observar a Felicity, porque no conseguía apartar los ojos de ella. Y estaba claro que no era solo yo quien sufría el efecto: todos los que entraban en contacto con ella quedaban igual de cautivados.

Sabía, por lo que había contado mi equipo, que Felicity era alegre y de trato fácil, pero me gustaba verla en acción. Sí, sabía que no le entusiasmaba tener que estar sentada en aquella silla mientras una persona la peinaba y otra le hacía la manicura, pero no dejó de sonreír y charlar como si fuera el mejor día de su vida. También sabía de primera mano que no tenía ningún problema en defenderse si alguien la trataba mal, pero cuando no estaba a la defensiva, siempre se aseguraba de ser amable con todo el mundo. Resultaba muy diferente de las otras mujeres con las que había salido en el pasado.

Cuando se la llevaron a otra zona del local, pude por fin centrarme en el trabajo que se me estaba acumulando. Me resultaba demasiado fácil perderme en mi historia con Felicity, cuando lo que debía hacer era concentrarme en las cifras para asegurarme de que la empresa que había heredado continuara siempre en la cima. Gracias a la ocurrencia de Lucy con lo de #Ponleunanillo, las opiniones que ahora circulaban sobre Veritique eran muy positivas, para variar.

Hice una pequeña pausa para entrar en una de las redes sociales de Felicity y me fijé en que ya había dejado caer que saldríamos esa noche. Esa mujer sabía cómo moverse. Nuestra relación, tanto en el aspecto profesional como en el aspecto personal fingido, ya estaba dando frutos.

Traté de adelantar trabajo mientras la esperaba, contestando algunas llamadas y enviando una docena de correos electrónicos. Cuando por fin miré la hora, comprendí que tendríamos que darnos prisa si queríamos llegar al restaurante a tiempo.

—Oye, señor O'Connor —dijo una voz detrás de mí—. ¿Qué opinas ahora de tu pequeño ladronzuelo?

Al darme la vuelta, encontré a Felicity completamente transformada. Se había vuelto a poner el vestido y el pelo le caía en ondas brillantes sobre los hombros. Me quedé boquiabierto.

Ella se acercó con una gran sonrisa.

—Tenías razón otra vez. Me he callado la boca, me he puesto en sus manos, y me *encanta* cómo me han dejado. Soy yo misma, pero como con más brillo. Mírame.

Felicity cerró los ojos y se inclinó hacia mí para mostrarme la sombra de ojos centelleante que le habían puesto en los párpados. Me habría encantado quedarme contemplándola un rato, alzarle la barbilla para poder admirar todas las facetas de su belleza. Tuve que tragar el nudo que se me había formado en la garganta. Iba a ser todo un reto estar sentado delante de ella toda la noche y controlar los impulsos de mis manos. Considerando el papel que teníamos que representar, tendría todo el derecho a tomarle una mano o acariciarle una mejilla con cariño y, joder, en cuanto aparecieran las cámaras, el contrato me obligaba a darle un beso. O dos.

—No dices nada. ¿No te gusta? — Felicity parecía preocupada, y se volvió para mirarse en un espejo enorme que había en la entrada—. ¿Se han pasado con el colorete? ¿O las pestañas? Me han puesto unas pestañas falsas enormes, y ahora me doy cuenta de que parece que llevo arañas pegadas en los ojos. Les pediré que me las quiten.

—Para, Felicity —dije, poniéndome detrás de ella—. Estás increíble. Si te soy sincero, me he quedado sin palabras.

—Ah, ¿así que es lo contrario? No estás acostumbrado a verme arreglada y te sorprende verme con buen aspecto. Ya entiendo.

—Fagin, me agotas —dije, sacudiendo la cabeza, fastidiado—. ¿Lo sabías?

—Bien —rio ella—. Me gusta mantenerte en alerta. Pero bueno, para que me quede claro, ¿te parece que así voy bien para esta noche?

Al decirlo, dio una vuelta muy lenta, en plan modelo, delante de mí, y cada ángulo reveló algo nuevo que admirar. La suave piel cremosa de su espalda, la cascada de pelo dorado, sus hermosos labios, decorados con un brillo rosado... Eso haría que besarla fuera complicado, pero tenían un aspecto tan tentador que sabía que no podría resistirme, incluso aunque yo también quedara cubierto de brillo. Carraspeé para intentar relajar parte del nerviosismo que me atenazaba.

—Sí, claro que vas bien.

—De acuerdo, entonces ya puedes dejar de preocuparte por mi aspecto y empezar a preocuparte por ser el centro de atención. —Su expresión feliz desapareció durante un momento—. Creo que vamos a tener bastante público, porque he visto que nuestra etiqueta es tendencia en las redes.

Tuve que resistir el impulso de cogerle la mano, porque aún no había llegado ese momento.

—Escucha, Felicity —empecé, esperando que dejara de mirarse al espejo y me escuchara—. Esta tarde vamos a recibir mucha atención, sí, pero en el fondo, se trata de nosotros dos, y ya sabemos que tú no tienes problema en seguirme el ritmo, ¿no es así?

—Así es —dijo ella, con media sonrisa.

—Bien, pues tú céntrate y todo irá bien. Confía en mí.

—¿Confiar en *ti*? —dijo, con una risa despectiva—. No, creo que todavía no puedo. Pero me fío del proceso, y del contrato que firmamos, así que supongo que sí, tienes razón. Todo irá bien.

Tras dedicarme un guiño, se dirigió a la puerta caminando muy erguida. Aunque su actitud valiente parecía algo forzada, lo cierto era que aquella noche íbamos a tener que ofrecer toda una representación.

Aunque a mí aquello empezaba a no parecerme tan fingido.

12

FELICITY

—Ojalá que toda la comida consista *solo* en queso —dije, después de probar un aperitivo muy sofisticado a base de queso gruyere y cebollas caramelizadas—. Esto es lo más rico que he comido nunca.

Riendo, Cameron empujó hacia mí el enorme plato blanco que había en la mesa.

—Cómete los míos también, por favor.

—¿En serio? —Ella me miró antes de aceptar—. Porque si esperas que me contenga y te diga que no podría comérmelos todos, te vas a llevar una decepción. Todo eso de la transformación me ha dado muchísima hambre.

—Adelante —invitó él, con un brillo en los ojos—. Me gusta verte disfrutar. No estoy acostumbrado a ver a la gente comer con tantas ganas.

—¿Qué quieres decir con eso? —Me detuve con la mano justo encima del plato—. ¿Me estás llamando glotona?

—Por lo que más quieras, Felicity. —Cerró los ojos un instante y dejó escapar un suspiro enorme—. No se puede ganar contigo. —Me miró más desilusionado que enfadado—. No, no estoy diciendo eso, para nada. Lo que digo es que me gusta el hecho de que *comas* y disfrutes de la comida. Es una actitud muy poco frecuente en las mujeres con las que voy a cenar normalmente. Por lo general, son de las que piden «la salsa aparte» y «nada de pan en la mesa». Me encanta poder llevarte a un sitio con buena comida y que la disfrutes como se merece.

Cogí una de las tostadas y me comí la mitad de un mordisco, un poco arrepentida por haber interpretado mal sus palabras.

—De acuerdo, entonces. Y sí, me encanta comer —dije cuando tragué—. No me avergüenza admitirlo. Entre los *amus…* —hice una pausa—. ¿Cómo los ha llamado el camarero?

—*Amuse-bouche*.

—Eso. Entre el *bouche* ese de caviar de antes, que no habría probado en otras circunstancias y estaba increíble, y estas tostadas de queso tan pijas, estoy segura de que me van a tener que quitar este vestido con tijeras esta noche.

Él levantó una ceja ante la referencia a quitarme la ropa, y mis mejillas enrojecieron.

—Bueno, hemos pedido el menú del chef, así que podría pasar cualquier cosa. Aquí, a veces me ha servido comidas en las que he acabado lleno a reventar, y otras en las que solo he terminado un poco lleno.

—Bueno, sea como sea, gracias por traerme.

Hice un gesto para abarcar el restaurante y me tomé un momento para apreciarlo. La Nuit era el restaurante más bonito al que había ido nunca, pero no era lo que había esperado. Estábamos sentados junto a una ventana para que se nos pudiera ver bien desde todas partes, y la glicinia que la rodeaba creaba un marco de flores color violeta perfecto para las fotos hechas desde el exterior. Había asumido que Cameron elegiría un restaurante más moderno y minimalista, porque eso parecía encajar más con su estilo, pero aquel lugar parecía sacado de un cuento de hadas. Era acogedor, la iluminación era suave y las mismas flores violetas decoraban las paredes y el techo en el interior, como si la planta hubiera decidido adueñarse del lugar. La impresión era como estar en una casa de campo, pues en la sala solo cabían una docena de mesas o así. No me podía imaginar cómo sería la cuenta, considerando el espacio limitado y la ubicación del local en Manhattan. La carta no incluía los precios, lo que era de agradecer. Prefería no saberlo.

Me incliné hacia Cameron para preguntarle en voz baja.

—¿Nos ha visto ya alguien?

—Estoy seguro de que sí —asintió—, pero el resto de los comensales no nos darán mucha importancia. Aquí nadie se nos va a quedar mirando, ni nada por el estilo. Seguramente no nos daremos cuenta de que alguien nos mira. —Echó un vistazo rápido a su alrededor—. Aunque veo a una mujer florero en aquella esquina que parece bastante interesada en nosotros.

Miré un instante hacia aquella mesa y sonreí a Cameron al verlos.

—¿Se te ha ocurrido pensar que, tal vez, lo que piensa es que le gustaría estar en mi lugar? El hombre con el que está parece tener unos cien años.

—Soy capaz de distinguir una mirada curiosa de una interesada. Te aseguro que va a la búsqueda de CamLicity.

Los nervios me atenazaron y mis manos temblaron un poco. Esa era la única razón por la que estábamos allí, pero todo aquello de la «búsqueda» me hacía sentir bastante incómoda, y me recordaba que nos podrían estar siguiendo como si fuéramos presas de caza.

—*¿Por qué* habré aceptado hacer esto?

—Eh, eh —dijo Cameron en tono autoritario—. Céntrate en mí, ¿de acuerdo? En nosotros. Estarás bien. Ya sabemos que esto funciona.

Inspiré hondo y asentí. Tenía razón. Por algún motivo, cuando solo me centraba en él, me sentía mejor.

—Vamos a hablar de alguna otra cosa. ¿Por qué no me cuentas cómo os conocisteis Nina y tú?

—Oh, Nina —sonreí—. Es la mejor.

—Me alegré de que viniera la otra noche al bar, aunque las circunstancias podían haber sido más agradables.

La expresión de Cameron se oscureció durante un instante, seguramente al recordar el doble problema de la relación de su hermano y la borrachera de Tyler.

—Somos amigas de toda la vida —dije con rapidez, para tratar de evitar que siguiera pensando en eso—. De pequeñas, vivíamos cerca y empezamos como las clásicas amigas de barrio. Ya sabes, salíamos con la bici y cosas de esas, pero después, bueno… —Me atasqué con las palabras, porque no quería entrar en los detalles de por qué nuestra relación se había estrechado—. Cuando teníamos unos diez años nos hicimos más amigas. Empezamos a pasar más tiempo juntas, hasta que nos hicimos inseparables. Resultó que teníamos mucho en común. A las dos nos *encantaba* leer, desde libros clásicos como los de Nancy Drew y *Ana de las tejas verdes* hasta cosas más modernas. Pasábamos horas leyendo en la casa del árbol de su jardín trasero, y hablábamos de todo: nuestros sueños, los chicos que nos gustaban, lo que queríamos ser de mayores. —No pude evitar enternecerme al recordar aquellos tiempos—. Crecimos juntas, ¿sabes? Luego compartimos piso al ir a la universidad, supongo que porque la vida era mucho mejor cuando estábamos juntas. A estas alturas, es mi hermana. Nunca he tenido a nadie que me haya apoyado tanto como ella.

—Parece una amistad muy especial, tenéis suerte de teneros la una a la otra.

—Así es —confirmé—. Y todavía estamos tratando de cumplir uno de esos sueños de los que hablábamos de niñas.

—Ah ¿sí? ¿Cuál? —preguntó Cameron.

—Queremos abrir una librería independiente juntas.

No me sentí muy cómoda contándoselo a Cameron, y no solo por el hecho de que fuera mi jefe y mis planes de futuro pudieran hacerle creer que no estaba comprometida con su empresa, sino porque él era un hombre de negocios y podría reírse de nuestros planes. El comercio minorista representaba un futuro muy inseguro y, aunque tanto Nina como yo éramos conscientes de ello, había algo que nos impulsaba a seguir adelante, como si estuviéramos *obligadas* a cumplir ese sueño. Ya teníamos un plan de negocio, y lo único que nos faltaba para hacerlo realidad era conseguir los fondos necesarios. De ahí que hubiera aceptado ese trabajo con Cameron, que pagaba mucho más de lo que había esperado. Todo eso me recordó que, por muy agradable que fuera aquella cena, aún estaba en horario de trabajo para Veritique.

—Bueno, dejemos de hablar de mí —dije, mientras Cameron nos servía la segunda copa de vino—. Háblame de Tyler. ¿Cómo os hicisteis amigos?

—Contesté un anuncio —sonrió él.

—Ah, así que eres una novia por correo —dije, asintiendo con aire de comprensión—. Eso te pega.

—Venga ya —rio él—. Tyler estaba formando un grupo, y yo era un batería novato, que se creía mucho mejor de lo que era en realidad.

—Vaya, eso está muy bien. Cameron O'Connor, estrella de rock. —Hice un amplio gesto con la mano, como si me imaginara su nombre en una marquesina—. ¿Cómo se llamaba vuestro grupo?

—The Torture, que, al principio, resultó un nombre muy apropiado. Pobres de los vecinos que tuvieron que aguantar nuestros ensayos. Obviamente, Ty siempre tuvo muchísimo talento, pero Brett el guitarrista y yo, éramos casos desesperados. —Sacudió la cabeza sin dejar de sonreír—. Nuestro primer concierto fue en una fiesta de un colegio del barrio, lo que ya era malo de por sí, pero yo, además, me puse muy nervioso porque era la primera vez que tocaba para alguien que no fueran mis padres.

—Y ¿qué pasó? —pregunté después de beber un poco de vino.

Él puso los ojos en blanco al recordar.

—¡Me olvidé de *todo*! Todas y cada una de las canciones. Tyler se dio cuenta enseguida, así que no dejó de volverse hacia mí para indicarme sin hablar lo que se suponía que debía tocar. Eso demuestra lo buen músico que era, incluso entonces. Yo hice lo que pude durante el concierto, y me sentí muy avergonzado, pero, cuando terminamos, los chavales reaccionaron como si acabaran de ver a los Rolling Stones. ¡Hasta nos pidieron autógrafos!

—Tal vez dejaste escapar tu vocación —bromeé—. Aún no es demasiado tarde para abandonar todo esto de las joyas y volver a tocar con Tyler, ¿sabes?

Cameron bebió un largo trago de su copa de vino.

—No, ni en broma. No aguantaría ese estilo de vida. —Sus ojos parecieron oscurecerse durante un instante—. Además, aunque mis habilidades como músico mejoraron bastante, nunca fui tan bueno como Ty, ni de lejos. Como músico, a lo más que podría haber aspirado es a ser miembro de una orquesta en algún crucero barato.

—Vaya, eso es bastante concreto.

—Digamos tan solo que conozco mis limitaciones.

El camarero se materializó junto a nuestra mesa con el siguiente plato.

—Aquí tienen un *carpaccio* de vieiras con rábanos morados de Provenza, sobre un lecho de confitura de limón y decorado con capuchina.

Tras ofrecernos una leve inclinación de la cabeza, volvió a dejarnos solos. Me quedé mirando el plato que tenía delante, con los ojos muy abiertos.

—No reconozco nada de esto, pero las flores son muy bonitas.

—Son capuchinas, pruébalas —me animó Cameron.

—¿La flor? —Fruncí el ceño—. ¿Quieres que parezca tonta? Me los imagino riéndose de mí en la cocina, en plan «anda, mira a esa idiota que se come la decoración».

Mirándome a los ojos, Cameron cogió la flor de su plato y se comió la mitad de un mordisco, sin apartar su mirada de la mía.

—Son comestibles, y están buenísimas.

No pude evitar soltar una carcajada ante lo serio que se había puesto.

—Vale, vale, igual no se ríen de mí.

—Vas a tener que empezar a fiarte de mí, Felicity —dijo, mirándome con afecto—. No te estoy poniendo trampas. Somos un equipo, ¿recuerdas?

—Es verdad.

Sentí mariposas en el estómago al detectar la sinceridad en su voz.

—Oh, esto te va a encantar —dijo tras probar las vieiras—. Y si no, dame tu plato ahora mismo.

—Caray —suspiré después de probar el mío—. Están increíbles.

Como era un restaurante super elegante, el plato solo consistía en unos pocos bocados que me terminé a toda velocidad. Estaba delicioso, pero empecé a dudar de que acabaría tan llena como había creído al principio.

—Bueno, eso estaba riquísimo —suspiré, recostándome en la silla—. Entonces, ¿nos queda un plato más antes del postre?

Cameron soltó una carcajada.

—Querida, ese ha sido el segundo de *ocho* platos. Prepárate, porque vamos a estar aquí un buen rato.

La idea de tener una larga noche por delante me llenó de una alegría inexplicable. Sí, técnicamente esto era parte de mi trabajo, pero me lo estaba pasando muy bien con Cameron.

—Eh, mírame —dijo él entonces.

Hice lo que me pedía y él se inclinó hacia mí para mirarme con atención, lo que me hizo sentir un poco rara.

—¿Qué?

Cameron extendió la mano sobre la mesa y me cogió la barbilla con cuidado, lo que me provocó un escalofrío por la espalda.

—Tienes un poquito de confitura de limón en la comisura de la boca.

Justo en ese momento, capté algo con el rabillo del ojo, al otro lado de la ventana. No me volví para mirar porque sabía con exactitud de qué se trataba.

O, mejor dicho, de *quién*.

—No mires, pero tenemos público fuera —dije, sin dejar de sonreír con dulzura a Cameron, que seguía sujetándome la barbilla—. Vamos a aprovechar, ¿vale?

Él me dedicó una sonrisa un tanto desconcertada, como si no pudiera creer lo encantadora que resultaba con un pegote de comida en la cara y, servilleta en mano, procedió a limpiarme con mucho cuidado. Yo mantuve la vista baja y sonreí de una forma que dejara claro lo agradecida que estaba de que mi caballero andante me cuidara tan bien.

—Ya está, cariño —dijo él, mirándome con una ternura tan convincente que hasta yo estuve a punto de creer que iba en serio—. Vaya, espera, me he dejado un poco.

Cameron se inclinó por encima de la mesa y me tomó la cara entre las manos para inclinarla un poco y poder besarme justo al lado de la boca, en el lugar que acababa de limpiar. Puso sus labios sobre mi piel y, cuando alargó el contacto durante unos momentos, el tiempo pareció detenerse. Después se apartó un poco y me miró a los ojos con intensidad, haciéndome saber que estaba pidiendo permiso para activar la cláusula sobre besos de nuestro contrato. Asentí con mucha discreción y me acerqué un poco más a él, conteniendo la respiración. El beso junto a la boca había sido una cosa, pero si nos besábamos en los labios, nuestra relación pasaría al siguiente nivel.

Cameron rozó mis labios con los suyos y, al instante, olvidé que había personas observándonos desde la calle para ser testigos de nuestra historia de amor. El entorno se borró de mi mente, y solo pude pensar en lo increíble que resultaba la sensación de su boca sobre la mía. Mi cuerpo me dejó claro, sin lugar a ninguna duda que, si esto ocurría con frecuencia, iba a tener bastantes problemas.

Al cabo de un momento, Cameron se apartó de mí y volvió a sentarse.

—Vaya, eso ha estado, eh, *bien*.

—Sí, es verdad —confirmé, como si estuviéramos hablando del tiempo, no del hecho de que acabábamos de abrir un portal hacia lo desconocido.

—¿Crees que habrán hecho sus fotos? —preguntó.

Aunque me moría de ganas de mirar al exterior y ver cuántos espectadores se habían reunido, me contuve para no hacerlo.

—Ha sido un momento muy de película. Creo que sí.

El camarero volvió a aparecer con platos llenos de cosas cuyos nombres yo no era capaz de pronunciar, y opté por centrarme en la experiencia de cenar con Cameron O'Connor. Para cuando volvimos a nuestro edificio después de terminar, me sentía llena, feliz, y bastante entonada y, a juzgar por el comportamiento de Cameron, no era la única. Al subir a mi piso, bromeamos sobre el día en que el ascensor se quedó atascado, lo que me hizo pensar en cómo habían cambiado las cosas desde aquel encuentro trascendental hacía unas semanas.

Había supuesto que nos despediríamos en el ascensor y él continuaría hasta su piso, pero se quedó en el mío para acompañarme hasta mi puerta, aunque ya no nos veía nadie y no era necesario seguir fingiendo.

Me apoyé contra la pared junto a la puerta de casa tras sacar las llaves del bolso.

—Muchas gracias, por todo. Por esa cena increíble, por este vestido... —Tiré un poco de la falda—. Y por la peluquería y el maquillaje para estar tan elegante. —Terminé haciendo un gesto delante de mi cara.

—Eh, un momento. Que estés tan guapa esta noche no es mérito mío. Eso has sido solo tú.

Me rodeé el cuerpo con los brazos. ¿Esto estaba pasando de verdad? ¿Estaba Cameron *tonteando* conmigo, sin obligación y sin testigos delante?

—Lo cierto es que salir contigo no está tan mal, aunque sea de mentira. Me lo he pasado muy bien. —De repente, me sentía cohibida.

Él se apoyó también contra la puerta, a solo unos centímetros de mí, y sus ojos recorrieron mi cara hasta detenerse en mi boca.

—No tienes ni idea —murmuró.

Se acercó a mí y me tomó en sus brazos, pero me dio un momento para que me apartara si lo deseaba. Y no, ni en broma iba a perder la oportunidad de besarle de verdad, con intención y en serio.

Y, cuando lo hicimos, mis rodillas no fueron capaces de sostenerme.

Toda la tensión acumulada después de aquellos ligeros besos en el restaurante se canalizó en un beso muy distinto, que me hizo sentir en llamas. Nuestros cuerpos se unieron llevados por el instinto, como si no pudiéramos saciarnos el uno del otro. Él me apretó hacia sí aún más, y me encantó descubrir que el beso le estaba gustando tanto como a mí. Sus labios eran suaves, pero también dominantes, y no me cupo ninguna duda de que estaba dispuesto a ir tan lejos como yo le permitiera.

Pero ¿qué diantres estábamos haciendo?

Habíamos acordado una relación falsa profesional, con un contrato y todo y, aun así, habíamos acabado enrollándonos sin que nos viera nadie, solo para nosotros dos. Solo porque nos apetecía. Pero, aunque la sensación fuera mágica, sabía que debíamos parar. Si queríamos que la farsa funcionara, debíamos mantener los límites, porque yo estaba segura de que acabaría haciendo algo de lo que me arrepentiría. Algo como acabar en la cama con Cameron O'Connor.

Me separé de él a desgana y me llevé los dedos a los labios, tratando de ignorar lo mucho que deseaba volver a besarle. Cameron pareció dolido por mi decisión, pero la respetó y me soltó sin la menor protesta.

—Buenas noches, señor O'Connor.

Sin decir nada más, entré en mi piso y, en lo que me pareció ser la primera vez en toda la noche, dejé escapar una larga exhalación.

13

CAMERON

Mi cuerpo entero vibraba.

Había dado por hecho que disfrutaría de esa noche con Felicity; tal vez discutiríamos un poco, pero sería divertido, como siempre que estaba con ella. Sin embargo, había ido mucho mejor de lo que había esperado, tanto personal como profesionalmente. Mi teléfono no dejaba de recibir alertas sobre Veritique y, cuando había visto algunas de las fotos que nos habían hecho, las había encontrado perfectas, como esperaba. Entre la luz tenue, el marco de flores violeta y la forma en que estaba encuadrado nuestro beso, las fotos hechas a través de la ventana parecían organizadas por un director artístico. Me hizo gracia pensar en que, si la gente que se había emocionado al vernos en el restaurante nos hubiera visto besarnos a la puerta de su piso, les habría dado algo.

No podía dejar de pensar en la forma tan brusca en que se había detenido. Había estado seguro de que ella lo estaba disfrutando y tenía tantas ganas como yo. ¿La habría interpretado mal? ¿Habría llevado las cosas demasiado lejos? Estaba tan absorto en tratar de calmar mi corazón después de lo ocurrido, que casi ignoré la llamada de un número desconocido que recibí justo cuando llegaba a la puerta de mi piso.

—¿Sí? —Contesté con cautela.

—¿Es usted Cameron O'Connor? —preguntó una voz brusca.

—Sí —repetí, incómodo. Era tarde, la llamada procedía de un número desconocido, y todo aquello me resultaba bastante familiar.

—Soy el oficial David Jackson, de la comisaría del distrito diez. Tenemos aquí a un tal Tyler Boyd, por intoxicación etílica y alteración del orden público. Dice que usted estaría dispuesto a venir a pagar su fianza para que le dejemos marchar. ¿Es eso cierto?

Me encogí sin poder evitarlo, y suspiré sin que me oyera. ¿Otra vez, Tyler?

—Sí, sí, me haré cargo de él. Llegaré enseguida —contesté con rapidez, recordando que tenía un perro ansioso que gimoteaba al otro lado de la puerta.

Antes de ir a la comisaría, tendría que sacar a Boris a pasear un poco, ya que me había ausentado durante buena parte de la noche. Tyler podría esperar un rato más en el calabozo, se lo merecía. Terminé la llamada y, en cuanto abrí la puerta, el volumen de los gimoteos caninos aumentó de nivel.

—Hola, amigo —dije al entrar, y me dejé caer de rodillas para acariciar a Boris, que parecía más contento de verme de lo habitual—. ¿Qué pasa? ¿Va todo bien?

Conocía a mi perro mejor que a nadie, así que el más mínimo cambio en su comportamiento me llamaba la atención. Aquella noche parecía casi frenético. Me saludó con rapidez, pero enseguida se puso a dar arañazos en la puerta, señal de que necesitaba ir al baño cuanto antes.

—Venga, vamos —dije, cogiendo la correa.

Mientras avanzábamos por la acera, consulté en el teléfono la información de mi sistema de seguridad y comprobé que Tyler no había venido a sacar a Boris. Eso significaba que habría estado fuera de combate casi todo el día, y también que, casi con toda seguridad, habría empezado a beber ya por la mañana. Normalmente, era impensable que se emborrachara hasta el punto de no poder sacar a Boris. ¿Qué cojones le habría pasado?

Estaba lo bastante enfadado como para considerar dejar a Tyler en el calabozo toda la noche. ¿Qué *cojones*, Ty?

—Lo siento, amigo —murmuré a Boris.

No me gustaba la idea de que hubiera estado encerrado en casa todo el día, y no le culparía si no hubiera podido contenerse. Habría querido estrangular a Tyler.

Cuando volvimos a casa busqué si había charcos u otros desechos suyos, pero solo encontré un paquete roto de pastillas de miel para la tos, y un montón de envoltorios vacíos por el suelo.

—Boris, ¿qué has hecho? —suspiré.

Él bailoteó junto a mí, como si estuviera orgulloso de su capacidad para encontrar comida por su cuenta. Revisé la lista de ingredientes de las pastillas, y luego los comprobé todos en internet para asegurarme de que ninguno fuera tóxico para él. Y, aunque las pastillas en sí no lo eran, se había comido tantas que seguro que después le darían problemas de estómago. No me gustaba la idea de volver a dejarle solo, sin posibilidad de salir cuando lo necesitara. En otras circunstancias, habría llamado a mi asistente para pedirle que viniera a cuidar de Boris durante mi ausencia, pero Daniel se había marchado a visitar a su familia. Tras pensarlo un poco, recordé que podía recurrir a alguien más para que se hiciera cargo de él: una mujer que, a esas horas, debería estar preparándose para irse a dormir, unos pisos más abajo. Marqué el número antes de poder cuestionar mi idea.

—Hola —dijo Felicity, y el sonido de su voz bastó para tranquilizarme un poco—. Es la leche, estamos recibiendo un montón de atención. ¿Has visto las fotos de cuando me has limpiado con la servilleta? ¡Son casi tan buenas como las del beso!

—Sí, todo eso está muy bien, pero no te llamo por eso —dije enseguida—. Tengo que pedirte un favor.

Le expliqué lo ocurrido y ella se ofreció a subir a mi piso incluso antes de que yo se lo pidiera. El timbre sonó cinco minutos más tarde.

—Hola, ¿dónde está ese perro travieso? —Pasó a mi lado y entró directamente en el piso—. Caray, menuda casa.

Se había puesto unos *leggings* negros de aspecto suave que se le pegaban al culo de un modo que me daba ganas de quedarme mirándolo, y una camiseta gastada. Se había quitado todo el maquillaje y lavado el pelo, que aún estaba húmedo y sujeto en una coleta baja. En el restaurante había estado arrebatadora, pero esta versión, en toda su belleza natural, también me derretía el corazón. Maldije a Tyler por obligarme a apartarme de ella.

Solo después de explicarle dónde estaba todo, cómo localizar al veterinario si fuera necesario, y qué hacer para sacar a Boris, me permití una pausa para respirar.

—Eh —dijo Felicity con suavidad, acercándose a mí con Boris pegado a sus talones—. Yo me encargo. Somos un equipo, ¿recuerdas? A Boris no le pasará nada, te lo prometo. Ve a por Tyler y ocúpate de lo que necesite.

—Sé que lo harás —dije agradecido, preparándome para salir—. Te debo una.

—Oh, me gusta esa idea —bromeó ella—. Voy a pensar lo que quiero pedirte y ya te diré.

Conseguí esbozar una pequeña sonrisa, porque estaba empezando a asimilar la magnitud del problema de Tyler, y me estaba irritando cada vez más con él.

—No creo que tarde mucho, pero tú ponte cómoda. Si tienes hambre…

—No tengo nada de hambre, gracias a ti —me interrumpió—. Y ahora, *vete*.

Decidí coger el coche para poder pasar todo el viaje de vuelta gritándole a Tyler sin preocuparme por que me oyera Jimmy. El papeleo en la comisaría resultó interminable. Parecía que la pelea en el bar había implicado a media ciudad. Además, la zona de espera de la comisaría estaba llena de borrachos ruidosos y enfadados que habían venido a recoger a otros colegas, aún más borrachos.

Para cuando Tyler salió por fin a reunirse conmigo, yo había pasado de furioso a agotado. Estaba cansado después de aquel día tan largo, y harto de la forma en que Tyler estaba arruinando su vida. Algo iba a tener que cambiar.

Tyler avanzó en mi dirección por la atestada zona de espera, con aspecto pálido y pinta de haberse llevado varios golpes. Me dirigió una sonrisa tímida y, durante un momento, vi un destello del chaval con talento que había sido una vez, el que siempre me ayudó en todas nuestras actuaciones.

—Hola —dijo él—. Lo siento, hermano.

—No me llames así ahora, ¿de acuerdo? —refunfuñé—. Larguémonos de aquí.

Cuando salimos a la calle, se volvió hacia mí.

—Siento tener que pedírtelo, pero ¿te importa si voy a comer algo? No he comido nada desde…

—¿Desde que te emborrachaste?

—Vale, olvídalo —gruñó, y señaló un local un poco más adelante—. Voy a comprar algo en esa tienda.

—No —repliqué—. Antes he pasado por delante de una cafetería. Vamos a que comas algo decente.

Caminamos en silencio, mientras yo pasaba de la simpatía al enfado y viceversa, una y otra vez. Sabía que no conseguirían nada con un sermón, y que era él quien debía querer cambiar las cosas. Me sentía muy impotente al ver cómo su comportamiento empeoraba cada vez más.

Una camarera de aspecto cansado nos condujo a una mesa en un rincón, y esperé en silencio a que Tyler leyera la carta. No me apetecía tomar nada, ni siquiera un café. Vi en mi teléfono que ya eran las dos de la mañana. Debería estar en la cama, los dos deberíamos estar durmiendo.

—De acuerdo —suspiró Tyler después de pedir la comida y devolver la carta a la camarera—. Estoy listo para escuchar lo que tengas que decir.

—¿Estás de puta coña? —espeté, molesto—. ¿Encima me vas a venir con esa actitud, después de dejar a mi perro tirado todo el día y de que haya pagado tu fianza? Muy bonito, Tyler, muy bonito.

—¿Cómo? ¡Lo decía en serio! Necesito que me ayudes a recuperar el sentido común.

—Como si eso fuera a servir para algo —gruñí—. Ya hemos pasado por esto antes. La hostia de veces, en mi opinión.

—Sí, lo sé. —Inclinó la cabeza.

—¿Y por qué seguimos así? —exigí—. Ya sé que llevas un tiempo pasándolo mal, pero últimamente todo va aún peor, y no entiendo por qué. Estás actuando otra vez, a la gente le gusta tu música… ¿Es que todo eso no es suficiente para ti?

Él tenía los ojos clavados en la mesa y, durante un momento, pensé que no iba a responder, pero lo hizo al cabo de un momento.

—El mes pasado habría sido nuestro aniversario, ¿sabes? Si aún estuviéramos juntos.

—Entonces, ¿todo esto es por Roxanne? —suspiré.

Él se encogió de hombros, aún sin mirarme. Yo me incliné hacia él.

—Tyler, no sé de cuantas formas diferentes puedo decirte esto: Roxanne *no* te convenía. Sacaba lo peor de ti. Vuestra relación no era saludable.

—¡Pero yo la quería! —exclamó—. Estábamos tan bien juntos, me hacía sentir en la cima del mundo.

Sí, quise decirle, *porque lo estabas, y esa era la única razón por la que ella estaba contigo. En cuanto perdiste la fama y estar contigo dejó de ser divertido y emocionante, te dejó tirado.*

Pero ¿cómo iba a decirle todo aquello? Había perdido tantas cosas que era lógico que las echara de menos. Yo solo deseaba que dejara de estar tan obsesionado con aquella mujer. La nostalgia no iba a resolver nada, y mucho menos iba a ayudarle a pasar página. Dejé escapar un largo suspiro, porque ya habíamos hablado de todo aquello antes.

—Bueno, yo no puedo devolverte a la cima del mundo, pero en unos cinco minutos, tendrás bastante comida como para hacer reventar a un caballo. Eso va a ser todo lo que consigas por hoy.

Él se dejó caer contra el respaldo de su asiento y habló en voz baja.

—Me vale con eso. Sé que siempre puedo contar contigo. A veces pienso que eres lo único que tengo. Eres mi hermano, lo sabes, ¿no?

Lo dijo en un tono tan patético que fue como si me clavara un cuchillo en el corazón.

—Sí, lo sé.

La camarera volvió con varios de platos llenos de huevos, beicon, patatas, salchichas y un montón de cosas más, que estaba seguro de que no podría terminarse. Quise cambiar a un tema menos serio, ya que machacarle tampoco iba a servir para nada.

—¿Sigues hablando con Nina? Parece muy agradable.

—Sí —gruñó él, con la boca llena de beicon—. Esa es la cuestión. Es muy agradable, y yo no me merezco a esa clase de persona. La corrompería, la echaría a perder con mis mierdas.

—Para —le reprendí—. Podría ser buena para ti y darte una razón para dejar de una vez todas esas mierdas.

No quería empujarle a una relación, pero me gustaba la idea de que la bibliotecaria encantadora pudiera ser una influencia positiva para él, porque a mí me estaba empezando a pesar el esfuerzo de ser la única persona que se ocupaba de él, sobre todo considerando que yo también tenía mis propios demonios a los que enfrentarme.

—Es muy especial —admitió por fin—. ¿Y qué hay de Felicity y tú? Me pareció ver algo entre vosotros en mi último concierto.

Estuve a punto de observar que, con lo colocado que había estado esa noche, seguramente también habría visto unicornios y centauros, pero conseguí contenerme.

—Ah, ¿ella? Todo lo que viste era fingido, ya te lo expliqué. Es todo parte de una estrategia publicitaria que hemos organizado para la empresa. ¿Te acuerdas?

Él dejó de masticar y me miró extrañado, sujetando una salchicha con la punta de los dedos como si fuera un cigarrillo.

—¿Estás seguro de eso? Porque te conozco, y a mí todo ese tonteo no me pareció fingido.

Mi teléfono empezó a sonar otra vez con una nueva oleada de alertas, provocadas por más fotos de Felicity y yo, esta vez a la salida del restaurante. Íbamos de la mano y ella me estaba mirando fascinada. Tyler tenía razón, parecía la leche de auténtico.

—No estoy buscando una relación —objeté—, y tú, mejor que nadie, deberías saberlo. No voy a exponerme otra vez a pasarlo tan mal. —. Ni siquiera tuve que mencionar el nombre de Carolina.

Tyler empezó a zamparse los huevos.

—Lo que tú digas. Pero no estoy ciego, hermano.

Me quedé cavilando en silencio. La persona de la que hablábamos se encontraba en ese momento en mi piso, vestida con ropa cómoda y cuidando de mi perro. Vaya, tal vez sí que parecía real o, al menos, un poco real.

—Termina ya —dije bruscamente—. Estoy cansado.

El viaje a casa se convirtió en una negociación, porque no me apetecía nada ir hasta el piso de Tyler. A él le parecía mal «incomodarme» quedándose en mi piso, pero los dos sabíamos que, entre las habitaciones vacías que tenía disponibles, y la señora de la limpieza, que se quedara no suponía ningún inconveniente. Para cuando llegamos a casa, eran más de las tres, y le indiqué que no hiciera ningún ruido llevándome un dedo a los labios al abrir la puerta.

—¿Por qué no podemos hacer ruido? —susurró mientras avanzábamos por el pasillo—. ¿Hay alguien aquí?

Boris no había venido a la puerta a saludarnos, lo que sugería que Felicity debía de estar dormida y mi perro estaría junto a ella, protegiéndola. Entramos en silencio en el salón, con sus vistas a la ciudad, que estaba a oscuras salvo por la tenue luz de una lámpara junto a la librería.

Y ahí estaba Felicity, acurrucada en un rincón del sofá, con Boris dormido junto a ella. Parecían tan cómodos que no quise despertarles.

—Ajá —susurró Tyler, cuyos ojos no dejaban de desplazarse de la silueta dormida de Felicity a los míos—. Falso del todo, ya lo pillo.

Hizo un gesto de confirmación con el índice y el pulgar, y me dedicó un guiño exagerado. En ese momento, Felicity se despertó.

—Qué… —Inspiró hondo y miró a su alrededor, confundida.

Boris saltó del sofá y corrió hacia nosotros para empezar a dar vueltas a nuestro alrededor.

—Ah, habéis vuelto. Hola. —Felicity sonrió somnolienta, y en lo único que pude pensar fue en cómo sería despertarme a su lado.

Maldije mi imaginación para mis adentros.

—Sí, aquí estamos. ¿Cómo han ido las cosas con este grandullón? —pregunté, acariciando a Boris.

—Bueno, chicos, yo me voy a dormir —dijo Tyler haciendo el gesto de la paz—. Ha sido un día muy largo. Os dejo para que habléis.

Mientras él se marchaba a toda velocidad, Felicity se puso en pie y se estiró, de forma que su camiseta se levantó un poco y me permitió ver la parte inferior de su tripa. Tuve que cambiar de postura, porque una rápida mirada había bastado para ponerme a mil.

—Boris se ha encontrado fenomenal —Bostezó y se acercó a mí, descalza y aún somnolienta—. Le he sacado unas cuantas veces, pero lo único que ha hecho ha sido marcar cada uno de los árboles y las farolas de la calle. Creo que está perfectamente.

—Me alegro —dije, sintiendo que por fin empezaba a relajarme—. No sabes cuánto te agradezco que te hayas ocupado de él.

—Lo he hecho encantada —dijo, arrodillándose junto a Boris para rascarle el cuello—. Es un perro maravilloso. Ya soy su mejor amiga.

—Bueno, te debo una.

Felicity se puso las chanclas.

—Oh, ya lo creo que sí, y más vale que no se te olvide.

Y después de dedicarme una sonrisa traviesa, me lanzó un beso y se alejó en dirección al pasillo moviendo las caderas de la forma más provocativa posible, solo para mí.

Felicity Rhodes iba a acabar conmigo y, maldita sea, me encantaba esa idea.

14

CAMERON

Me desperté al oír a alguien trastear en la cocina y, por un momento, lo único que se me ocurrió fue que era Felicity. ¿Se habría quedado la noche anterior después de todo, durmiendo en el sofá? Al recordar la forma en que aquellos *leggings* se habían ceñido a su culo, noté una presión entre las piernas, y deslicé la mano para apretarme a través de los calzoncillos. En ese momento, un ruido de cristales rotos hizo que Boris saltara de su cama y empezara a ladrar.

Tyler.

Me levanté a regañadientes y me puse una camiseta y un pantalón de algodón. ¿Qué cojones hacía levantado tan temprano? Jamás le había gustado madrugar. Claro, que yo no había oído mi alarma, así que no me venía mal del todo que me hubiera despertado, aunque fuera de aquella forma tan desagradable. Si quería llegar a tiempo al trabajo, ya era demasiado tarde para mi sesión de ejercicio habitual y, con todo lo que tenía que hacer, ni me planteaba llegar tarde.

—Qué hay —me saludó Tyler, con un gesto de disculpa—. Lo siento mucho. Quería un zumo de naranja, pero se me ha caído el vaso. Estaba buscando la escoba y el recogedor.

Boris había corrido hacia Tyler en cuanto escuchó su voz, pero Tyler lo apartó antes de que pudiera pasar por encima de los cristales rotos.

—Hay un cepillo de mano debajo del fregadero —indiqué—. Voy a sacar a Boris mientras limpias todo eso. Necesita salir.

—No —replicó él—. Deja que lo saque yo. Tú puedes ir a vestirte, y yo me haré cargo de todo.

—De acuerdo.

Volvía a estar irritado con él. Algunas veces, Tyler parecía una bomba con forma humana, y esta era una de ellas.

Cuando Tyler y Boris se marcharon, volví a la cocina para hacerme un café rápido, y me aseguré de evitar los cristales del suelo. Aunque una parte de mí se inclinaba por recogerlos yo mismo, también quería que Tyler se responsabilizara por sus acciones. Yo ya había arreglado sus desastres demasiadas veces, y eso incluía la noche anterior. Pero cuando abrí la nevera, vi que la botella de vodka Beluga que tenía en la puerta estaba en un sitio diferente. ¿Acaso había intentado hacerse un *cóctel*? Saqué la botella de la nevera y la llevé a la despensa. No era un gran escondite, pero, al menos, así Tyler sabría que me había dado cuenta de lo que estaba tramando.

Tras cerrar la puerta de la despensa, decidí saltarme el café. Tenía que marcharme cuanto antes para poder dejar de pensar en los problemas de Tyler. No tenía tiempo para quedarme a hacer de niñera, así que terminé de arreglarme y le envié un mensaje con instrucciones sobre Boris, ya que lo había sacado varias horas antes de lo habitual. Cuando salí del edificio, Jimmy me esperaba en el coche justo delante de la puerta.

Intenté adelantar trabajo de camino a la oficina, pero no podía dejar de pensar en las últimas veinticuatro horas. Aquella cena increíble con Felicity, después la bajada a los infiernos con Tyler, y aquel numerito por la mañana.

¿Por qué no dejaba de cagarla? Apoyé la cabeza en el asiento y cerré los ojos, mientras Jimmy avanzaba entre el tráfico de la mañana. Iba a ser un día muy largo.

—¿Señor O'Connor? ¿Cameron?

Alcé la cabeza con un gruñido. ¿Me había quedado *dormido*?

—Sí, gracias, Jimmy —dije, recogiendo mis cosas para salir del coche.

Lo primero que tenía que hacer esa mañana era reunirme con el equipo de relaciones públicas, lo que, por suerte, era una forma sencilla de comenzar el día. A ellos les gustaba llevar la voz cantante, así que lo único que tenía que hacer era sentarme a escucharlos. Alessandra me entregó una taza de café de camino a la sala de reuniones, y agradecí el hecho de que pudiera leerme el pensamiento. En cuanto entré en la sala, Sandrine se acercó a saludarme con una gran sonrisa.

—Enhorabuena por lo de anoche —dijo mostrando su teléfono—. Las fotos son perfectas.

—Sí, lo son. —Mi sonrisa era auténtica—. Yo diría que hemos empezado bastante bien.

—Y el resto de la campaña va a ser mucho mejor —continuó ella—. ¡Tengo muchas ganas de explicarte lo que hemos preparado!

Me senté a la cabecera de la mesa e hice un gesto de saludo hacia el resto de los asistentes. Felicity intentó contener una sonrisa desde el fondo de la sala y, con solo mirarnos un instante, ambos supimos que estábamos pensando en lo ocurrido entre nosotros la noche anterior.

—De acuerdo, vamos a empezar —dije, con la esperanza de que no se notara demasiado lo cansado e impaciente que me sentía—. ¿De qué tenemos que hablar?

—Empiezo yo —dijo Sandrine, alzando un dedo—. Los comentarios que estamos recibiendo sobre la campaña CamLicity son más y mejores de lo que habíamos esperado. —Activó la pantalla situada en la pared para mostrar las últimas métricas de opinión sobre mi cena con Felicity—. Según estos números, creemos que estaría bien centrarnos en otras parejas de famosos que también están a punto de comprometerse. Ya tenemos varias ideas, pero Glen dice que la suya debería ser nuestra primera opción. Nos vamos a enterar todos ahora de qué es, y ni siquiera yo sé aún qué han planeado, así que todos tenemos muchas ganas de saber qué ideas tienes. Adelante, Glen.

Glen se puso en pie con expresión condescendiente, como si supiera que iba a acertar de lleno.

—He estado preparando todo esto yo solo —comenzó.

Gemí para mis adentros.

—Hasta ahora, la campaña se ha estado centrando en la parte femenina de la pareja en el contexto del compromiso. Cuántos quilates quiere, cómo le quedará el anillo y demás —continuó—. Pero yo creo que también hay que tener en cuenta la opinión masculina.

Si el sonido de una docena de mujeres poniendo los ojos en blanco fuera audible, ese habría sido el momento en el que se habría hecho oír.

—Queremos que esta campaña haga mucho ruido, y por eso, me he puesto en contacto con alguien que está rompiendo los récords de interés del público. —Glen empezó a caminar hacia la puerta sin dejar de hablar—. Señoras y caballeros, les presento a nuestro próximo candidato para la campaña #Enbuscadelromance… —Abrió la puerta y dijo unas palabras a alguien que estaba al otro lado, invitándole a entrar.

—¡El señor Steven Brudny!

Joder. El ex de Felicity.

Glen se apartó para dar paso a un hombre de cierto atractivo, vestido con una sudadera con capucha bajo una chaqueta de traje, que entró derrochando confianza en sí mismo, como si fuera el dueño del lugar. Se oyeron algunos aplausos corteses.

Miré enseguida a Felicity, y vi que, en lugar de su expresión animada, ahora daba la impresión de estar atrapada en una pesadilla. Parecía aterrada, incapaz de moverse.

—Hola a todos —saludó Steven en un tono de falsa humildad, agitando la mano—. Me alegro de estar aquí, es estupendo que Veritique aprecie el poder de mi libro. ¡Soy un autor superventas! —Alzó un puño en el aire—. Me encanta la gente capaz de apreciar la obra de arte que es *Corazón desquiciado*.

Ah, no. Ni hablar.

Me puse en pie cuando Glen condujo a Steven a una silla vacía.

—No se ponga muy cómodo, señor Brudny.

—¿*Perdona*? —Me miró sin comprender, como si no le cupiera en la cabeza que alguien pudiera sentir algo que no fuera admiración en su presencia—. ¿No te han explicado quién soy?

Apreté los puños, pero no dejé que mi cara reflejara ninguna emoción.

—Oh, sé muy bien quién es usted. Ese es justo el problema.

Steven miró a su alrededor, como si esperase que los presentes le apoyaran. Cuando su mirada aterrizó sobre Felicity, sus ojos se contrajeron.

—Ah —dijo, en un tono más animado, sin dejar de mirarla—. *Ahora* lo entiendo. ¡Hola, Lis! Cuánto tiempo.

Felicity solo pudo sacudir la cabeza en respuesta, incapaz de articular palabra. Jamás la había visto tan atónita, y no me gustó nada.

—Felicity y yo somos viejos amigos —dijo Steven, mirando a los presentes—. Nos conocemos muy bien. Se podría decir que soy capaz de leer sus pensamientos, como un libro. ¿Verdad, Lis?

Se estaba acercando peligrosamente a revelar su relación con Felicity delante de todos sus compañeros de trabajo, pero yo no tenía la menor intención de permitir que eso ocurriera delante de mí.

—Señor Brudny, creo que ha habido algún malentendido. Verá, esta campaña se centra en el amor sincero y honesto entre dos personas, y usted es la última persona que se me ocurriría presentar como ejemplo de esas cualidades —le dije—. No me sorprende que no se haya molestado en traer hoy a su novia, porque está muy claro que la única persona a la que quiere es usted mismo. Y como no nos interesa nada ampliar nuestra presencia en el sector de los gilipollas dedicados al autobombo, creo que no vamos a poder trabajar con usted.

Steve tartamudeó un poco antes de conseguir preguntar, escandalizado e indignado:

—¿Y tú quién se supone que eres?

—Soy la persona que sabe qué es lo mejor para esta empresa, y no es usted. Así que puede recoger sus cosas y dirigirse a la salida —señalé la puerta.

—¿Qué cojones? —El tono de Steven era quejicoso—. ¿Cómo te atreves a tratarme así? ¿Lis? Venga, tú puedes responder por mí, ¿verdad? Los amigos deben apoyarse.

—Yo no soy tu amiga —consiguió articular ella, con un hilo de voz.

—Cierto, porque éramos…

—¡Fuera! —grité.

Aquella palabra pareció absorber todo el aire de la sala. Di unos pasos hacia Steven antes de darme cuenta de lo que estaba haciendo. El instinto se había adueñado de mí y solo podía pensar en protegerla.

—¿Qué pasa, quieres pelear conmigo, tío? —preguntó él, que se había puesto en pie de un salto.

—No —contesté con calma—. Quiero que haga lo que le he dicho hace tres minutos, y se marche de aquí. Si tengo que decirlo otra vez, no será a usted, sino a los guardias de seguridad, que le sacarán a rastras y le arrojarán a la acera, junto a la basura.

Tras decir eso, miré por fin al resto de los asistentes y comprobé que todo el equipo de relaciones públicas parecía desconcertado ante lo que estaba ocurriendo, pero no demasiado preocupado. Mis empleados confiaban en mí y sabían que no reaccionaría de ese modo ante nadie, sin tener una buena razón para ello.

—¿Lo dice en serio? —preguntó Steven a Glen sin alzar la voz.

—Ya lo creo —contestó él—. Es nuestro director ejecutivo.

Steven pareció comprender de una vez que no iba a conseguir el acuerdo de colaboración con Veritique que había esperado.

De acuerdo. Vuestros anillos son una birria, de todos modos —dijo, dirigiéndose a la puerta—. Estoy seguro de que en Barth & Co. no tratan así a sus posibles colaboradores.

—¿Señor Brudny? —Cogí mi teléfono y lo encendí—. Una última cosa.

Le hice una foto y dicté un rápido mensaje de voz para todos los equipos de seguridad de todas las tiendas de la marca del país, con instrucciones de no permitir la entrada al hombre de la foto en ninguna de las tiendas, bajo ningún concepto.

—Enviado —dije al pulsar un botón que hizo sonar el característico zumbido de mensaje saliente—. Ya puede irse, hemos terminado. —Hice un gesto de desdén con la mano—. Glen le acompañará.

Steven salió por fin de la sala, murmurando entre dientes, seguido de un Glen con aspecto abatido. Yo me aclaré la garganta y volví mi atención a los demás.

—Lamento mucho haber tenido que levantar la voz. Supongo que resulta evidente que, en mi opinión, el señor Brudny no encaja con nuestra empresa, de ninguna manera. No quiero entrar en detalles, basta con confirmar que la decisión es definitiva. Estoy seguro de que habrá muchos otros posibles candidatos que representen mejor los valores de Veritique. Vamos a continuar.

La reunión siguió durante otros cuarenta minutos como si no hubiera ocurrido nada. Noté los ojos de Felicity puestos en mí, pero no fui capaz de devolverle la mirada. ¿Creería que me había pasado de la raya? La vez anterior, cuando le ofrecí encargarme del pedazo de imbécil de su ex, ella no había aceptado. Pero ¿cómo iba a quedarme de brazos cruzados ante su reacción al verle allí? Aquel gilipollas había tenido suerte de no llevarse un puñetazo en la cara.

Tras la reunión, volví a mi despacho con la intención de centrarme en la montaña de trabajo que tenía pendiente, pero no fui capaz de apartar de mi mente la tristeza de Felicity cuando Steven se había burlado de ella. Necesitaba verla.

Justo cuando cerraba mi portátil para ir a buscarla, la puerta de mi despacho se abrió, como si mis pensamientos la hubieran invocado.

—Felicity… Ahora mismo iba a ir a verte.

Ella casi echó a correr hacia mí, con los ojos clavados en mi boca. Chocó conmigo con tal fuerza que dejé escapar un *uf* de sorpresa y, a continuación, apretó sus labios contra los míos.

Si el beso a la puerta de su piso había sido excitante, este fue *legendario*. Me besó con frenesí, como si todas las emociones reprimidas durante la última hora trataran de salir a la superficie al mismo tiempo. Yo, por mi parte, me sentí tremendamente aliviado. La rodeé con mis brazos con la esperanza de que podría hacerle saber que siempre, siempre lucharía por ella.

Ella me acarició el labio con la lengua, en un breve contacto experimental que casi me hizo soltar un gemido. A la mierda el contrato. Deslicé las manos por su cuerpo hasta sus caderas y, después a su culo, para apretarla aún más contra mí. *Joder,* cómo me gustaba su sabor.

—Gracias —murmuró contra mi boca—. Por... por defenderme.

Al decirlo en voz alta, pareció enardecerse aún más. Me rodeó el cuello con los brazos y deslizó las manos por mi pelo, lo que me hizo sentir una descarga eléctrica por la espalda y desear mucho más. La tomé en mis brazos y le levanté la falda para que pudiera rodearme la cintura con las piernas. Sin soltarla, me dirigí al sofá y me senté con ella encima, mientras nos besábamos con mayor intensidad aún. Ella se frotó contra mí con un leve gemido.

Recorrí sus muslos con las manos mientras mi lengua exploraba su boca. Su piel... parecía hecha de seda. Ella se arqueó contra mí para presionar sus pechos contra mi cuerpo. Me había puesto duro como una piedra.

—Te deseo —le susurré al oído y, cuando la besé bajo la oreja, ella rio.

—Cameron, yo también te deseo. —Su voz subió de tono en la última palabra, cuando le puse las manos en las caderas y la atraje hacia el bulto en mis pantalones—. Pero aquí no podemos.

—¿Por qué no? Este sofá es cómodo y bastante resistente.

Ella volvió a reír cuando le besé el hueco de la garganta.

—Podría entrar alguien.

—Les dejaremos mirar —insistí—. Puede que hasta aprendan algo.

Nuestras bocas volvieron a encontrarse y nos besamos mientras yo le subía la falda despacio, centímetro a centímetro. Oh, las cosas que quería hacerle. Me imaginé que lo hacíamos en el sofá, y que, después, la doblaba sobre el escritorio para poseerla desde atrás y poder apretarle aquel culo perfecto mientras la hacía mía. ¿Cuántas veces podría conseguir que se corriera?

Entonces, comprendí que lo que quería era tomarme mi tiempo con ella, explorar cada centímetro oculto de su cuerpo con mis manos, mi lengua y, por supuesto, mi polla. Por mucho que deseara apartarle las bragas a un lado e introducirme en ella en ese mismo instante, si lo hacía, tendría que terminar demasiado rápido. En cualquier momento, podía sonar el teléfono, o nos podría interrumpir un golpe impaciente en la puerta cuando tuviera mi boca entre sus piernas. Me aparté de ella.

—¿Tienes planes para esta noche?

Los ojos le brillaban, y su pecho se agitaba como si acabara de terminar una carrera. Su boca… aquellos labios tan carnosos aún resultaban más apetecibles gracias a los besos. Felicity negó con la cabeza, sin decir palabra.

—Ven a mi casa. No quiero arriesgarme a que nos interrumpan la primera vez que follemos.

Ella dio un respingo al oírme decir exactamente lo que ambos estábamos pensando. Se apretó aún más contra mí y se inclinó para susurrarme al oído.

—No quiero parar.

Sus movimientos contra mi polla casi acabaron con mi determinación, pero no estaba dispuesto a dejarme llevar. Los dos sabíamos que la espera merecería la pena. Llevé las manos a la parte posterior de mi cuello, donde ella había entrelazado las suyas, las retiré y las sujeté entre nuestros cuerpos, como si le hubiera puesto unas esposas.

—Te ofrezco un trato: si paramos ahora, esta noche no tendremos que parar. —La atraje aún más hacia mí para susurrarle al oído—. Voy a follarte. Toda. La. Noche.

Ella cerró los ojos y dejó escapar un suspiro tembloroso.

—*Es posible* que te deje dormir después del tercer orgasmo, pero solo un ratito. Después, te despertaré con mi lengua entre tus piernas, y empezaremos de nuevo.

—Trato hecho —murmuró ella tras inspirar profundamente.

15

FELICITY

Las bromas de Nina aún resonaban en mis oídos cuando llamé al timbre de la casa de Cameron. Había dicho cosas como «el picadero más conveniente del mundo», o que era «la mascota del jefe». Las dos observaciones eran muy acertadas, teniendo en cuenta que, para volver a casa, solo necesitaría bajar unos cuantos pisos en el ascensor.

Me había recogido el pelo en un moño y me había puesto un sencillo vestido de algodón con unas chanclas, pero lo que llevaba debajo iba a volver loco a Cameron.

Él abrió la puerta muy poco después de que yo llamara, como si me hubiera estado esperando.

—Hola. Vaya, parece que te has puesto cómoda.

Entré en la casa tras darle un ligero golpe con la cadera.

—¿Tú crees?

Me quité las chanclas y caminé por el pasillo, tirando un poco del borde del vestido, lista para comenzar a desnudarme, pero un Boris muy entusiasta salió a saludarme.

—Eh, ¡hola, amigo! —reí mientras él daba vueltas a mi alrededor—. Me alegro mucho de verte.

Cameron se dio cuenta enseguida de que aquel perro tan cariñoso estaba interrumpiendo nuestros planes. Estaba claro que sabía que, aunque Boris era encantador, era capaz de fastidiarnos la noche.

—Oye, B, ¿quieres un hueso? —preguntó.

El perro se apartó de mí en cuanto escuchó la oferta, y siguió a Cameron a la cocina. Mientras tanto, yo miré a mi alrededor en aquel ático, mucho más grande que mi piso, buscando el lugar perfecto para mi pequeño espectáculo.

La noche en que había cuidado de Boris, había estado tan pendiente de que se encontrara bien después de comerse las pastillas para la tos, que no había prestado mucha atención a la casa. Sin embargo, ahora que el sol se estaba poniendo en la distancia, pude admirar bien aquel espacio tan suntuoso. Las paredes eran de color gris oscuro, y en ellas había colgados unos cuantos cuadros enormes que parecían obras de arte dignas de un museo. Sin embargo, el auténtico foco de atención del salón era la vista del parque desde las ventanas. Me acerqué para admirarla, porque desde mi piso, unas cuantas plantas más abajo, solo podía ver la pared de ladrillo del edificio al otro lado de la calle.

—Eh. —Su voz sonó detrás de mí.

—Eh —contesté, volviéndome hacia él.

Nos miramos a los ojos en una especie de duelo silencioso muy sexi. ¿Quién sería el primero en ceder? Bueno, en cuanto pusiera mi plan en marcha, sería Cameron.

Le sonreí, me quité el vestido con un gesto rápido y lo dejé caer al suelo a mis pies.

—Joder —suspiró admirado.

Y tenía razón, porque llevaba un conjunto de lencería casi invisible, que consistía en unas finas tiras de satén rosa y encaje, adornadas con unas delicadas florecitas en las caderas.

Cameron atravesó la habitación sin decir palabra y me tomó en sus brazos con tanta fuerza que caí contra él. Su boca se apoderó de la mía y me hizo suya con un beso.

—¿Tienes idea de lo perfecta que eres? —me susurró al oído.

—Dímelo —suspiré, y dejé caer la cabeza hacia atrás cuando empezó a besarme el cuello.

—Tu piel es… —Siguió besándome en dirección a mi hombro —de terciopelo. —Se detuvo para mirarme—. Y tus pechos… me quedaría toda la vida admirándolos.

—Será más agradable si los tocas —dije con una ligera risa.

Enredé mis dedos en su pelo y lo atraje hacia mí. Me besó con una intensidad tan increíble que no me di cuenta de que me había desabrochado el sujetador hasta que cayó al suelo. Sus manos recorrieron todo mi cuerpo hasta llegar a mi culo.

—¿Cómo es posible —le susurré al oído—, que yo esté prácticamente desnuda y tú sigas vestido de jefe? —Le di un tirón a su corbata—. Vamos a desnudarte.

Conseguí despegarme de sus ávidos labios y le deshice el nudo de la corbata despacio. Después, le desabroché los botones de la camisa. Cuando la deslicé de sus hombros, fue mi turno de quedarme impresionada.

—Joder contigo —suspiré.

Solo con ver su torso, supe que el cuerpo de Cameron estaba hecho para follar. Brazos fuertes, un amplio pecho salpicado de un poco de pelo, y una tableta de chocolate que claramente sabía algo sobre hacer abdominales. Era un cuerpo diseñado para la fuerza y la resistencia, y yo estaba resuelta a comprobar los límites de ambas.

—Te has quedado mirando —dijo con una risa, mientras se desabrochaba el cinturón y los pantalones.

—Bueno, es que… —En lugar de terminar la frase, deslicé la mano por su pecho—. Mírate.

Cuando se quitó los pantalones y los calzoncillos, me quedé boquiabierta de verdad. Cameron era propietario del pene más bonito que había visto nunca. Y, tal vez, también el más grande.

—Ven aquí —gruñó, interrumpiendo mi contemplación.

Di un paso hacia él, me dejé caer de rodillas y me lo metí en la boca sin decir palabra.

—*Felicity…* —dijo él con un respingo.

Sabía que él habría querido ir directo a follarme, pero, como había supuesto, no había podido resistirse al ritmo de mi boca y mi lengua sobre su polla. Me quitó la goma del pelo, me agarró de la melena y envolvió un puño con ella mientras yo le excitaba. Su respiración se volvió más jadeante, y yo sentí un calor líquido acumularse entre mis piernas. Me encantaba tener a Cameron, tan grande y fuerte, a mi merced.

—Felicity… —jadeó, empujando dentro de mi boca con cuidado—. Quiero follarte… *necesito…*

A pesar de lo que decía, su cuerpo le traicionaba. Yo le ignoré y seguí adorando su miembro con mi lengua. Él parecía no poder decidirse entre dejarme continuar, y enterrar su polla en otra parte distinta de mi cuerpo.

—*No.*

Se apartó de mí bruscamente, con un gemido angustiado, y me puso en pie con un solo movimiento rápido. Después, me cogió en brazos y me llevó al sofá, donde me sentó en el borde para que mis pies quedaran apoyados en el suelo, y me recostó hacia atrás.

—Me toca.

Cameron deslizó un dedo bajo la delicada cinta de mis bragas y, de un tirón, la rompió por la mitad y retiró los dos jirones de debajo de mí. Se situó entre mis piernas, mirándome a los ojos con deseo evidente y, tras bajar la cabeza, aplicó su boca al centro de mi cuerpo.

La sensación de su cálida lengua sobre mi clítoris fue suficiente para arrancarme un grito de placer inmediato. Me retorcí mientras me hacía el amor con su boca, e intenté contenerme, aunque el orgasmo estaba *ahí* mismo. No entendía cómo Cameron me había llevado hasta ese punto tan rápido. Parecía saber con exactitud lo que necesitaba mi cuerpo, y era capaz de proporcionármelo, y mucho más. Lengua, dedos, los dos… Me costaba asimilar la cantidad de sensaciones diferentes que se acumulaban en mi cuerpo.

Cameron me levantó una pierna para colocarla sobre su hombro, y el cambio de ángulo fue suficiente para llevarme al otro lado. Una única y deliciosa pasada más de su lengua y arqueé la espalda envuelta en una tormenta de placer, repitiendo su nombre una y otra vez.

Cuando por fin recuperé el aliento y abrí los ojos, Cameron me estaba mirando, situado aún entre mis piernas.

—Me gustan los sonidos que haces cuando te corres —dijo con voz grave—. Sobre todo, cuando dices mi nombre.

Nos miramos durante unos momentos, el aire tenso entre nosotros, hasta que él se inclinó para sacar algo de su bolsillo. Al escuchar el ruido de un envoltorio al rasgarse, supe que se estaba poniendo un condón.

—De hecho, me gusta tanto que quiero oírlo otra vez —continuó—. Esta vez, quiero oírte gritar «Cameron» lo más alto que puedas cuando te corras.

No tuve siquiera la oportunidad de contestarle, porque me tomó en sus brazos y me tumbó en el sofá, para situarse encima de mí.

—Me encanta sentir tu cuerpo sobre el mío —suspiré, haciendo que se estremeciera al rascarle ligeramente la espalda.

—Da igual cómo me toques, siempre querré más —dijo con un gruñido.

Comenzó a excitarme con la punta de su polla, presionando un poco contra mí, y me retorcí bajo su cuerpo para intentar acercarme más a él.

—¿Estás lista? —me susurró al oído.

Estaba esperando, a punto de entrar e incitándome con la promesa de mucho más.

—Desde el primer momento en que te vi.

Apenas había terminado de decirlo cuando me penetró con un gemido grave. Me llenó de una forma tan perfecta que empecé a notar el comienzo de otro orgasmo desde el momento en que entramos en contacto. Levanté las caderas y rodeé su espalda con las piernas para poder acomodar su tamaño. Cameron empezó a moverse despacio, con un ritmo regular, pero el sonido de mis gemidos debió de estimularle, porque fue aumentando la intensidad con cada empujón. Me rodeó las caderas con las manos y, poniéndose de rodillas, me levantó de forma que solo apoyara los hombros en el sofá, y me folló como nunca nadie lo había hecho antes.

Mientras lo hacía, deslizó una mano entre mis piernas y me acarició sin dejar de entrar y salir. El orgasmo que estaba justo a mi alcance, esperando el momento perfecto, se apoderó de mí con una fuerza que casi me hizo romper en lágrimas. No era el primer orgasmo que tenía con un hombre, desde luego, pero era el primero que me había hecho sentir de aquel modo.

Aún estaba sintiendo las oleadas de mi placer cuando Cameron dejó caer la cabeza hacia atrás y soltó un rugido primario que pareció no terminar nunca. Por fin, se detuvo respirando pesadamente, me volvió a apoyar despacio sobre el sofá y se dejó caer con cuidado sobre mí.

—Eso ha sido… —jadeé.

—Solo el principio —contestó él, antes de darme un beso en el cuello.

Mi cabeza apenas pudo formular un solo pensamiento coherente mientras nos relajábamos satisfechos, pero de lo que no pude dejar de darme cuenta fue de que, hasta ese momento, nadie me había follado como debe ser. ¡*Por fin* comprendía de qué hablaban las novelas románticas!

—¿Has oído eso? —preguntó Cameron, levantando la cabeza de mi pecho.

—No, no he oído nada —respondí.

—Boris se ha terminado el hueso y está dando vueltas por la cocina buscando más cosas de comer—se lamentó—. Supongo que tendré que ir a darle algo más. Lo último que quiero es que nos encuentre aquí.

—Sí, creo que se traumatizaría si se enterase de que su dueño ya no es virgen --bromeé.

—Qué tonta eres —rio él.

Cameron me miró a los ojos durante un momento y se inclinó para besarme de lleno en los labios. El beso fue suficiente como para ponernos a los dos a cien otra vez, y yo empecé a moverme contra su cuerpo, presa del deseo una vez más.

—*No*, Felicity —protestó él—. Para.

—Jamás.

Nos besamos durante unos momentos más, hasta que él se separó de mí con un gruñido de protesta.

—Tengo que ir a lavarme, de todos modos —dijo antes de alejarse.

—¡Vaya culo! —grité a sus espaldas.

Unos minutos después, me levanté y me vestí yo también, aunque tuve que apañarme sin bragas, dado que me las había roto. Lo encontré en la cocina, preparando la cena para Boris, llenando un cuenco de comida con una mezcla muy parecida a las hamburguesas para humanos.

—Vaya festín.

—Mi amigo se merece lo mejor —dijo con orgullo.

Dejó el cuenco en el suelo para que Boris pudiera dar cuenta de su cena, y se volvió hacia mí.

—Yo creo que se me ha abierto el apetito. ¿Te apetece que te prepare algo?

Teniendo en cuenta que la comida del perro había hecho que me gruñera el estómago, estaba claro que necesitaba alimento cuanto antes.

—Un momento, ¿es que sabes cocinar?

Él se encogió de hombros y abrió la nevera.

—No lo hago muy a menudo, pero mi pasta *aglio e olio* es bastante buena. Daniel acaba de hacer la compra, así que tengo espaguetis y unas gambas enormes de Terranova. ¿Qué te parece?

Se me estaba haciendo la boca agua.

—¡Sí, me encantaría!

—Perfecto. ¿Te importaría sacar la fuente grande de servir? Está en aquellos armarios junto al fregadero. Yo suelo comer directamente de la cazuela, pero esta noche, podemos fingir que somos personas civilizadas.

—Los hombres civilizados no rompen las bragas de las chicas —bromeé, dirigiéndome hacia el armario que había indicado, y me levanté la parte posterior del vestido para enseñarle el culo, con lo que me gané un gruñido de apreciación.

La cocina de Cameron era enorme, y tan bonita, que merecía ser otra de las características principales del apartamento. En la zona que me había indicado había cuatro armarios, así que abrí uno de ellos al azar y busqué algo que se pareciera a una fuente de servir.

Se habría dicho que aquel hombre daba una fiesta cada día. En el primer armario, había distintas clases de copas de cristal, decantadores, pilas de vajilla de porcelana, tablas para queso y otros servicios de mesa, pero ninguna fuente. En el segundo, encontré varios juegos de mantelería, y deslicé una mano por la suntuosa tela, preguntándome si aquellas servilletas tan blancas se habrían utilizado alguna vez. Al hacerlo, rocé con un dedo un bulto situado entre la pared y las ordenadas pilas de manteles, así que lo saqué. Se trataba de una fotografía enmarcada que mostraba a Cameron junto a una hermosa mujer de pelo negro. Ella miraba a la cámara riendo, y Cameron la miraba a ella con una sonrisa cariñosa. El corazón me dio un vuelco ante la felicidad que transmitía la imagen. ¿Quién sería aquella mujer misteriosa que parecía haber embrujado a Cameron?

—Esa es Carolina —dijo él detrás de mí, haciéndome saltar del susto. Había estado tan absorta en la foto que no le había oído acercarse—. Mi ex —añadió.

—Es guapísima —admití a mi pesar.

—Y tenía muchos problemas —dijo él con una media sonrisa—, que no descubrí hasta que fue demasiado tarde.

—¿Te importa contarme qué pasó? —pregunté con cautela.

—Carolina y yo tuvimos un romance muy rápido —comenzó Cameron con un suspiro cansado—. Ella era muy impetuosa e indómita, y eso me resultó muy sexi al principio, pero enseguida me di cuenta de que aquel comportamiento no era más que una especie de venganza contra sus padres. Había recibido una educación muy estricta, buscaba sentirse más libre, y vio en mí una salida. Sus padres *odiaban* mi estilo de vida. —Sonrió sin rastro de humor—. En aquellos tiempos, se me conocía por ser un tanto… hedonista.

Al volver a mirar la foto, me fijé en su mano.

—Eso que lleva es… ¿os casasteis?

Cameron asintió despacio.

—Sí, esa foto es de nuestra luna de miel. —Cameron rio con amargura—. Duró casi tanto como nuestro matrimonio: un viaje de tres semanas, y un matrimonio de dos.

Tomó la foto de mi mano y, tras lanzarle una mirada rápida, la volvió a meter en el armario. Yo le miraba con ojos muy abiertos.

—¿En serio?

—Ya lo creo. Cuando me di cuenta de que solo me estaba utilizando para rebelarse contra sus padres, pedí la anulación, aunque lo cierto era que no encajábamos. Al principio, cuando todo era nuevo, lo pasamos muy bien. No conseguíamos tener las manos quietas. Admito que me enganché a lo mucho que nos divertíamos juntos, y por eso le pedí matrimonio. Sin embargo, cuando nos fuimos de luna de miel, descubrimos que no teníamos nada en común. Nos sentábamos a desayunar y nos costaba encontrar tema de conversación. El amor me hizo perder la cabeza, y tuve que pagar el precio. —Cameron se paró a pensar un momento—. Bueno, en realidad, no fue para tanto. Habría sido mucho peor si hubiera dejado que la situación se alargara. Fue mejor zanjarlo cuanto antes.

—Lo… Lo siento mucho —dije insegura, sin saber qué otra cosa decir mientras asimilaba aquella información. Lo había contado como si relatara una operación de negocios, y eso me había dado mala espina.

—En fin, eso fue lo que conseguí al dejarme llevar por el corazón y no por la cabeza —dijo, como si explicara un hecho objetivo y todo el mundo supiera que enamorarse siempre acababa mal—. Fíjate en Tyler. En cierto modo, a él le pasó lo mismo. Eligió a la persona equivocada y ella le jodió de un montón de formas distintas. No la culpo a ella de todos los problemas del segundo álbum, porque Tyler también cometió unos cuantos errores; pero ella no ayudó, desde luego. No dejaba de arrastrarle de fiesta en fiesta, y él terminó agotado. Eso, por no hablar de todas las drogas que se metía… y en las que lo metió a él también. Después de todo aquello, lo abandonó, con un montón de adicciones y el corazón destrozado.

Estaba empezando a preocuparme. ¿Era así como Cameron veía el amor? ¿Como algo que desgarraba las vidas de la gente y la dejaba destrozada al terminar?

—En fin, vivir para aprender. —Cerró el armario despacio y se dirigió a uno que yo no había abierto, de donde sacó una fuente blanca que me enseñó—. El agua ya debe de estar hirviendo, vamos a trabajar.

Le seguí, intentando no dar demasiadas vueltas a lo que estaba ocurriendo entre nosotros. Solo se trataba de una relación falsa, con un poco de sexo del bueno para animarla. Sexo *increíble*.

Tendría que recordar eso constantemente para no perder el control de mi corazón, porque Cameron O'Connor no era la clase de hombre que comete el mismo error dos veces.

Si es que, en alguna situación, enamorarse podía considerarse un error.

16

CAMERON

Los de marketing habían sugerido que Felicity y yo asistiéramos a un espectáculo de Broadway muy popular para continuar con la publicidad. *Todo* lo que hacíamos juntos era por la publicidad, pero, en realidad, nos lo estábamos pasando mucho mejor de lo previsto.

Había elegido *Hadestown* porque iba a ofrecer una representación con los actores originales durante una sola noche, y era prácticamente imposible conseguir entradas. Invitar a Felicity esa noche alimentaba la fantasía de que haría cualquier cosa que me pidiera. Aunque los personajes principales de la historia, Orfeo y Eurídice, no encontraban su final feliz, el hecho de que la obra se centrara en el poder del amor que sentían el uno por el otro ofrecía el telón de fondo perfecto para una cita romántica.

Aunque había visto una gran cantidad de espectáculos de Broadway a lo largo de los años y apreciaba su valor artístico, las historias no solían conmoverme. Sin embargo, esta parecía ser una excepción. Cuando Orfeo comenzó el estribillo de «*Espérame*», miré a Felicity y vi que tenía los ojos llenos de lágrimas. Tuve que carraspear un poco e intentar centrarme en el dramático juego de luces sobre el escenario en lugar de en la letra de la canción, porque me estaba llegando al alma, maldita sea. El profundo amor que sentían los personajes era palpable y, aunque yo conocía la mitología griega y sabía cómo acababa la historia, no podía evitar sentir un destello de esperanza por aquellos amantes.

Cuando terminó la representación, Felicity estaba hecha un mar de lágrimas, y yo le cogí una mano para llevármela a los labios mientras los actores recibían sus aplausos.

—¿Estás bien? —pregunté.

El labio inferior le temblaba cuando me miró.

—Es la historia más bonita y más triste que he visto en mi vida.

—Quizá la próxima vez sea diferente —dije, repitiendo las palabras llenas de esperanza con las que había terminado la obra.

—Quizá —respondió ella, sonriendo entre lágrimas.

De camino a la salida entre el resto de los asistentes, le pasé un brazo por los hombros y la acerqué a mí. Habíamos llegado un poco tarde y teníamos asientos de primera fila, así que era muy probable que nadie nos hubiera fotografiado al llegar; sin embargo, en el lento recorrido hasta la puerta, quien quisiera hacernos fotos en las que apareciéramos embelesados y muy enamorados tendría todas las oportunidades que quisiera. Por su parte, Felicity parecía tan absorta en lo que acababa de ver que se había olvidado de que nosotros también teníamos que dar ofrecer una representación esa noche.

—Eh —me incliné un poco para susurrarle al oído—. Creo que se te está corriendo un poco el maquillaje.

—Oh no —respondió ella, asustada—. ¿Estoy horrible? —Se pasó los dedos por debajo de los ojos.

—Tú nunca podrías estar horrible —le aseguré, sacando un pañuelo del bolsillo de mi chaqueta—. Permíteme.

Como si aquello fuera su entrada, Felicity se metió en su papel y me miró con cariño mientras le limpiaba con cuidado las mejillas.

—Muchas gracias, cariño —dijo—. Parece que lo tuyo es limpiarme, ¿eh?

Me incliné para darle un beso en la punta de la nariz.

—Me encanta cuidar de ti, mi vida. —Al decirlo, hubiera jurado que oí un chillido detrás de nosotros.

La sensación que me invadió tras aquel breve beso se debía, sin duda, a la sobrecarga emocional motivada por la obra. Seguro que solo era eso. Entre Felicity y yo no había más que un entendimiento, un acuerdo que se había transformado en algo así como «compañeros de trabajo con derechos». Y yo esperaba poder ejercitar esos «derechos» de nuevo antes de que acabara la noche, porque acostarme con Felicity había sido completamente distinto a cualquier otra cosa que hubiera sentido antes. Solo con pensar en tenerla debajo de mí, sentía que una especie de latido recorría todo mi cuerpo. Sin embargo, antes de llegar a eso, debíamos pasar algo más de tiempo en público y asegurarnos de que nos viera la mayor cantidad de gente posible.

—¿Te apetece postre? —preguntó Felicity, levantando una ceja.

—Ya lo creo —contesté.

Al mirar a nuestro alrededor, observé a un grupo de mujeres que nos apuntaba con sus teléfonos. Las señalé con una leve inclinación de la cabeza para que Felicity supiera lo que iba a ocurrir a continuación.

—Pero lo que más me apetece eres tú —dije, para completar la advertencia.

La tomé en mis brazos, la incliné hacia atrás en un gesto de película y le di un largo y profundo beso. Noté cómo su boca pasaba de la sorpresa al disfrute bajo mis labios, y me rodeó el cuello con los brazos. Cuando por fin la solté, dio un paso inestable hacia atrás.

—Caramba.

—Aún no has visto nada —le susurré al oído, provocándole una carcajada alegre.

Poco después, nos encontramos sentados a una mesa en Junior's, un lugar orientado a los turistas que, en realidad, servía una de las mejores tartas de queso de la ciudad. No era la clase de sitio que yo solía frecuentar, pero sabía que estaría lleno de gente, y había pensado que a Felicity le gustaría comer algo dulce mientras actuábamos para nuestro público.

—No soy capaz de decidir —dijo ella, mirándome después de estudiar la carta durante una eternidad—. Estoy entre la de frambuesa, la de Oreo y la *red velvet*.

—Las pediremos todas para probar. No hace falta que nos las terminemos.

—Eso lo dirás por ti. —Felicity cerró de golpe la carta y la dejó sobre la mesa—. Yo siempre me termino el postre.

—De acuerdo. Entonces, supongo que tendremos que hacer algo de ejercicio esta noche para quemar todas esas calorías, ¿no? —pregunté con un guiño.

—O también podrías aprender a disfrutar de unas curvas un poco más amplias. —Felicity me dirigió una mirada pícara, y tuve que admitir que la idea de tener un poco más de ella para mi disfrute personal no sonaba nada mal.

Terminamos pidiendo una bandeja con seis porciones diferentes de tarta de queso y, cuando la trajeron, Felicity pareció tan contenta como un niño la mañana de Reyes. Cuando probó el primer bocado, dejó escapar un gemido de placer con los ojos cerrados y la cabeza inclinada hacia atrás. Se sacó el tenedor de la boca lentamente y me dedicó una sonrisa enorme mientras masticaba.

—Oh… Dios… *mío* —dijo después de tragar—. ¡Delicioso!

Su forma de disfrutar de algo tan sencillo como una tarta de queso me resultó tan encantadora que las mejillas me dolieron un poco de tanto sonreír.

—Me alegro mucho de que te guste tanto.

—Prueba un poco antes de que me lo coma yo todo —dijo, empujando el plato hacia mí.

Probé un poco de una porción, pero quería asegurarme de que Felicity pudiera hartarse de lo que le apeteciera, porque me encantaba verla feliz, *hacerla* feliz. ¡Y qué sencillo era! No esperaba que la cubriera de diamantes, ni que la llevara a restaurantes caros. Le bastaba con un poco de tarta de queso en un restaurante abarrotado de turistas y con mala iluminación.

Al pensarlo, recordé que era muy probable que hubiera varios teléfonos apuntándonos. Había estado tan centrado en verla disfrutar que se me había olvidado mantener la fachada necesaria para nuestra actuación. En mi defensa, era fácil olvidarse de lo que nos rodeaba, porque estar con Felicity me resultaba muy sencillo, y muy *auténtico*.

—Te he mentido —dijo ella, recostándose contra el respaldo de la silla y dándose palmaditas en el estómago—. No puedo terminarme todo eso.

—Yo tampoco —confirmé, lanzando una mirada a lo que quedaba en el plato—. Pero creo que, entre los dos, hemos hecho un gran esfuerzo.

—Un momento. —Felicity sacó el teléfono del bolso—. Podemos aprovechar este momento. Dame la mano. —. Empujó el plato al centro de la mesa y extendió un brazo, con la palma hacia arriba—. Venga, una foto para las redes. Además, Sandrine me ha hecho ponerme la pulsera *Trésor*, así que, de paso, haremos un poco de publicidad.

Tomé su mano en la mía y, volviéndola un poco, admiré la delicada pulsera de platino engarzada con diamantes pavé.

—Un momento. Tenemos que preparar la pedida de mano posterior. Vamos a asegurarnos de que se vea tu dedo anular sin nada, para que la gente empiece a pensar en cuando lleves el anillo. —Giré nuestras manos para que la suya quedara encima.

—¡Perfecto! —Felicity enfocó la imagen con el teléfono, preparada para la foto—. Ahora voy a añadir un efecto para que parezca más mágico. Y… listo.

Me mostró la imagen en su teléfono, y una vez más, recordé lo buena que era en su trabajo. Yo no habría sido capaz de convertir aquel plato lleno de restos de tarta en el telón de fondo de una imagen romántica, como lo había hecho ella.

—Esto es agradable —dijo ella en voz baja, llamando mi atención sobre nuestras manos, aún entrelazadas.

—No me apetece terminar la noche todavía —admití.

En aquel momento, resultó evidente que ninguno de los dos estaba actuando.

—No hace falta terminar nada. Felicity me miró levantando una ceja.

Al oír aquello, mi cuerpo se puso en alerta, y busqué al camarero con ansiedad.

—¡La cuenta, por favor!

Poco después, atravesábamos a toda prisa el vestíbulo del edificio bajo la mirada cómplice de Carl. Aquel hombre lo sabía todo, pero jamás contaba nada. En cuanto las puertas del ascensor se cerraron, nos lanzamos el uno a los brazos del otro, y yo sujeté a Felicity contra la pared para besarla con todas las ganas que había acumulado durante nuestra actuación de las últimas horas. Ella me mordió el labio inferior y yo le contesté con un gruñido que le hizo reír.

—Llevo toda la noche deseando esto —admitió mientras yo le besaba la garganta—. Ese beso tan teatral a la salida del espectáculo me ha hecho sentir cosas.

—¿Qué clase de cosas? —pregunté con voz ronca.

—¿Por qué no lo averiguas?

Felicity se levantó el borde del vestido para darme acceso al paraíso que ocultaba debajo, y yo le puse la mano entre las piernas y deslicé los dedos para acariciarla por encima del encaje de su ropa interior.

—¿Estás lista para mí? —pregunté.

—Me estoy muriendo por ti —susurró ella.

Como sabía dónde estaban instaladas las cámaras del ascensor, nos situé de forma que mi cuerpo ocultara a Felicity por completo, y solo entonces deslicé los dedos bajo el encaje de su ropa interior para hundirlos dentro de ella. Ya estaba más que preparada, al igual que yo. Cuando el ascensor se detuvo poco después, salimos casi a la carrera y nos apresuramos por el pasillo hasta llegar a mi puerta, cogidos de la mano y muertos de risa.

—Boris —dije al poner la combinación en el teclado de la entrada—. Mierda, tengo que sacarlo.

—Ocúpate de él y yo me aseguraré de que encuentres algo agradable cuando vuelvas —dijo Felicity, que se quitó los zapatos en cuanto entró—. Tal vez hasta te envíe unas cuantas fotos creativas mientras te das el paseo.

Jamás le había puesto la correa a mi perro tan rápido. La primera foto llegó cuando estábamos saliendo a la calle: el escote de Felicity, desde el cuello hasta la parte superior del pecho. Estaba tan bien encuadrada que parecía una obra de arte. No pude evitar un gruñido cuando me fijé en que se veía una pequeña parte del pezón.

—Date prisa, amigo —dije a Boris, que parecía muy interesado en olisquear cada una de las farolas de la manzana—. *Por favor*.

El teléfono volvió a sonar, y esta vez, la foto mostraba una pierna apoyada en la encimera del baño, desde la parte interior del muslo hasta el pie en punta. Era bastante recatada sin dejar de ser sexi, pues sugería lo que se reflejaba en el espejo justo donde terminaba la foto. ¿Seguiría llevando la ropa interior o se la habría quitado ya? Mi cuerpo entero vibraba por la necesidad de estar con ella.

—Boris, colega, me estás matando —bromeé, aunque no podía culparle. Yo había estado fuera durante varias horas y estaba a punto de dejarle desatendido unas cuantas horas más.

En mi teléfono sonó otra notificación, seguida de una alerta de Veritique. Habían estado llegando durante toda la noche, pero las había ignorado para centrarme en Felicity.

—Ay, *joder* —suspiré al ver la siguiente foto.

Estaba en mi cama, apoyada sobre los codos y las rodillas. Había conseguido enfocar la foto por encima de su hombro para mostrar desde la mitad de la espalda hasta el culo, de forma que se apreciaba la curva perfecta de su cuerpo hasta sus hermosas nalgas. Parecía estar esperando a que me situara detrás de ella y entrara hasta el fondo.

Por fin, Boris terminó de hacer sus cosas y echamos a correr de vuelta a casa. Por una vez, yo fui más rápido que él, desesperado por ver otra foto o, lo que sería mucho mejor, a la mujer de carne y hueso. El teléfono volvió a sonar con una última foto en la que se veía el abdomen de Felicity y una mano entre sus piernas cruzadas, como si se estuviera tocando. Aporreé el botón del ascensor, por si eso hiciera que el maldito trasto subiera más rápido.

—¡Ya he vuelto! —grité en cuanto abrí la puerta—. Espero que estés esperándome desnuda en la cama.

Me arranqué la corbata y me desabroché la camisa mientras avanzaba por el pasillo hacia mi dormitorio. En la puerta, me quité los pantalones y los calzoncillos y, al alzar la vista, me quedé helado.

Felicity tenía el torso apoyado sobre la cama, con el culo levantado hacia la puerta, y me miraba por encima del hombro.

—¿Te gusta?

Con un gruñido desesperado, me acerqué a ella, la sujeté de las caderas y, tras dejarme caer de rodillas, enterré la cara entre sus piernas.

—*Cameron* —gimió ella en cuanto la toqué con la lengua.

Presioné un poco más y la sujeté para estabilizarla mientras le hacía el amor con la boca. Ella empezó a gemir, y cada uno de los sonidos que emitía me animaba a esforzarme más por llevarla al límite. Mi polla estaba como una piedra y latía por ella, pero quería verla estallar antes de enterrarme en su cuerpo. Quería que sintiera la misma desesperación y ansia que sentía yo.

—Oh, *Cameron*. —Su voz sonó más aguda, y su respiración se aceleró.

Noté las pulsaciones de su clítoris contra mi lengua hasta que, con un grito, se dejó llevar por un orgasmo que pareció interminable. Me encantaba ser capaz de hacerle sentir tanto placer. Cuando le solté las caderas, se dejó caer sobre la cama, y yo me acerqué a la mesilla para coger un condón.

—¿Dónde estás? —preguntó como entre sueños—. Te necesito dentro de mí.

Sin contestar, la tomé en brazos y me situé en la cama con su cuerpo encima del mío. Ella se inclinó para besarme y yo me dejé caer hacia atrás mientras ella se situaba a horcajadas sobre mí.

—¿Me vas a dejar hacer lo que quiera? —dijo ella, provocándome con pequeños movimientos de las caderas.

—Algo así —gruñí.

La levanté un poco y ella se situó de forma que la punta de mi polla quedó justo donde debía estar. Aunque en ese momento ella tenía el control, no iba a permitirle que lo mantuviera mucho tiempo.

Cuando Felicity se dejó caer sobre mí, la sensación nos hizo gritar a los dos, y perdimos la cabeza. Felicity saltó sobre mí, hasta que nos hice girar a los dos para situarla debajo de mí y marcar el ritmo. Después, me situé detrás de ella para hundirme en su interior hasta el fondo, sin dejar de excitarla con los dedos, hasta que conseguí arrancarle una sucesión de agudos gritos de placer. Yo me corrí poco después con un grito que resonó por la habitación, con el orgasmo más potente que había sentido en años.

Después de deshacerme del condón, los dos nos relajamos juntos, respirando hondo. Cerré los ojos y apoyé una mano en su cadera, solo para asegurarme de que seguía a mi lado. No me di cuenta de que nos habíamos quedado dormidos hasta que, una hora más tarde, ella empezó a tiritar a mi lado.

—¿Estás bien? —pregunté, tapándola con la manta.

—Estoy perfectamente —contestó ella, mirándome con ojos agradecidos.

—Voy a por un poco de agua. ¿Quieres?

Felicity negó con la cabeza y la apoyó en la almohada, con aspecto de que iba a dormirse enseguida. Me quedé admirando unos instantes a aquel ángel que descansaba en mi cama y, cuando conseguí apartarme de su lado, me dirigí a la cocina. Boris levantó la cabeza para ver si me encontraba bien y, satisfecho, se acomodó en el sofá.

Al mirar mi teléfono, que había dejado en la encimera, vi que había recibido un montón de mensajes de Tyler. Joder, y ahora, ¿qué? Había estado tan absorto en Felicity toda la noche que ni se me había ocurrido pensar que le podía haber pasado algo. ¿Necesitaría que le sacara de algún cuchitril en el quinto pino? ¿O se habría «olvidado» la guitarra en algún sitio otra vez y necesitaría que le ayudara a encontrarla? Al menos, el hecho de que estuviera enviando mensajes significaba que no volvía a estar en el calabozo.

Empecé a leer los mensajes, muy nervioso. Yo era todo lo que tenía y, ahora más que nunca, debía estar disponible cuando me necesitara.

«*Tío, escucha esto*», decía el primer mensaje, que iba seguido de una grabación que no se oía bien. Parecía una antigua canción de Neil Young que solíamos tocar para cerrar los conciertos cuando empezamos con nuestro grupo, en una versión que parecía tocada por unos novatos, como lo habíamos sido nosotros. Reí un poco al recordar aquella época. El resto de los mensajes eran varias referencias a otras historias de nuestro pasado. Me gustó que se acordara de mí, e intenté no dar demasiada importancia al hecho de que los mensajes iban siendo más y más confusos a medida que avanzaba la noche.

Entonces recordé el montón de alertas de Veritique que había recibido a lo largo de la noche. La campaña «En busca del romance» se había hecho viral, y en las redes sociales circulaban fotos nuestras tomadas desde ángulos que ni siquiera yo podía entender. ¿Acaso la gente se estaba subiendo a los *árboles*?

Las imágenes del beso al salir del teatro eran perfectas, como no podía ser de otro modo. En algunas de ellas, Felicity tenía un brazo hacia atrás, como en aquella antigua foto tan famosa del marinero que besa a una enfermera en Times Square. En otras fotos, estaba pegada a mí, y el efecto era tan romántico que parecía que estábamos posando. Sin embargo, mi foto favorita era una hecha en Junior's. Felicity acababa de probar el primer trozo de tarta y cerraba los ojos con deleite, con el tenedor en el aire como si dirigiera una orquesta, y yo la miraba con evidente admiración, esbozando una pequeña sonrisa.

Era un momento robado perfecto. Me guardé la foto y volví a la preciosidad que me esperaba en la cama.

17

FELICITY

E ntré en casa a hurtadillas a la mañana siguiente, aunque sabía que Nina ya debería estar despierta y esperándome. Era domingo, así que tocaba desayunar juntas en casa y contarnos cotilleos.

—Por fin vuelves. ¿No te da vergüenza? —escuché mientras cerraba la puerta.

—No me da vergüenza *nada* de lo que pasó anoche —respondí.

—Estoy en la cocina, muerta de hambre. Te estaba esperando.

—Buenos días, amiga —bostecé al acercarme a ella.

Después de abrazarnos, Nina se separó un poco para mirarme.

—Parece que alguien se lo pasó muy bien anoche. ¿Has dormido algo?

—La verdad es que no. Ese hombre tiene mucho aguante, y yo tengo mis necesidades.

—Bueno, pues siéntate y deja que sea yo quien cocine esta vez. —Indicó uno de los taburetes de la isla con un gesto—. El pan tenía moho, así que voy a hacer gofres.

—Lo siento —dije con una mueca—. Creo que se me ha olvidado hacer la compra.

—No me extraña. —Nina abrió el armario para sacar la gofrera—. Entre ser la reina de las redes sociales y hacer de novia por contrato, estás trabajando el doble.

Lo del «contrato» me hizo fruncir el ceño. Cuando Cameron y yo habíamos acordado los términos de nuestra relación, el sexo no había sido parte de la ecuación. No es que me quejara, pero no estaba segura de dónde nos dejaba eso. ¿Nuestro acuerdo seguía en vigor, o había que considerarlo modificado? ¿O estábamos empezando algo nuevo?

—¿Qué? —preguntó Nina desde la puerta de la nevera.

En aquel momento, sonó el telefonillo, lo que me evitó hablar de mis confusos sentimientos por Cameron, al menos por el momento. Nina siempre era capaz de llegar al fondo de los problemas, tanto si yo quería hablar de ellos como si no.

—¿Estás esperando a alguien? —pregunté, dirigiéndome hacia el aparato.

Ella negó con la cabeza.

—Hola — dijo Carl—. Aquí hay alguien que trae flores para una de vosotras.

—¡Oh! Pues… dile que suba, por favor.

El corazón se me aceleró un poco. ¿Sería un gesto romántico por parte de Cameron después de la increíble noche que habíamos pasado juntos? Traté de imaginarme qué tipo de flores enviaría un multimillonario para agradecer a alguien una noche de sexo increíble. ¿Varias docenas de rosas? ¿Algún tipo de planta exótica?

Sin embargo, el ramo que llegó era mucho más sencillo: un bonito conjunto de flores rosas y amarillas, con una tarjeta dirigida a Nina.

—Son para ti.

Le entregué el ramo mientras me preguntaba qué me habría estado ocultando o, más concretamente, a *quién*. Ella se sonrojó al leer la tarjeta.

—Bueno, suéltalo. ¿De quién son? —quise saber.

—No es nada. —Se dio la vuelta para buscar un jarrón, ocultándome su cara.

—*Nin* —le reprendí—. ¿En serio crees que voy a dejar que no contestes?

Ella resopló, al tiempo que retiraba el celofán del ramo.

—Vale. Son de Tyler.

—Un momento. ¿Es que estás saliendo con él? —La miré, confusa—. Creía que te había asustado su comportamiento aquella noche en la taberna de Frankie.

—Y así fue —confirmó ella.

—¿Entonces? —insistí para que siguiera hablando.

—Sigo pensando que es un buen tío, aunque a veces la cague. Nos escribimos de vez en cuando. La otra noche le ayudé con la letra de una canción, así que supongo que es su forma de darme las gracias.

Me acerqué a ella para acorralarla en un rincón.

—Pero ¿tienes algo con él, o no?

Ella solo se limitó a encogerse de hombros.

—¿Por qué estás tan misteriosa? ¡Dímelo de una vez!

—Hemos estado haciendo videollamadas casi todas las noches, ¿vale? —espetó ella—. Me lo estoy pasando muy bien. Él aprovecha mis conocimientos de literatura clásica para sus letras, de modo que unimos nuestro amor por los libros y la música y estoy disfrutando muchísimo. ¡Resulta que soy creativa! ¡Quién me lo iba a decir!

Parecía un tanto avergonzada de admitirlo, sobre todo porque aquella noche, al volver de Frankie, habíamos tenido una charla muy larga sobre lo que suponía ser un adicto. Pero, tal vez, si solo se comunicaban por teléfono y no había nada más, no pasaría nada. Podría evitar implicarse más con él si mantenía la distancia.

—Vaya, eso está muy bien —la animé, sentándome en la isla—. Tal vez te incluya como autora de la canción.

Ella dispuso las flores en el jarrón con cuidado.

—Sí, se lo pediré... durante la cena.

—¿Cómo dices?

Ella me enseñó la tarjeta con gesto tímido.

—Me ha invitado a cenar.

—¿Y vas a aceptar?

—Pues sí. —Se enderezó un poco y asintió como si hubiera tomado una determinación—. Me gusta mucho y quiero saber a dónde podemos llegar. Nunca he conocido a nadie como él, Lis. Tiene una visión y unos sentimientos muy profundos, y no tiene miedo de demostrarlo. Dice que solo escribe canciones, pero tiene alma de poeta.

La forma en que se iluminó su mirada al hablar de él me hizo saber que ya estaba medio enamorada. Nunca la había visto tan ilusionada con alguien, y me ponía nerviosa que fuera él, pero, al mismo tiempo, no podía evitar alegrarme por ella. Darle una oportunidad al amor no podía ser tan malo, ¿no? Nina no era la clase de persona que tomara decisiones al azar, así que, tal vez, sus conversaciones le habían demostrado que Tyler se encontraba mejor. Aun así, tenía que asegurarme de que no se metiera en nada sin saber lo que hacía.

—Sabes que no vas a poder arreglar lo que le pasa —me limité a decir.

—Eso da igual, porque no hay nada que arreglar —replicó Nina, que empezó a sacar ingredientes, enfadada.

—Era un adicto —dije en voz baja—, y a juzgar por cómo se comportó aquella noche, no estoy segura de que no lo siga siendo. No sé si aún se droga, pero Cameron dice que bebe, y mucho.

—Sí, lo sé. —Nina inclinó la cabeza—. Pero dice que se está esforzando por dejarlo. Dice que es porque nuestras conversaciones favorecen su creatividad.

Al decir aquello, se sonrojó un poco. Si Tyler estaba tratando de engatusarla, desde luego que había elegido el mejor modo de hacerlo. Ella siempre había dicho que le encantaría ser tan creativa como los autores a los que admiraba, aunque no tenía ni una gota de talento artístico en el cuerpo. Era probable que el hecho de que él alimentara aquella esperanza le ayudara a ganarse su corazón más rápido.

—Oye —dije, para que Nina me mirase.

—¿Qué?

—Tú ten cuidado, ¿vale? Sé que parece un tío especial, pero ha vivido una vida muy diferente de la nuestra y se ha relacionado con gente muy rara. Eso cambia a la gente.

—Cameron le aprecia —replicó ella, batiendo un huevo en la mezcla para gofres con más fuerza de la necesaria.

—Tienes razón —admití—. Y eso es importante, pero una amistad es muy distinta de una historia de amor. —Hice una pausa—. Solo lo digo porque te quiero, y no quiero que te haga daño.

—Lo sé. —Ella se relajó un poco y me miró con afecto—. Gracias. Y ya vale de hablar de mí. Cuéntame cómo van las cosas con el jefe.

—No sé por dónde empezar. —Me rodeé el cuerpo con los brazos y le sonreí—. ¡Van muy bien!

—Quiero los detalles —dijo ella con un resoplido—. Empecemos por la campaña. ¿Qué tal marcha lo de «En busca del romance»?

—Muchísimo mejor de lo que esperábamos, pero también es un poco raro, porque está hecho para animar a la gente a perseguirnos. Nunca sabemos si nos están observando o no. A veces es evidente, pero anoche la gente nos hizo algunas fotos en momentos en los que no me di ni cuenta de que nos estaban observando.

—Enséñamelas —dijo Nina, después de poner la mezcla en la gofrera.

Entré en la carpeta compartida de Veritique donde nuestro equipo estaba subiendo las fotos y le enseñé una que nos habían hecho al salir del teatro después del beso, cuando solo estábamos hablando.

—Esta, por ejemplo. No estábamos posando ni tratando de llamar la atención, solo estábamos andando por la calle.

Le mostré el teléfono a Nina y ella estudió la foto. Después me miró.

—Oh, está muy pillado.

—¿*Perdona*? ¿Cómo puedes decir eso con solo ver esa foto tan tonta?

¿Sería verdad? Sentí una oleada de esperanza, pero traté de contenerla.

—Fíjate en su cuerpo, está completamente orientado hacia ti, como si le fascinaras y no quisiera hacer nada más que mirarte. Y su mirada…

es como muy tierna. Por no hablar de su sonrisa. Me parece que cree que eres lo más.

Su forma de explicarlo me hizo reír, y me esforcé por ignorar que tenía razón sobre el aspecto que tenía Cameron en la foto.

—Y tú estás igual —continuó Nina—. Resplandeces al mirarle. Parece que te lo quieres comer vivo.

—Es que la obra había sido muy intensa. Creo que estábamos hablando de mitología griega. —Busqué entre las fotos hasta llegar a la del beso—. Mira esta.

—¡Madre mía, chica! ¡Qué pasión! Es digna de la portada de una novela romántica. —Se abanicó con la mano.

Sonreí al volver a mirar la foto. Sí, la verdad era que salíamos muy bien en ella.

—Vale, todo eso es información pública —dijo Nina, abriendo la gofrera para sacar el gofre y ponerlo en un plato—. ¿Y lo que pasó a puerta cerrada?

Cogí el plato que me entregaba, con la cara como un tomate.

—Hum, sí, bueno, eso… es bastante increíble, también.

—¿Es bueno en la cama?

—¿Bueno? Es muchísimo más que eso. Es *alucinante*. Es el mejor amante que he tenido, con gran diferencia. Es como si le interesara más mi placer que el suyo propio, y es muy creativo. Acabamos haciéndolo de formas que ni siquiera sabía que eran posibles.

Mientras se lo contaba, había estado poniendo sirope en el gofre, y acabé derramándolo sobre la mesa. Lo recogí con un dedo y me lo llevé a la boca, lo que inmediatamente me recordó la forma en que Cameron había recorrido todo mi cuerpo con su lengua.

—Vaya, así que quiere asegurarse de que te corras —rio Nina—. A diferencia de alguien cuyo nombre no vamos a pronunciar.

—Aún tengo pesadillas con el día en que apareció en la oficina —dije con un escalofrío.

—Sí, pero Cameron te defendió. —Se apoyó en el mostrador y me miró—. ¿Vais en serio? Porque me da la impresión de que sí.

Me reí, pero hasta yo me di cuenta de que sonaba forzado.

—No, imposible. No pienso cometer un error como ese. Cameron tiene bastantes problemas, gracias a su ex. Se casó demasiado rápido y pidió la anulación enseguida, y aún tiene todo eso muy reciente.

—Me estás diciendo que es alérgico al compromiso —dijo Nina, despacio—. Creo que no soy la única que va a tener que protegerse el corazón.

Era posible que tuviera razón, pero yo no pensaba admitirlo.

—No te preocupes por eso —insistí, y me metí un trozo enorme de gofre en la boca. Continué con la boca llena—. Solo nos estamos divirtiendo.

—Ya, seguro. —No sonó nada convencida—. Dirás que estoy siendo muy protectora, pero ¿qué pasará cuando toda esta diversión empiece a parecer real? ¿Qué harás entonces?

Dejé el tenedor en mi plato y miré al infinito, pensando mientras terminaba de masticar.

—Entonces nos sentaremos y hablaremos de ello, supongo. Nos aseguraremos de comprender lo que quiere el otro. Si él dice que no quiere nada serio, me olvidaré de él. He aprendido la lección, créeme. No pienso seguir esperando a hombres que no quieren comprometerse.

—Bien dicho —me animó ella, que había terminado de preparar su gofre y se acercó a sentarse conmigo—. ¿Y cuál es la siguiente fase de vuestra campaña?

—No estoy segura. Tenemos que hablar con Lucy, a ver qué opina. Ahora mismo, el interés en la campaña sigue aumentando, así que nos estamos centrando en hacer cosas de pareja, y pronto tendremos que empezar con los gestos grandilocuentes.

—¿Y cuándo vais a hacer las cosas típicas de novio multimillonario, aunque sea falso? —rio ella—. ¿Como ir a esquiar a Gstaad en su avión privado, y eso?

—Querida —le reprendí en el acento más pijo que fui capaz de imitar —. ¡En esta época no hay nadie en Gstaad! Tendríamos que estar pensando en París, o tal vez, la Provenza.

—Ooh, qué sofisticado —se admiró Nina, sacudiendo una mano hacia mí—. Y no podemos olvidar el precioso vestido que te compró, y que me vas a prestar en algún momento.

—Mi armario es tu armario.

—En ese caso, espero que vuelvas a ir de compras pronto. Elige algo de cachemira para mí. Ah, y unos pantalones de cuero.

—En primer lugar, ya sabes que no usamos la misma talla de pantalón y, en segundo lugar, ¿para qué querría una bibliotecaria unos pantalones de cuero?

—Tal vez tenga que mezclarme con las estrellas del rock, ahora que escribo canciones —dijo ella, señalando el ramo de flores con la cabeza.

—Tú eres una estrella del rock, y yo soy la novia de un multimillonario. ¡Parecemos las protagonistas de una película romántica!

—Y, hablando de eso, no sé si te he dicho que ya he estado pensando en los géneros que podemos vender en Treehouse Books. Por supuesto, las novelas románticas tendrán un lugar destacado en la librería.

—*Por supuesto* —corroboré—. Ya sabes que toda esta historia con Cameron nos está acercando más a la posibilidad de abrir Treehouse Books.

—Ya lo creo. Desde luego, te estás sacrificando mucho por nuestro plan. —Me miró y puso los ojos en blanco—. La pobrecita Felicity tiene que ir a cenar a restaurantes caros con un tío guapísimo para que podamos abrir nuestra librería.

—¡Para!

Le di un manotazo en el hombro, pero tenía razón. Este debía ser el trabajo más sencillo que había tenido nunca. Pasar tiempo con Cameron se había convertido en la mejor parte del día para mí. Y también de la noche.

Lo único que tenía que hacer era asegurarme de que mi corazón quedara al margen de todo aquello.

18

CAMERON

No estaba acostumbrado a recibir tantas buenas noticias a la vez.

Había utilizado los primeros minutos de la mañana, cuando todo estaba aún en calma, para ponerme al día de las opiniones sobre las últimas salidas con Felicity. Después de pasar tanto tiempo lidiando con las consecuencias de los errores de mi padre, aún me sorprendía que la opinión pública sobre la marca Veritique continuara siendo favorable. En lugar de sentir temor ante la idea de leer las noticias, me encontraba esperando con ilusión saber lo siguiente que diría el público sobre Veritique y, más concretamente, sobre CamLicity, porque se lo estaban tragando todo.

Sabía muy bien que nuestro negocio familiar se fundamentaba en el romance. El número de historias de amor que incluían un anillo de Veritique era incontable, pero nunca habría imaginado que yo mismo acabaría siendo el centro de atención de una de esas historias. Había esperado que la ridiculez de aquella idea me resultara irritante, pero, en lugar de eso, seguía esperando con interés saber cuál sería la próxima fase de la campaña. Felicity había convertido en una aventura una triquiñuela publicitaria que yo habría pensado que solo serviría para poner a prueba mi paciencia.

Y, además, era una aventura muy sexi.

Dejé el teléfono sobre la mesa e hice girar la silla para mirar el paisaje urbano por la ventana. Aquella mujer se me había metido en la sangre. Incluso cuando no estaba pensando en ella de forma consciente, de algún modo, la seguía teniendo presente. Cada vez que me encontraba en un momento de tranquilidad, o se producía una pausa en el trabajo, mi mente me ofrecía una imagen suya de rodillas delante de mí, o boca abajo en mi cama… Cambié de posición para ajustar el bulto que crecía entre mis piernas, e intenté no volver a distraerme con fantasías de Felicity.

Centrarse en el trabajo. Ese había sido siempre el lema que me guiaba, así que me volví hacia el ordenador y me sumergí en mis tareas. Solo en las últimas veinticuatro horas, había recibido ciento cincuenta correos electrónicos, y me disponía a empezar a leerlos cuando vi un mensaje de OneDrive con el asunto «Recuerdos de un día como hoy».

No sabría decir por qué lo abrí. Solo había hecho fotos en una época de mi vida, y no era un periodo que me gustara recordar. Sabía muy bien lo que me iba a encontrar en aquel mensaje y, efectivamente, ahí estaba: una foto mía con Carolina. Ella sonreía con la cabeza apoyada en mi hombro y tenía los ojos entrecerrados por la brillante luz del sol. Joder. Al mirar la foto, comprendí que los «recuerdos de un día como hoy» eran más significativos de lo que había creído. Carolina y yo nos hicimos aquella foto en Central Park, y hoy era el aniversario del día en que le había pedido que se casara conmigo.

Noté una punzada detrás de los ojos. Había superado el dolor de la pérdida de aquella relación, pero no quería recordarla. Me hubiera gustado avisar al hombre de aquella foto de que todo se iría a la mierda unas semanas después. No dudé en borrar la foto. Tal vez podría pedirle a Daniel que borrase todas las imágenes de Carolina de mis archivos de fotos, para evitar más recordatorios como aquel. No tenía sentido seguir anclado en el pasado; de hecho, no tenía sentido recordar nada que tuviera que ver con ella.

—¿Cameron? —Alessandra estaba justo en la puerta de mi despacho—. Siento interrumpir, pero te están esperando en la sala de reuniones.

Me puse en pie enseguida, molesto por haber dejado que mi pasado afectara al presente.

—Voy para allá.

Cuando entré, todos los presentes empezaron a aplaudir y vitorear, lo que me sorprendió. ¿Se me había olvidado mi cumpleaños? ¿Qué leches estaba pasando? Lo comprendí al mirar la pantalla, donde una diapositiva anunciaba: «Celebramos cinco millones de seguidores».

—¡Ahí está! —gritó Lucy por encima del estruendo—. La mitad de la pareja más famosa de internet. ¡Felicity, ven aquí! —añadió, mirando a su alrededor para buscarla.

Felicity se puso en pie y, con una sonrisa tímida a los asistentes, se acercó a donde yo estaba. ¿Cómo era posible que estuviera aún más guapa que la última vez que la había visto? Llevaba un vestido color malva que había elegido mi asistente de compras, y en lo único en que pude pensar fue en arrancárselo del cuerpo.

—Hola —dijo en voz baja cuando llegó junto a mí—. Supongo que lo estamos haciendo bastante bien.

—Eso parece —dije, rodeándola con el brazo y dándole un apretón amistoso.

Incluso aquel pequeño contacto fue suficiente para que mis pensamientos merecieran ser clasificados X. Necesitaba calmarme un poco.

Cuando nos sentamos, Felicity lo hizo a mi lado, en lugar de al otro extremo de la mesa. Sandrine se puso en pie a continuación.

—Bien, vamos a empezar esta reunión celebrando lo increíblemente bien que va nuestra campaña CamLicity. ¡Lucy, tienes todo nuestro agradecimiento por la idea!

La aludida pareció más cohibida que de costumbre al recibir los aplausos de los presentes.

—No tengo ningún mérito —dijo cuando la ovación paró un poco—. Todo ha sido gracias a esos dos.

—Nuestro crecimiento en las redes está rompiendo récords. No pensábamos que llegaríamos a cinco millones hasta dentro de unos meses, pero ya estamos ahí —continuó Sandrine con un gesto hacia la pantalla, que ahora mostraba varias métricas y algunos comentarios de seguidores—. Toda esa atención es maravillosa, pero, lo que es aún mejor, son los niveles de ventas que hemos alcanzado. Monique nos lo va a explicar ahora, pero estoy segura de que ya conoces las cifras, Cameron —se apresuró a añadir.

Asentí como si estuviera al tanto de todo, pero me reprendí en mi interior por no haber mirado la información aquella mañana. ¿Qué me estaba pasando?

Monique se puso en pie con una gran sonrisa.

—En tres palabras: *récord de ventas*.

La sala volvió a llenarse de aplausos.

—Ni siquiera estamos en temporada alta de ventas, pero estamos viendo cifras que se pueden comparar a las de los periodos de fiestas.

Monique procedió a explicar hasta qué punto la campaña CamLicity estaba teniendo un efecto directo en nuestras ventas, explicando la relación entre lo que publicábamos y lo que compraba la gente. Los anillos de compromiso siempre eran lo más vendido, por supuesto, pero también estaban aumentando las ventas de las joyas que Felicity había lucido durante nuestras citas. El brazalete Trésor que llevaba la noche que fuimos a comer tarta de queso en Junior's, se había agotado.

—Y, en resumen, —concluyó Monique mirándonos al terminar su presentación—, vosotros dos, no dejéis de hacer lo que estáis haciendo. Y espero que me invitéis a la boda.

Todo el mundo se echó a reír ante una idea tan absurda, y yo contribuí con mi propia carcajada, aunque un pensamiento insidioso empezó a formarse en mi mente. ¿Cómo se suponía que iba a acabar toda esta pantomima, exactamente?

Sacudí la cabeza, pues ese no era el momento de preocuparse por aquello. Debía concentrarme en el momento presente, en aquel presente tan positivo, emocional y sin precedentes.

—Gracias, Monique —dijo Sandrine retomando el control de la reunión—. Bien, ahora vamos a ver las proyecciones y la forma en que podemos incorporar la campaña en…

—Disculpa, Sandrine —dije, poniéndome en pie.

Los asistentes guardaron silencio. Yo solía limitarme a actuar de observador en las reuniones de marketing, y me di cuenta de que los asistentes me miraban sorprendidos, preguntándose qué clase de bomba les iba a soltar.

—Todos hemos estado trabajando mucho —comencé—. Estoy muy orgulloso de este equipo, y me gustaría demostraros lo mucho que aprecio el gran esfuerzo que habéis hecho. Por eso, hoy vamos a tomarnos la tarde libre para un evento de equipo.

Observé a mis empleados mirarse los unos a los otros, con aspecto confundido y cejas levantadas, un tanto nerviosos. No les culpaba.

Cuando mi padre estaba a cargo, los eventos de equipo solían incluir actividades físicas en algún bosque, bajo los gritos destemplados de algún exmilitar desquiciado.

—En el spa Black Door —terminé.

Los vítores que se escucharon en la sala debieron resonar por todo el edificio. Felicity me tomó la mano para darme un apretón.

—Van a cerrar el spa para nosotros, así que podréis disfrutar de todos los servicios que ofrecen: saunas, piscina, masajistas, esteticistas, peluqueros y un chef. Todo estará disponible para nosotros durante toda la tarde. Habrá un minibús listo para recogeros a todos en la puerta principal a la hora de comer.

Lo cierto era que no había preparado nada de antemano, pero sabía que Daniel podría encargarse de todo en menos de una hora. Todo el mundo tenía un precio, incluso aunque aquello significara que Black Door decepcionara a los clientes que ya habían reservado una cita para esa tarde. Me aseguraría de cubrir el coste de sus nuevas citas, más una mejora de los servicios pagados, para que no protestaran demasiado.

Felicity se unió a mí de camino a mi despacho.

—¡No me puedo creer que hayas hecho eso! Estoy impresionada.

—Y eso, ¿por qué? —La miré sorprendido.

Ella comprendió que me había insultado sin querer.

—Quiero decir que es un día laborable, normal. Es un detalle muy amable.

—¿Estás diciendo que, por lo general, no soy amable con mis emplea-dos? —Caminé un poco más deprisa, estimulado por la discusión con ella.

Ella suspiró y rio al mismo tiempo, acelerando el paso para seguir mi ritmo.

—Ah, no. No voy a dejar que hagas eso. Estás intentando tenderme una trampa y no pienso caer en ella.

Nos detuvimos ante la puerta de mi despacho, y la cogí por los hombros para acercarla un poco a mí y darle un beso rápido en la frente.

—Buena chica, estás aprendiendo. —La solté y la aparté un poco.

—No me trates como a Boris —dijo ella dándome un golpe en el pecho.

—¿Perdona? —La miré con ojos muy abiertos—. Me acabas de pegar. Creo que voy a tener que meterte en mi despacho y darte unos azotes por insubordinación —dije en voz baja—. Te doblaré sobre mi mesa y te daré una lección.

Ella se mordió un labio y me lanzó una mirada a través de las pestañas.

—Ooh, ¿he sido una chica mala?

—Muy mala.

Me aseguré de que cualquiera que nos viera juntos en el pasillo asumiera que estábamos hablando de trabajo.

—Pero… no puedes darme unos azotes, porque, bueno, se me ha *olvidado* ponerme ropa interior hoy —dijo con una mueca—. Se me pondrá todo el culo rojo.

Tuve que contener un gruñido porque se me estaba empezando a poner muy dura. Abrí la puerta de mi despacho y me hice a un lado.

—Te necesito. Ya.

—Vaya, pues es una pena, porque tengo un montón de cosas que terminar antes de ir al spa —dijo, con una sonrisa malvada.

Miró a ambos lados por el pasillo y, tras asegurarse de que no había nadie cerca, me puso la mano sobre la cremallera del pantalón, me rodeó el miembro con los dedos y apretó un poco. Tuve que hacer un esfuerzo titánico para no arrastrarla al interior de mi despacho en ese momento.

—Tal vez, con un poco de suerte, podríamos… *reunirnos* cuando estemos en el spa.

—Felicity —pronuncié su nombre como una orden—. Me estás matando.

—Lo sé, y es muy divertido —rio ella, acariciándome la polla. Después, se puso de puntillas y me susurró al oído—. Y también ha hecho que me ponga muy, muy húmeda.

Se apartó de mí justo cuando fui a agarrarla y sacudió un dedo hacia mí.

—La espera valdrá la pena, te lo prometo. Imagínatelo… tú, yo, un masaje para parejas… ¿Quién sabe lo que podría pasar después?

Oh, yo ya sabía *exactamente* lo que iba a pasar.

~

Como había previsto, Daniel había obrado el milagro y, cuando llegamos, los empleados del spa nos esperaban formando una fila en la entrada, listos para ofrecer a mi gente una merecida tarde de relax.

Lucy se me acercó cuando todo el mundo se dirigió a los tratamientos elegidos.

—Oye, señor CamLicity, siento tener que pedirte esto, pero…

—¿Y ahora qué? —suspiré.

—No te enfades, pero esta es una oportunidad perfecta para daros más visibilidad —explicó con un gesto que abarcaba aquel lugar tan bonito—. Está claro que aquí no podemos ofrecer contenidos para la «búsqueda», pero tal vez Felicity podría publicar algunas imágenes entre bastidores.

—¿He oído mi nombre? —Felicity se había acercado a nosotros y Lucy le dirigió una sonrisa de disculpa.

—Lamento mucho tener que hacerte trabajar esta tarde, pero ¿te importaría hacer algunas fotos espontáneas en el spa para subirlas hoy? Tienes muy buen ojo para las fotos.

—Ya estoy en ello —dijo ella, alzando el teléfono y señalando algo más allá—. Esa pared de plantas me está llamando.

Todos miramos hacia una pared de frondosa vegetación a unos metros de donde estábamos.

—Perfecto. ¿Qué llevas puesto hoy? —Lucy se acercó un poco para admirar las joyas de Felicity.

—Sandrine me lleva envuelta en brillantes todo el tiempo —rio ella con la cabeza hacia atrás y levantando ambas manos—. Llevo los pendientes Solana de platino y diamantes, el collar Love Toggle de platino y el brazalete Infinitas de diamantes.

—¿Y no llevas anillos? —preguntó Lucy, que había cogido una de las manos de Felicity para mirarla.

—Cameron y yo hemos pensado que la revelación será más dramática si llevo los dedos desnudos, para enfatizar que estoy esperando un anillo de compromiso.

Ella me miró con los ojos muy abiertos, y yo me vi obligado a aclararme la garganta al escuchar una palabra en concreto. Desde luego, ella sí que iba a estar desnuda en breve.

—Claro, ¡es perfecto! —dijo Lucy entusiasmada—. ¿Qué más podemos mostrar hoy?

—La pared de plantas —repitió Felicity—. Un brindis con champán y, tal vez, podríamos darnos la mano mientras recibimos un masaje de parejas.

—¿Podemos subir un poco el tono? —preguntó Lucy arrugando la nariz—. Por ejemplo, podríais estar los dos en albornoz, con Cameron detrás de ti besándote un hombro. Tú serías el centro de atención, guapa y sonriente, mostrando las joyas de Veritique, y parecería que Cameron no puede quitarte las manos de encima. Tal vez podríais hacer la foto en el baño turco, para darle un poco más de ambiente. Si estáis sudando un poco, la gente se preguntará qué habéis estado haciendo. ¡Sería super sexi!

—Vale, ya se nos ocurrirá algo —dije, para dejar claro que la conversación se había acabado—. ¿Por qué no nos ponemos con ello, Felicity?

Su pequeña sonrisa pícara me dejó claro que iba a tener problemas. Nos cambiamos rápidamente, nos pusimos los albornoces y nos encontramos en el baño turco.

—¿Listo para producir esos contenidos sexis? —preguntó Felicity en voz baja.

Se bajó un poco el cuello del albornoz para mostrar la parte superior del hombro, y solo aquella pequeña cantidad de piel fue suficiente para ponerme a mil.

—No necesito producir lo que siento cuando estás cerca —dije con voz grave, atrayéndola hacia mí.

Empezamos a besarnos con pasión. Ella tomó mi mano, la puso entre sus piernas y yo empecé a acariciarla, arrancándole un gemido de placer.

—Llevo pensando en esto toda la mañana —me susurró al oído.

—Yo pienso en esto cada maldito instante —dije, soltándole el cinturón del albornoz y enterrando la cabeza entre sus pechos.

Su respiración se entrecortó cuando me introduje un pezón en la boca.

—Has… ¿has cerrado la puerta? —dijo en un quejido mientras le hacía el amor con los dedos y la lengua.

—No hay pestillo —murmuré entre besos y caricias—. Tendrá que ser rápido.

—¡*Cameron*!

Ella intentó apartarse, pero yo aumenté la presión de las caricias entre sus piernas y ella dejó de fingir que preferiría estar en cualquier otro lugar que no fuera en mis brazos.

—Alguien podría… —Sin poder terminar la frase, se arqueó contra mi mano—. Oh, Dios mío, no pares.

Volví a cubrir su boca con la mía, tragándome los gemidos y pequeños sonidos que dejaba escapar a medida que se acercaba más al clímax. Tenía la polla tan dura que estaba empezando a asomar por el albornoz.

—Oh, Cameron —gimió ella cuando su cuerpo empezó a estremecerse.

No dejé de acariciarla cuando dejó caer la cabeza hacia atrás y se dejó llevar por el orgasmo. Cuando por fin recuperó la lucidez, se levantó el albornoz por detrás y se inclinó sobre el banco de madera.

—Soy tuya, Cameron O'Connor —dijo, mirándome por encima del hombro con ojos entrecerrados.

—Joder —exclamé, deseando darme un puñetazo—. No tengo condón. Lo he dejado en la taquilla, en mis pantalones.

Ella se dio la vuelta y se dejó caer de rodillas delante de mí.

—No pasa nada, pero tendrás que ser rápido, ¿de acuerdo?

Y, como diciendo «ahora me toca a mí», me dio un beso en la polla.

—Quizá sería mejor esperar…

Felicity no esperó y, sin decir palabra, me introdujo en su boca todo lo que pudo. Tuve que apoyarme en la pared para estabilizarme, incapaz de controlar las sensaciones que me dominaron cuando empezó a acariciarme con la lengua. No podía resistirme, y ella lo sabía bien.

—De todos modos, encontraré la manera… —jadeé, mientras ella me apretaba los testículos con una mano—. Encontraré la manera de follarte.

—Ya sé que lo harás —respondió ella, sacándome un momento de su boca.

Enredé los dedos en su pelo y me rendí a las caricias de su lengua y sus labios, más dispuesto que nunca a hacerme con el condón y encontrar algún rincón oculto en aquel spa donde pudiera follarla como era debido, y hacer que se corriera una y otra vez.

19

CAMERON

Estábamos preparando la siguiente aparición de CamLicity y, aunque debía parecer un momento improvisado, la cantidad de gente que nos rodeaba dejaba muy claro que, en el ámbito de las redes sociales, no había *nada* que no estuviera preparado de antemano. Felicity y yo íbamos a tener una «entrevista» informal con Lucy en un banco de Central Park, con el famoso Bow Bridge como telón de fondo, para contestar las principales preguntas de la gente sobre nuestra relación. Antes de eso, habíamos tenido una sesión preparatoria para acordar la historia que íbamos a contar, así que tenía la esperanza de que la entrevista no se alargara demasiado.

Lo último que me apetecía era fingir ser espontáneo y romántico en Central Park, el lugar donde había pedido a Carolina que se casara conmigo. Aquello sí había sido espontáneo y romántico, pero había acabado en un desastre que prefería no recordar. Sin embargo, yo no había participado en la elección del lugar y, aunque habría podido vetarlo si hubiera querido, habría sido absurdo que lo hiciera, puesto que todo el mundo había pensado que era una buena idea. No me quedaba más remedio que sonreír y aguantarme, aunque me sentía muy incómodo en aquel lugar.

Tampoco me gustaba la cantidad de preparación que estaba requiriendo aquella sesión. Las citas con Felicity habían resultado muy naturales, pero esta vez, todo estaba previsto de antemano, y no era yo quien lo había planeado. Aquel era el espectáculo de Lucy, lo que me impedía decidir nada y me dejaba a merced de las circunstancias, sin poder meter baza.

Lucy había prometido que la entrevista sería rápida e informal, pero no había nada de informal en el asistente que nos estaba colocando los micrófonos, ni en el que esperaba a unos metros de distancia con una pantalla para reflejar la luz; y mucho menos en el guardia de seguridad armado que protegía un verdadero botín de anillos Veritique, por no hablar del maquillador que estaba dando los toques finales a Felicity. Había tenido que contenerme para no pegarle un grito a un ayudante de vestuario que había sugerido que cambiara mi corbata por algo más «atrevido». Estaba más que harto de todo aquello y no podía esperar a que terminase.

Caminé de un lado a otro, tratando de controlar mi irritación ante lo mucho que se estaban alargando los preparativos.

—¿Falta mucho todavía? —pregunté impaciente, sin dirigirme a nadie en particular—. Felicity es preciosa sin maquillaje, y estoy seguro de que a la luz natural no le pasa nada. Empecemos de una vez.

Lucy se acercó a mí.

—Solo unos minutos más, te lo prometo. ¡Va a merecer la pena muchísimo! He pedido a mis seguidores que enviaran sus preguntas, y ¡te juro que han llegado como quinientas! La gente os adora a los dos.

—Pero las preguntas que vas a hacernos son las que hemos preparado, ¿no? —pregunté, preocupado—. Espero que no nos vayas a sorprender, porque no me gusta que me pillen desprevenido.

Dios, sonaba como mi padre, pero en momentos como ese, la actitud de «se hace lo que yo diga» tan propia de él estaba empezando a tener mucho sentido. Por suerte, Lucy pareció horrorizada ante la idea de cogerme por sorpresa.

—¡Por supuesto que no! Es posible que cambie el orden de las preguntas, para que vuestras respuestas suenen más espontáneas, pero eso es todo. Ante todo, esto es publicidad para Veritique. ¡La parte romántica solo es la guinda del pastel!

—Exacto —dije con sequedad—. Me da la sensación de que, a veces, se nos olvida esa parte. Hacemos todo esto por la empresa, no por nosotros.

—¡Claro! —dijo Lucy con una risita—. Pero gracias a vosotros, la empresa está en boca de todo el mundo. Esa foto vuestra en el baño turco ha sido la imagen que más ha gustado de toda la campaña hasta ahora. ¿Leíste alguno de los comentarios?

—No.

—Ay, bueno, no puedo repetir la mayoría de ellos. —Lucy sonrió, muy sonrojada—. Digamos tan solo que la gente se lo pasó muy bien especulando sobre por qué parecíais tan felices y sudorosos.

Me permití esbozar una leve sonrisa al recordar aquel día. Después de disfrutar por turnos en el baño turco, nos habíamos dado el masaje de parejas y, al terminar, eché a los masajistas de la sala y me follé a Felicity sobre la mesa de masajes. Había sido un evento de equipo muy memorable.

—Hola, chicos —dijo Felicity acercándose a nosotros—. Por fin he terminado. El maquillador ha tenido que cambiarme por completo.

Como siempre, estaba tan guapa que quitaba la respiración. El sol la iluminaba desde atrás con una cálida luz dorada. Llevaba una camiseta de manga corta de cachemira negra, y una falda negra con detalles dorados y un poco de vuelo, elegida para hacer juego con las joyas de oro que iba a lucir en el vídeo.

—Ay, por favor —dijo Lucy, que se había acercado a Felicity para examinar su cara—. ¡Si apenas te ha puesto nada! Un poquito de color en los labios y de sombra. Yo mataría por una piel como la tuya.

—Estás preciosa —corroboré, y enseguida miré a Lucy—. Bueno, ¿estamos listos para empezar ya? Porque esto está llevando mucho más tiempo del lo que habíamos acordado.

No me estaba gustando la forma en que estaban confluyendo mi vida anterior y la actual aquella tarde. Estaba empezando a recordar demasiadas cosas de mi época con Carolina, y todas las veces que estuve con ella en el parque. No fue solo el día de nuestro compromiso, sino que estuvimos allí en muchas otras ocasiones. Una vez, alquilamos una bicicleta doble, y nos habíamos reído tanto que acabamos chocando con una papelera. Otro día, nos hicimos fotos frente al monumento conmemorativo de John Lennon. Casi esperaba ver la cara de Carolina entre el grupo de gente que se estaba acercando a mirar lo que hacíamos. Aquella situación me estaba haciendo sentir más vulnerable de lo que quería admitir.

A pesar de que mi relación con Carolina había quedado enterrada en el pasado, tan solo estar allí me había obligado a recordar cómo me había sentido cuando estaba enamorado de ella, la forma en que me había dejado llevar por los sentimientos. Había sido demasiado estúpido como para comprender que eso era lo último que debía hacer.

—Creo que ya casi estamos —dijo Lucy, que intentaba ver lo que hacía el personal.

— No, ya está bien de esperar —dije, pues había llegado al límite—. Tenemos que empezar ya. Vamos, tengo mucho trabajo de verdad esperándome en la oficina.

Felicity me miró con el ceño fruncido, pero no dijo nada.

—Oh, vale, de acuerdo —dijo Lucy para apaciguarme—. Oye, Frank, es hora de empezar.

Unos minutos más tarde, estábamos sentados en un banco, enfocados por tres cámaras diferentes, por no hablar de los incontables teléfonos que los espectadores habían orientado hacia nosotros. Toda aquella alegría forzada me ponía nervioso, pero conseguí esbozar una sonrisa.

—No olvidéis que lo estamos grabando todo —dijo Lucy—. Si cometéis un error, podemos empezar de nuevo, así que no hay ninguna presión.

Uno de los cámaras señaló a Lucy para indicar que estaba grabando, y ella pareció iluminarse desde dentro.

—Hola a todos. ¿No es increíble? ¡Estoy aquí, con la pareja del momento! Sí, soy Lucy, de «La vida con Lucy», ¡y esta tarde estoy nada menos que con CamLicity! —Se volvió hacia nosotros—. Chicos, estoy alucinando con vosotros.

—Nos alegramos de estar aquí contigo —dije y, según indicaba el guion, le tomé la mano a Felicity, que me dedicó una sonrisa encantadora—. Creo que tenemos que contestar unas cuantas preguntas de tus seguidores, ¿no es así?

—¡Así es! Todo el mundo se *muere* por saber más de vosotros. ¡Y Felicity nos va a mostrar algunas joyas de Veritique!

—Estoy encantada de tener la oportunidad de enseñaros estas nuevas piezas —dijo ella con una enorme sonrisa—. Son increíbles, y creo que a tus seguidores les van a gustar tanto como a mí.

—Un momento, ¡perdonad que os interrumpa! —dijo el operador de la cámara—. No oigo a Cameron ni a Felicity, creo que hay un problema con sus micrófonos. Vamos a parar cinco minutos, a ver si lo resolvemos.

—Hay que joderse —murmuré.

Me quité el micrófono de la solapa y, tras dejarlo caer en su mano, me alejé un poco. Estaba haciendo un esfuerzo enorme para que no se me notara el enfado, porque la gente seguía observándonos.

—Eh, espérame —dijo Felicity detrás de mí.

Me detuve para que pudiera alcanzarme.

—¿Qué te pasa hoy? —preguntó en voz baja—. Pareces muy tenso.

Me detuve a la sombra de un árbol, aprovechando un lugar en el que nos encontrábamos ocultos a la vista de los demás.

—Estamos tardando demasiado —contesté con sinceridad y sin ocultar mi irritación—. No me está resultando agradable. No me gusta toda esta atención. Creo que, a estas alturas, deberías saberlo.

—Lo entiendo. —Deslizó una mano por mi brazo—. A mí tampoco me gusta, pero al menos estamos juntos. Eso es agradable, ¿no?

—En este entorno, no —protesté.

—Perdona, ¿acabas de decir que no te lo estás pasando bien conmigo? —dijo ella con enfado fingido, y sacudió mucho la cabeza como si aquella idea le pareciera inaceptable—. Yo soy la persona más divertida del mundo, en cualquier situación, señor O'Connor. ¡Y más vale que no lo olvides!

—Vale, vale, sí que lo eres —dije, riendo.

—Gracias —replicó ella, triunfante—. Ahora, dame un beso y dime que lo sientes.

Me incliné y le di un beso rápido en los labios, pero ella me rodeó el cuello con los brazos y me devolvió un beso mucho más profundo.

—Eso está mucho mejor —dijo con una sonrisa.

En cualquier otra circunstancia, un beso de Felicity me habría puesto como una moto, pero hoy parecía sentirme inmune.

—Me estoy poniendo nervioso —dije, caminando en círculos.

—Ya lo veo —replicó ella—. Eh, se te ha desatado un cordón.

En cuanto me incliné para atarme el zapato, escuché un alarido ensordecedor un poco más lejos. Cuando miré por encima del hombro, vi a Lucy acercarse a toda velocidad hacia nosotros, apuntándonos con el teléfono sin dejar de mover los labios. Al principio, pensé que estaría hablando para sus adentros, pero cuando se acercó a nosotros, me di cuenta de que nos estaba grabando en directo para sus seguidores. Se detuvo a unos pocos metros de nosotros.

—Oh, por Dios, seguid así —dijo con voz temblorosa—. No quiero interrumpir este momento tan especial.

La miré molesto, pero ella ni se inmutó.

—Chicos —continuó Lucy, hablando para su teléfono como si estuviera transmitiendo una noticia en directo—. ¡Vamos a ser testigos de algo increíble, y podréis decir que lo habéis visto aquí primero! Cameron O'Connor va a hacer a CamLicity oficial… ¡Se está declarando a Felicity Rhodes *ahora mismo*! Oh, Dios mío, ¡no me puedo creer la cantidad de gente que nos está viendo en directo! No os lo perdáis, amigos, ¡tenemos delante el amor verdadero!

Pero ¿qué putos cojones estaba diciendo? Me puse en pie de un salto.

—Espera un momento, ¡no le estoy pidiendo que se case conmigo!

A pesar de mis palabras, Lucy se acercó como si estuviera dispuesta a discutir conmigo sobre mis propias intenciones, y yo, que ya estaba ya al límite de la paciencia, exploté. Me acerqué más a Lucy para asegurarme de que grababa todo lo que tenía que decir.

—Ya sé la impresión que hemos dado a distancia, pero, por el puto amor del cielo, ¡solo me estaba atando un zapato! —Me abrí la chaqueta y mostré los bolsillos interiores—. Para que quede claro, no llevo ningún anillo encima, ¿lo veis? Hemos venido aquí a contestar preguntas, no a hacer propuestas de matrimonio. Así que siento decepcionaros, pero si alguna vez le pido matrimonio a alguien, no pienso hacerlo en un sitio así, delante de una panda de… mirones. Ni de puta coña. —Con una última mirada a Lucy, sentencié—: Hemos terminado.

—Lo siento muchísimo, Cameron —dijo ella, acercándose a mí sin dejar de enfocarme con la cámara—. Me he equivocado. Había asumido…

—*Ni se te ocurra* asumir nada —interrumpí—. Y deja de transmitir en directo, joder.

Ella aporreó el teléfono con un dedo y yo sentí que podía respirar, por fin.

—¿Qué cojones haces, Lucy? —exigí cuando bajó la mano en la que tenía el teléfono—. ¿Por qué has hecho eso? Teniendo en cuenta hasta qué punto hemos planificado cada detalle de esta estúpida relación, ¿de verdad creías que iba a ir por mi cuenta y pedirle a Felicity que se casara conmigo así, por las buenas, en *Central Park*? —Escupí las palabras como si aquella fuera la idea más absurda del mundo.

—Yo… No lo sabía, Cameron. Pensé que te habías dejado llevar por el momento…

—¿Dejarme llevar? ¿Con todas esas cámaras, después de todas las horas que hemos pasado arreglándonos, preparando los micrófonos y demás? ¿Y con toda esa gente mirando? Claro, era un momento súper romántico. —Reí sin ganas y puse con los ojos en blanco—. Se supone que eres una profesional, Lucy, deberías haber pensado eso antes. He aguantado que decidieras por tu cuenta empezar toda esta bobada de CamLicity sin consultar a nadie, pero ¡ni de coña te voy a permitir utilizar las redes sociales para obligarme a fingir un compromiso al que me niego en redondo!

Me estremecí al recordar lo ocurrido la última vez que me había dejado llevar por la pasión del momento. Nunca más. Miré a Felicity, que parecía asustada, como si no me reconociera.

—Tienes toda la razón, no debí precipitarme. Supongo que me he dejado llevar por la emoción. Y bueno, con lo que ha ocurrido ahora… creo que vamos a tener que intentar limitar el impacto.

—Un momento, ¿crees que toda esta tontería va a afectar a Veritique? —exigí.

—Sí, creo que tendrá un impacto negativo para la campaña CamLicity. Tu reacción no está… en la onda del mensaje que queremos transmitir.

En la onda. Venga ya. Todo esto era una cuestión de *negocios*.

—Estoy segura de que Sandrine, Felicity y tú encontraréis alguna solución. A eso os dedicáis la gente de marketing, ¿no?

—Sí, podemos intentar buscar algunas ideas clave para gestionar esta crisis —dijo Lucy, un poco pálida.

—¿Llamas crisis a esto? —reí—. Por favor. Toda esta campaña no es más que una especie de telenovela, y todo el mundo lo sabe. Ahora, si me disculpas, tengo que ocuparme de mi trabajo de verdad.

Me alejé de allí a grandes zancadas, tratando de pensar solo en lo que me esperaba en la oficina, y no en la pantomima que acababa de tener que aguantar.

20

FELICITY

Lucy me miró apenada cuando Cameron empezó a alejarse. Su pataleta, nada menos que durante una transmisión en directo, me había revuelto el estómago. Me había fijado en lo inquieto que parecía estar desde que habíamos llegado al parque y, aunque sabía que no le gustaba ser el centro de atención, su enfado había parecido desproporcionado en relación con lo que estaba ocurriendo. Me preocupaba no haber sido capaz de mejorar su humor con nada. Ni siquiera parecía haberme prestado atención, como si lo que le pasaba fuera algo muy serio que no tenía nada que ver conmigo.

Nuestra estratagema publicitaria, tan cuidadosamente preparada, acababa de irse al traste por completo. Era cierto que el intento de Lucy de hacer que aquel momento pareciera una proposición de matrimonio había sido ridículo, y comprendía por qué a Cameron no le había hecho ninguna gracia. Pero, aun así, ¿por qué había tenido que ser tan desagradable? Le habíamos dado formación sobre cómo expresarse ante las redes sociales. No entendía por qué le había parecido buena idea tratar de resolver aquel enredo soltando palabrotas y comportándose como un idiota arisco con una mujer que tenía semejante cantidad de fans rabiosos viendo su transmisión en directo. Podía habérselo tomado como una broma y decir que estaba practicando para cuando llegara el momento. O podía haber sugerido que se proponía hacer algo mucho más grandioso, para mantener el interés de la gente. Pero no; en lugar de eso, había perdido la cabeza y se había comportado como un trastornado, al tiempo que me hacía quedar a mí como una pringada.

Ya era bastante humillante que Cameron me rechazara en público, pero aún era peor el hecho de que apenas me hubiera prestado atención. Me daba la sensación de ser solo una nota al pie de página en toda aquella historia.

No. Ni hablar. Después de todo lo que habíamos compartido, no iba a permitir que Cameron me apartara a un lado de ese modo. Me merecía una disculpa.

—¡Eh! —grité a su espalda cuando ya se había alejado bastante.

Cameron aminoró el paso para mirarme por encima del hombro, pero no dejó de seguir andando, y eso hizo que mi vergüenza se convirtiera en enfado.

—¡Espérame! —ordené, corriendo tras él con torpeza, a causa de los tacones y la falda de vuelo.

Estábamos lo bastante lejos de la multitud como para tener la impresión de estar solos, pero gracias a todo aquello de «En busca del romance», nunca podía estar lo bastante segura de estar a salvo de miradas curiosas.

—¿Qué diablos ha sido eso, Cameron? —le espeté cuando llegué a su lado.

—Todo esto ha sido un error —dijo él con un suspiro cansado, aunque era evidente que aún estaba irritado—. Los dos lo sabemos.

No había esperado que admitiera su error, y eso me calmó un poco. Al menos, se daba cuenta de que se había equivocado al comportarse como un niño malcriado cuando Lucy había intentado presentar lo del cordón del zapato como una petición de matrimonio. Me quedé callada esperando la disculpa que debía venir a continuación.

—Se suponía que debíamos mantener todo esto a nivel profesional, pero ha llegado demasiado lejos.

Un momento… ¿qué?

—Cameron, espera. —Mi corazón latía a toda velocidad—. ¿Qué…? ¿Qué quieres decir?

Me miró con dureza, de un modo que me hizo recordar cómo me había mirado el día que nos conocimos, y no pude evitar un escalofrío. Allí estaba pasando algo muy serio.

—Nos hemos dejado llevar por todo esto, Felicity. Acostarnos juntos fue un error. Y nuestros sentimientos se han interpuesto también, lo que ha sido otro error. Hemos estado actuando como si esta estupidez de campaña fuera real, pero nunca lo ha sido, y creo que ya va siendo hora de que dejemos de fingir.

El estómago se me cayó a los pies.

—¿Lo estás diciendo en serio, Cameron? ¿Quieres decir que la campaña ha terminado, o que…?

No pude terminar la frase, porque no era capaz de procesar lo que estaba diciendo. Tal vez no le había entendido bien. Me mordí una mejilla en un intento por no llorar, porque lo que habíamos tenido me había parecido *muy* real. Era cierto que nunca habíamos hablado de nuestra relación al margen de la campaña, pero había creído que los dos estábamos contentos. No entendía a dónde estaba tratando de ir a parar.

—Tendría que haberme fiado del instinto —continuó Cameron sin contestar mi pregunta, con los ojos puestos en el suelo como si no pudiera mirarme—. Tú y yo no hemos encajado nunca, Felicity. Al principio no hacíamos más que discutir, y eso ya debía habernos dejado claro que jamás habríamos hecho una buena pareja. Eres completamente distinta de las mujeres con las que he salido antes, y tal vez por eso el público parecía tan fascinado por CamLicity. —Pronunció nuestro apodo en tono burlón, haciendo el gesto de comillas con las manos—. La gente se daba cuenta de que esta relación estaba condenada al fracaso y estaba esperando a que nos estrelláramos. —Sacudió la cabeza y me miró a los ojos de nuevo—. Bueno, pues ya tienen lo que esperaban. Se acabó.

Ay, Dios mío, Cameron me estaba rechazando. No se trataba de la campaña, ni de las artimañas de Lucy, sino que me rechazaba a mí. Al comprenderlo, me sentí muy humillada, pero contuve un sollozo y las lágrimas que amenazaban con caer de mis ojos, porque de ninguna manera iba a permitirle ver hasta qué punto sus palabras me estaban haciendo daño.

—Cameron, no puedes decirlo en serio. Tú y yo… estábamos bien juntos. —No conseguí elevar la voz por encima de un susurro.

—Bien o mal, creo que toda esta locura nos ha hecho olvidar el objetivo. La campaña estaba diseñada para dar más relevancia a Veritique, no se trataba de enredarnos en un romance. Hemos perdido el control, Felicity, y eso no es algo que yo no me pueda permitir. Creo que será mejor que nos limitemos a ser compañeros de trabajo, nada más.

Recé por que no se fijara en cómo me temblaba el labio inferior, ni se diera cuenta de que me ardía la cara.

—Haré mi papel en cualquier historia que se os ocurra para salvar las apariencias, pero CamLicity se ha terminado, definitivamente y en todos los aspectos. Me vuelvo a la oficina. Tú mantenme informado de lo que vayáis a hacer. Confía en mí, eso será lo mejor.

Me quedé con la boca abierta, sin poder creer que Cameron me estuviera dejando con tanta facilidad. ¿Tan ingenua había sido al creer que nuestra relación terminaría por ser real?

Cuando me dio la espalda para alejarse por el camino, no pude contener un momento más las lágrimas, que empezaron a rodar por mis mejillas. Me senté en un banco cercano y me permití dar rienda suelta al llanto, hasta arruinar aquel maquillaje tan caro que llevaba en la cara. Me habría resultado imposible no llorar ahora que sabía, por la forma tan desapegada en que Cameron había terminado conmigo, que él nunca había tenido el menor interés en lo que fuera que estábamos haciendo juntos. Me había rechazado con la misma calma que debía utilizar para despedir a los empleados de bajo rendimiento.

Pero eso tampoco tenía mucho sentido. Cuando habíamos estado juntos, se había mostrado auténtico, muy apasionado y cariñoso. ¿Era cierto que solo se había tratado de una actuación? Me había convencido de que yo le importaba. Ninguno de los dos había pronunciado la palabra «amor», pero en el fondo de mi corazón, yo había creído que ese era nuestro destino. ¿Cómo podía haberme equivocado tanto, otra vez? Hice todo lo posible por no pensar en Steven, para no terminar sintiéndome aún peor.

Al cabo de un rato, recordé que el equipo de Lucy me debía estar esperando, porque les había pedido que me guardaran el bolso y el teléfono durante la entrevista. Me limpié las lágrimas de la cara y esperé poder ser capaz de aparentar que no me importaba lo más mínimo ser humillada delante de millones de espectadores. Caminé con la vista baja hacia el lugar donde estaba situado el grupo, obligándome a mantener una expresión neutral. Me pregunté durante cuánto tiempo seguiría teniendo la sensación de que me estaban observando, pero, al levantar la vista, me sorprendió comprobar que nadie parecía estar mirándome. Al menos, eso resultó un alivio.

Cuando Lucy me vio acercarme al lugar donde habría tenido lugar la entrevista, me saludó con una sonrisa triste y un gesto de la mano, y vino a mi encuentro.

—Estaba preocupada por ti. ¿Te encuentras bien? —preguntó, apretándome una mano con inquietud.

—¿Tú qué crees? —Me encogí de hombros—. ¿Qué dicen en internet de la ruptura más humillante de la historia?

—Bueno, puedo decirte que, por ahora, los comentarios no son muy favorables —dijo ella con una mueca—. Pero nadie dice nada sobre ti, la gente está enfadadísima con Cameron. —Lucy abrió mucho los ojos—. Es natural, después de la pataleta que ha tenido. Nadie comprende bien qué ha pasado, pero creo que podemos utilizar eso a nuestro favor. Bueno, al menos, eso espero.

—¿Has vuelto a ver el vídeo? —pregunté, sintiendo un vacío en el estómago—. ¿Se me ve a mí?

En aquel momento, había estado tan centrada en la rabieta de Cameron, que se me había olvidado pensar en mi propia expresión, así que era muy posible el vídeo me mostrara en segundo plano, llorando como una perdedora.

—Sí, lo he vuelto a ver —contestó Lucy—. Tú estás algo más lejos, pero el centro de atención es Cameron, sin ninguna duda.

—Déjame verlo. —Tendí la mano hacia ella.

—No sé si es buena idea, Felicity. ¿Por qué no te das un poco de tiempo para distanciarte de todo esto?

La miré muy seria, e hice un gesto con la mano, así que no tuvo más remedio que entregarme su teléfono. El vídeo empezaba con Lucy hablando para sus seguidores y contestando las preguntas sobre CamLicity que iban apareciendo en la pantalla. Al consultar el número de visitas, me sorprendió que una simple sesión en directo pudiera conseguir miles de espectadores en tan solo unos segundos. Lucy era muy buena en lo suyo, pero ese hecho estaba a punto de volverse contra mí.

Cuando Lucy habló en el vídeo de las joyas que llevaba puestas ese día, docenas de personas comentaron que iban a entrar en la página de Veritique para comprar el collar y la pulsera. También preguntaron por mi falda, mis zapatos y quién me había peinado. Era como si cada elemento que aparecía en la pantalla estuviera a la venta. Pero claro, era una campaña publicitaria, supuse que de eso se trataba.

A partir de ahí, las cosas fueron de mal en peor. Era casi como ver un accidente en directo. El corazón me empezó a latir a toda velocidad, como si me estuviera preparando para recibir un susto, a pesar de que sabía perfectamente lo que iba a ocurrir.

En el vídeo, Lucy miró algo situado a lo lejos, emitió un sonido ilusionado que sonó como «¡yiii!», y la cámara se giró para mostrarnos a Cameron y a mí, algo apartados bajo aquel árbol. El estómago me dio un vuelco, pues la catástrofe comenzaba después de que nos besáramos, y no pude evitar las lágrimas. Maldita sea, al verlo, aquel momento parecía *auténtico*, y no pude evitar recordar que eso era también lo que había pensado yo entonces.

—Aaay —dijo Lucy en la grabación—. Mirad a esos dos, buscando un momento de intimidad. ¡Hay que ver, es que no pueden separarse ni un momento! Os prometo que Cameron parece incapaz de tener las manos quietas. ¡Yo creo que se ha vuelto adicto! ¿A que son muy monos? A ver, ¡enviad algunos corazones!

La pantalla se llenó de emoticonos con corazones en los ojos y estrellitas enviados por sus seguidores.

—¿Está mal que les espíe en este momento tan íntimo? —preguntó Lucy a sus seguidores en un susurro conspirador—. ¡Claro, que todos les estamos espiando! Estoy segura de que a vosotros os hace tanta ilusión como a mí. ¡Es la mejor historia de amor del mundo! ¡CamLicity en directo, chicos!

No pude contener un resoplido malhumorado.

—Devuélveme el teléfono —dijo Lucy en un tono serio que no se parecía en nada a la personalidad que utilizaba en las redes—. A partir de aquí, solo va a peor, y no te hace falta verlo de nuevo. Con una vez es suficiente.

—Ni hablar. —Sacudí la cabeza—. Yo soy parte de esta historia y necesito ver cómo ha reaccionado la gente. No olvides que también se trata de mi *trabajo*. —Cameron me había dejado aquello muy claro.

Leí los comentarios que iban apareciendo sobre las imágenes en las que se nos veía a Cameron y a mí hablando, y la gente parecía encantada. La inmensa mayoría de los comentarios eran muy positivos, lo que era bastante sorprendente, considerando la cantidad de *trolls* que hay en internet. Sin embargo, cuando me vi a mí misma tocar el brazo de Cameron, el estómago se me cayó a los pies, anticipando lo que venía a continuación. Cameron puso una rodilla en el suelo y Lucy empezó a chillar.

—¡Chicos! ¡Ay! ¡Ay, mi madre, ay, mi madre! ¡Está *pasando*!

La imagen empezó a temblar cuando Lucy echó a correr hacia nosotros. Se vio cómo Cameron empezó a protestar, y comprendí que Lucy tenía razón. No quería volver a escuchar todo aquello. Antes de devolverle el teléfono, miré los comentarios y no me sorprendió ver emoticonos vomitando y un montón de «pero qué coj...».

Apenas me había fijado en si yo salía en el encuadre, aunque era muy probable que nadie se hubiera fijado en mí. ¿Por qué iba a mirarme la gente, cuando era Cameron quien había montado el numerito?

—Caray. Vale. —Inspiré un tanto temblorosa, e intenté no pensar en la forma en que Cameron me había roto el corazón, tanto en público como en privado—. Vamos a tener que trabajar mucho si queremos recuperarnos de esto.

Considerando mi estado de ánimo, yo misma me sorprendí de ser capaz de centrarme en el trabajo.

—Eh, oye, ahora no te preocupes por la historia. Ya se nos ocurrirá algo a Sandrine y a mí. En este momento tenemos que centrarnos en ti.

Lucy me miró durante unos instantes y después me abrazó. En cuanto apoyé la cabeza en su hombro, no pude contener las lágrimas, que empezaron a caer de nuevo.

—No pasa nada, ya lo arreglaremos —arrulló ella mientras me acariciaba la espalda—. Nadie se sabrá lo que ha pasado.

En ese momento, recordé que Lucy no sabía lo que Cameron me había dicho cuando habíamos estado solos. Ella creía que mi reacción se debía a su pataleta, no al hecho de que me había arrancado el corazón del pecho, lo había tirado al suelo y lo había aplastado con uno de sus zapatos italianos.

Me sentía tan perdida que ni siquiera sabía si debía contarle lo que había pasado después entre nosotros, o sobre lo que yo creía que había pasado. Teniendo en cuenta lo rápido que Cameron me había dejado tirada, tal vez nunca había sido nada más que sexo. Todo lo que yo había creído que era auténtico, cariñoso e importante… al parecer nunca había sido más que un truco para las cámaras. CamLicity había sido solo parte del trabajo y, a propósito, todavía era mi trabajo. Debía seguir concentrándome en eso o, de lo contrario, no podría hacer nada más que acurrucarme en la cama y negarme a salir de ella durante unas cuantas semanas.

—No te preocupes, la gente está contigo en esto —dijo Lucy con una pequeña sonrisa—. Te recuperarás de esta historia sin problemas. Y, quién sabe, ¡igual hasta consigues un par de contratos de patrocinio!

Me obligué a devolverle otra sonrisa, porque no quería que se sintiera mal por mí, pero no me interesaban ni el apoyo público, ni los acuerdos de patrocinio.

Lo que me mataba era que, a pesar de todo lo que me había hecho pasar, lo único que quería era a Cameron.

21

CAMERON

Había dicho que me volvía a la oficina, pero a medida que el coche se acercaba a ella, me di cuenta de que ese era el último lugar en el que quería estar. No quería ponerme delante de mis empleados y tener que fingir que no me habían visto perder los papeles delante de todo el mundo.

Intenté convencerme de que aquello no era más que un pequeño incidente que se olvidaría pronto, pero conocía demasiado bien las cifras. A la gente le fascinaba CamLicity, y este escándalo les resultaría irresistible.

Jimmy me esperaba junto a la puerta abierta del coche. ¿Habría visto aquella debacle en directo? Pero no, ese hombre tenía más de sesenta años; seguramente, solo utilizaría el teléfono para hacer llamadas y jugar al solitario. Necesitaba pensar algo con rapidez. ¿Dónde podía ir para aislarme del mundo durante un tiempo?

—Vamos a casa de Tyler, por favor —le dije a Jimmy cuando se situó tras el volante.

Eché la cabeza hacia atrás y cerré los ojos durante el trayecto a través de la ciudad, intentando no pensar en lo ocurrido. No, en lo que *yo* acababa de hacer. Debía asumir la responsabilidad por mi arrebato. ¿Estaba justificado? Sí, claro, pero también era verdad que me había pasado bastante.

Mi teléfono no dejaba de recibir alertas de Veritique, pero no tenía intención de leerlas. Una parte de mí no podía evitar recordar a Felicity cada vez que sonaba una notificación, porque mi cerebro había asociado el sonido de las alertas con la mujer que era la razón de que llegaran. Estaba muy seguro de que Felicity no querría saber nada de mí después de aquello y, probablemente, ya nunca más. En cuanto cerré los ojos, lo único que vi fue su expresión sorprendida e incrédula cuando le dije que lo que había entre nosotros había terminado. Había estado tan centrado en mi propia ira que había roto con ella sin ningún tipo de miramiento. Sin embargo, ella debía de comprender, y seguro que coincidía conmigo, en que la relación se nos había ido de las manos. Era mejor terminarla ya, antes de que ninguno de los dos acabara sufriendo.

Por alguna razón, necesitaba recordarme aquello a mí mismo una y otra vez.

Cuando Jimmy aparcó delante de la casa de Tyler, bajé del coche antes de que tuviera la oportunidad de abrirme la puerta. Subí por la estrecha escalera del edificio con la esperanza de encontrarlo despierto y capaz de mantener una conversación coherente conmigo. Al llamar a su puerta, me pregunté qué versión de mi amigo encontraría esa vez.

La puerta se abrió una rendija y alguien me miró desde dentro.

—¿Sí?

—¿Quién eres? —exigí saber.

—¿Quién eres tú? —espetó él, a la defensiva, mirándome de arriba abajo—. ¿Un abogado, o algo así?

—Tyler —dije en voz alta, ignorándole—. ¿Qué está pasando?

Mi amigo apareció detrás de aquel tío y abrió la puerta del todo.

—¡Hermano! Entra, entra. ¿Qué pasa?

El desconocido que había abierto resultó no ser otro que Jerry, aquel amigo de Tyler que conocimos en la taberna de Frankie. Verle allí era lo último que hubiera esperado, sobre todo cuando me fijé en lo dilatadas que tenía las pupilas. Estaba claro que se había metido algo; tal vez, incluso un par de algos diferentes.

No estaba de humor como para lidiar con lo que cojones fuera que estaban haciendo aquellos dos. Esperé contra toda esperanza que solo se tratara de una sesión de improvisación, pero no parecía muy probable.

—Hola, Ty. Supongo que podría preguntarte lo mismo —dije, entrando hasta el salón sin prestar ninguna atención a Jerry—. No sabía que tenías compañía.

—Ty siempre está dispuesto a pasar un buen rato, y yo también —dijo Jerry, que me había seguido de cerca, como si creyera que podía intimidarme—. Ya me acuerdo de ti. Nos conocimos después de aquel concierto. Aquella noche estuviste un poco tieso, ¿no?

El salón estaba más desordenado de lo habitual. Había varias cajas vacías de pizza en el suelo, un montón de envoltorios desperdigados por todas partes, y una colección de botellas y tazas usadas sobre la mesa de centro, además de unas cuantas cartas sin abrir. La mayoría de las botellas eran de cerveza, lo que debía ser la razón de que toda la casa oliera como una fiesta universitaria.

—¿Qué estáis haciendo? —pregunté cuando me senté en uno de los taburetes junto a la isla de la cocina.

Mi pregunta pareció incomodar a Jerry.

—Sólo estábamos pasando el rato —dijo Tyler—. Todo va bien. Ya he sacado a Boris hoy, así que no tienes que preocuparte por eso.

Hablaba arrastrando las palabras y parecía que le costaba bastante mantenerse en pie. Lo miré con desconfianza, pero él solo miraba a Jerry.

—Ya, bueno, ¿quieres beber algo, tío? —ofreció Jerry—. Me da que lo tuyo es el vodka, y resulta que tenemos un poco.

—¿*Tenéis*? —repetí—. ¿Es que ahora estáis viviendo juntos, Ty?

—No, no —balbuceó él, con aspecto culpable—. Es solo que últimamente hemos pasado más tiempo juntos. Bueno, creo que debería, esto, limpiar un poco, ya que has venido.

Tyler empezó a recoger la basura de la habitación, pero parecía nervioso, como si yo estuviera allí para hacer una inspección sanitaria. Cuando me fijé en lo que estaba haciendo, vi que cogía una bolsita de plástico en la que parecía haber un poco de polvo, y tiraba a la basura una pajita cortada por la mitad que había estado oculta bajo el envoltorio de una chocolatina. El alma se me cayó a los pies al comprender que Tyler se estaba metiendo drogas de nuevo.

—Deja que te ayude —dijo Jerry.

Al decir eso, cogió una servilleta sucia de la encimera y la tiró a la basura, pero enseguida comenzó a rebuscar en ella.

—Oh, vaya, había apuntado un número de teléfono en esa servilleta, más me vale recuperarla —dijo, revolviendo en la basura.

Me di perfecta cuenta de que recogía la bolsita de plástico de la basura y se la metía en el bolsillo, lo que dejaba claro que era Jerry quien pasaba la droga a Tyler. Maldita sea, eso sí que era lo último que necesitaba en un día tan jodido como aquel.

—¿Qué es lo que te acabas de meter en el bolsillo? —pregunté a Jerry, haciendo un esfuerzo por hablar con calma.

—¿Eh? —Sus ojos se movieron con rapidez de Tyler a mí—. Ya te lo he dicho, colega. Una servilleta con un teléfono. Me lo dio una chica a la que conocí anoche. —Sonrió, exhibiendo el hueco donde le faltaba un diente inferior.

—¿Me dejas verlo?

—¿Por qué? —Jerry se alejó de mí unos cuantos pasos.

Me puse en pie y me acerqué a él, acorralándole contra un rincón.

—Vacíate los bolsillos —dije.

Al mirar a sus pantalones y ver que una de las esquinas de la bolsa asomaba de uno de sus bolsillos, la saqué de un tirón y se la puse delante de la cara. Cuando le miré, Tyler tenía los ojos clavados en el suelo.

—¿Qué es esto?

—Qué sé yo. ¡Basura! —chilló Jerry—. ¡No tengo ni idea de qué hace ahí!

—No eres más que un desgraciado, ¿lo sabías? —rugí—. Ya te estás largando, joder. Y si te vuelvo a ver cerca de Tyler, me aseguraré de que lo lamentes.

—¿De qué estás hablando? —protestó Jerry, que miró a Tyler con desesperación—. Venga ya, Ty.

Tyler se encogió de hombros y salió de la habitación sin mirar a ninguno de los dos,

—¡Largo! —le grité a Jerry en la cara.

—Joder, de acuerdo, ya vale —gimoteó, apartándose de mí—. No eres la niñera de Tyler, ¿lo sabías? Puede hacer lo que le dé la gana.

—No soy su niñera, pero soy su amigo. No como tú.

Cuando se marchó, dando un portazo, fui a buscar a Tyler y lo encontré sentado al borde del sofá, con pinta de estar dispuesto a salir corriendo de la habitación si le presionaba demasiado. Estaba furioso, pero también muy triste, porque había creído que Tyler ya había superado todo aquello. Al parecer, no solo me había engañado a mí mismo con lo de que no había perdido la cabeza por Felicity.

—¿Por qué? —Solo pude preguntar eso porque sabía que, si decía algo más, lo lamentaría.

—Es una estupidez —murmuró Tyler con la cara oculta en las manos —, pero él es mi última conexión con ella.

Cuando entendí a qué se refería, dejé escapar un suspiro.

—¿Sigues con ese perdedor porque te recuerda a *Roxanne*?

—¡Sí! —gritó Tyler, con todo el cuerpo en tensión—. ¡Eso es! Lo único que me queda de aquella época son los recuerdos, y estar con Jerry me ayuda a revivirlos. Recordamos cuánto nos divertíamos, nos reíamos, y eso me ayuda a olvidar durante un rato la mierda en que se ha convertido mi vida. He perdido mi carrera, he perdido a Roxanne… Sí, últimamente necesito ayuda para sentirme mejor, y Jerry me la proporciona.

—No, lo que te ayuda son las *drogas* que te da Jerry —le corregí, enfadado.

—¿Y qué?

Nos miramos, yo con los dientes apretados.

—Márchate —dijo Tyler abatido, dejándose caer contra el respaldo del sofá—. Sé que te doy asco, así que lárgate ya. No estoy de humor para tus sermones.

—Y una mierda. —Sacudí la cabeza, enfadado—. Me voy a quedar, te ayudaré a limpiar y te obligaré a descansar un poco. Parece que no hayas dormido desde hace días.

—Lo que tú digas.

Me puse en pie y empecé a recoger la basura que había por todas partes, sin dejar de mirar a Tyler de vez en cuando. Parecía agotado, pero poco a poco, empezó a relajarse más. Al cabo de un rato, se recostó de lado y se quedó dormido.

Me quité la chaqueta de mi traje de cinco mil dólares, me arremangué la camisa y me arrodillé para intentar limpiar la mugre del suelo. Recogí y apilé el correo, limpié las encimeras y tiré la comida de la nevera que se había puesto mala. Toda aquella actividad me ayudó a mí también, porque me impidió pensar en el estado en que se encontraba mi propia vida. Durante un rato, tuve un trabajo y un objetivo muy claros: conseguir que el piso de Tyler pareciera habitable de nuevo. No recordaba la última vez que había limpiado algo por mí mismo, y me sorprendió descubrir que el trabajo físico me resultaba agradable. Solo podía esperar que, cuando se despertara y viera su piso limpio y ordenado, tal vez pensara que su vida también necesitaba una buena limpieza.

Al cabo de una hora o así, tuve que admitir que solo estaba retrasando lo inevitable. Aquel piso tenía mejor aspecto del que había tenido en años, Tyler estaba durmiendo la mona y yo no podía hacer nada más por él en ese momento. Llamé al restaurante Jean-Georges para pedir que le llevaran sopa de fideos y un poco de pan dentro de unas horas, y me marché a desgana.

Por el camino de vuelta a casa, cometí el error de mirar las alertas de Veritique, y sentí que se me aceleraba el pulso. Justo cuando las cosas parecían ir bien, yo había tenido que estropearlo todo y ahora iba a costar tiempo enderezar las cosas de nuevo. Había asumido que podríamos solucionar el problema de relaciones públicas de alguna manera, pero ¿y mi relación con Felicity? Aquello no se iba a poder arreglar. Cuando había roto con ella, me había mirado de un modo que casi me hizo cambiar de opinión, pero no lo hice, por supuesto, porque nuestra relación no podía continuar. Entre mi pasado y el de Tyler, tenía pruebas más que suficientes de que las relaciones amorosas solo acababan en desastre.

El enfado y la frustración se volvieron a apoderar de mí cuando entré en el edificio. Me negué a reconocer la otra sensación que me atenazaba el estómago. No quise admitir la tristeza que sentía.

—Hola, Cameron —saludó Carl con un gesto de la mano.

—Carl —respondí, inclinando la cabeza.

A Carl se le daban bien muchas cosas, y una de ellas era la de captar las vibraciones, así que, en lugar de intentar iniciar una conversación sobre el tiempo o los deportes, se limitó a concentrarse en el ordenador que tenía en su puesto. Yo me dirigí al ascensor y apreté repetidas veces el botón de llamada, sin levantar los ojos del suelo para evitar recurrir al móvil como distracción. Cuando escuché unos tacones avanzar por el vestíbulo, esperé que el vecino que fuera se dirigiera a recoger el correo, porque lo que menos me apetecía era tener que charlar con alguien mientras compartíamos el ascensor.

—Vaya. ¡Hola, Cameron!

Maldición. Era Nina.

Con una mirada rápida, intenté determinar si sabría algo de lo que había ocurrido aquella tarde, pero, a juzgar por su expresión alegre y su sonrisa, aún no debía de haberse enterado.

—Hola —contesté, devolviéndole una sonrisa tensa.

—Perdonad —dijo Carl desde su mostrador, al otro lado del vestíbulo

—. Uno de los ascensores no funciona, así que es posible que tengáis que esperar más de lo habitual.

Genial.

—Bueno, ¿y qué tal todo? —preguntó Nina con interés—. ¿Cómo va CamLicity estos días?

Me puse en alerta. Era cuestión de tiempo que se enterase de todo, pero no estaba dispuesto a contárselo yo en ese momento.

—No estoy seguro —contesté—. Ahora mismo tengo un montón de cosas entre manos.

—Seguro que sí —rio ella—. Felicity me tiene al tanto de todo, ya sé que estáis muy ocupados.

Me limité a asentir, y esperé que eso le dejara claro que no estaba de humor para charlar, pero ella no se desanimó.

—Me he enterado de lo del día en el spa. —Volvió a reír—. Estoy pensando en pedir trabajo en Veritique. Si alguna vez necesitas una bibliotecaria estupenda, piensa en mí.

—Lo tendré en cuenta.

Nina suspiró y volvió a apretar el botón, como si eso fuera a hacer que el ascensor llegara antes.

—¡Qué ascensor más lento! Voy a tener que quejarme a la administración del edificio, ¿eh? —Con un guiño, me dio un golpecito con el codo.

Me aclaré la garganta y me aparté de ella un paso. Por suerte, el maldito trasto terminó por llegar de una vez y, cuando las puertas se abrieron, invité con un gesto a Nina para que entrara antes que yo.

—¿Qué tal está Tyler? —preguntó cuando se cerraron las puertas y apretó el botón de su piso—. Le he mandado un mensaje esta mañana, pero aún no me ha contestado. Habíamos hablado de que le acompañara a sacar a Boris hoy.

—Ya ha sacado a Boris —masculé entre dientes al tiempo que introducía mi tarjeta en la ranura que me permitiría acceder a mi ático.

—Vaya, qué raro. —Nina frunció el ceño—. ¿Por qué no me habrá llamado? ¿Tú sabes qué ha estado haciendo?

Me estaba costando mucho esfuerzo aguantar su charla incesante y todas aquellas preguntas, así que decidí, sin más, contarle la verdad sobre Tyler. Cuanto antes lo supiera, mejor.

—¿De verdad quieres saber lo que ha estado haciendo Tyler hoy? —le espeté—. Recuperarse de un colocón, eso es lo que ha hecho. ¿Te acuerdas de su amigo Jerry, el de la taberna de Frankie?

Nina abrió mucho los ojos y asintió despacio.

—Pues resulta que Jerry no es solo su amigo, también es su camello. Los he pillado con una bolsa de heroína. Así que, entre eso y todo lo que bebe, se podría decir que Tyler está bastante jodido en este momento. Le he dejado durmiendo en el sofá. Solo Dios sabe cuánto tiempo estará inconsciente. Así que ahí lo tienes: esa es la razón por la que hoy no ha aparecido. Es un drogadicto, Nina.

Ella se quedó callada unos segundos mientras asimilaba la información.

—Pero… él me dijo que se encontraba mejor…

—Sí, eso dicen todos los adictos. —Solté una carcajada sarcástica—. Te hacen creer que están mejor, y después recaen, y el ciclo se repite una y otra vez, hasta que pierdes la esperanza. —Di un paso hacia Nina y ella retrocedió—. ¿Quieres un consejo? Olvídate de Tyler, es un caso perdido. Te irá mejor con los hombres de tus libros. Nadie puede competir con ellos, en cualquier caso.

Llegamos a su piso justo cuando terminé de hablar, y Nina salió del ascensor sin decir una palabra más. Mucho mejor.

Subí hasta el ático en silencio, agradecido. Estaba bastante harto del resto del mundo, y el único ser vivo al que quería ver era el que me esperaba al otro lado de la puerta. Después de sacar a Boris un rato, volví a casa y no me molesté en encender las luces. Mi perro pareció entender que necesitaba consuelo, así que se sentó junto a mí en el sofá y apoyó la cabeza en mi regazo. Me miraba como si estuviera tratando de determinar si me encontraba bien. Pero lo cierto era que no, no lo estaba.

Tenía hambre, pero no apetito; estaba agotado, pero muy tenso, y todo aquello me resultaba muy desagradable. Sin contar los problemas de relaciones públicas que me había dejado mi padre en Veritique, mi vida antes de Felicity había sido muy equilibrada. Predecible y bien calculada. Sin embargo, ahora… Resoplé con suavidad, lo que hizo que Boris levantara la cabeza para mirarme.

Ahora, nada tenía sentido, y eso me hacía sentir de una forma muy similar a cuando todo se fue a la mierda con Carolina. Lo había pasado muy mal cuando rompimos, y los efectos habían durado mucho más tiempo del que había esperado. No tenía ninguna intención de volver a encontrarme en una situación similar. Debía mantener el control de mi vida y mis emociones si quería seguir adelante.

Solo había que fijarse en Tyler, joder. Hacía siglos que Roxanne le había dejado y, a pesar de todo lo ocurrido, todavía seguía pensando en ella. Tyler y yo habíamos entregado nuestros corazones a alguien, y los dos habíamos acabado mucho peor al final, así que no estaba dispuesto a cometer el mismo error otra vez. Había hecho bien en romper con Felicity. Lo único que necesitaba en la vida eran mi negocio, mi concentración y mi perro.

Boris pareció leer mis pensamientos. Me dio un golpecito con la cabeza en la mano para que siguiera acariciándole y eso me alegró. Acariciar su pelaje suave me ayudaba a olvidar un dolor que no dejaba de sentir en el pecho, y que no conseguía entender.

22

FELICITY

No podía de dejar de mirar atónita la pantalla de televisión. Aquello ya no era como echar sal en una herida: era zumo de limón. O ácido de batería. O residuos nucleares.

Después de la sesión de pesadilla con Cameron en el parque el día anterior, ahí estaba Steven, mostrando su lado más encantador durante una entrevista en *The AM Show*. Parecía que el mundo entero estaba contra mí. Bueno, de acuerdo, tal vez no el mundo entero, porque estaba recibiendo una cantidad considerable de apoyo de muchas mujeres en internet que habían apodado a Cameron «bebé jefazo».

Aun así, aquella entrevista era lo último que necesitaba mi muy machacado espíritu. Estaba claro que Steven había contratado a un estilista, porque sus dientes estaban más blancos, iba muy bien peinado y llevaba un jersey de cachemira color vino que no se habría puesto ni en sueños mientras estuvimos juntos. Aquellos cambios le hacían parecer uno de esos personajes de los programas de telerrealidad: mucho estilo, nada de sustancia y repetición incesante de las mismas frases ensayadas en todas sus apariciones públicas.

—Enhorabuena, Steven —dijo Jody Richards, la presentadora, para empezar la entrevista—. ¡*Corazón desquiciado* es todo un éxito!

—Puaj —dije por lo bajo, porque Nina aún no se había despertado.

—Sí, ya lo creo —contestó Steven con una sonrisa enorme, pero tratando de parecer modesto—. Resulta muy satisfactorio recibir reconocimiento por mi trabajo. Agradezco mucho la buena recepción de mi libro.

—¡Claro que sí! —corroboró Jody—. ¿Y son ciertos los rumores que he oído sobre una película?

Me quedé boquiabierta. No, por favor, cualquier cosa menos eso.

—No puedo decir nada —rio Steven, coqueto y haciendo como que se cerraba los labios con una cremallera—. Pero yo también he oído esos rumores, y solo puedo decir que habrá que esperar, a ver qué pasa. ¡No os lo perdáis!

—¡Pues yo, al menos, estaré esperando con mucho interés! —Tras decir eso, Judy, cambió de expresión y se puso seria—. Pero ahora tenemos que pasar a otro tema, Steven. Está claro que tu libro es una versión fictícia de la historia, pero está basado en una experiencia que tuviste antes de conocer a Kira ¿verdad? —preguntó en tono amable.

La cámara enfocó a Kira, que parecía fabricada a base de las mejores características de las *influencers* más famosas del momento. Melena lisa color castaño que relucía bajo las luces del estudio, grandes ojos negros resaltados por largas pestañas postizas, y una boca llena de dientes muy iguales que parecían pastillas de chicle.

—Sí —dijo Steven mirando al suelo—. Para ser sincero, la ruptura con Felicia me alteró mucho. Ella había perdido la cabeza por mí, de ahí el título del libro, y no estaba seguro de hasta dónde se atrevería a llegar.

Lancé a la pantalla un alarido de furia incontenible, mientras Kira le cogía una mano en un gesto de apoyo.

—¿Alguna vez tuviste miedo por tu vida? —preguntó Jody.

—¡Por supuesto que no! —rio Steven—. Mírame, Jody. No soy lo que se dice un peso ligero. —Volvió a reír con más ganas y, esta vez, Kira rio con él—. No me preocupaba el daño físico. Felicia era una mujer grande, pero yo soy mucho más grande. No, lo que me afectó fue la tortura mental a la que me sometió Felicia. No sabía si ella se atrevería a hacer daño a Kira. Mi princesa es como un pajarito, fíjate en lo menuda que es. ¿No es preciosa?

Steven hizo reír a Kira de nuevo al alzarle una muñeca para mostrar hasta qué punto su delicada constitución la hacía inofensiva, en comparación con mi supuesto tamaño hercúleo.

—Ahora en serio —continuó Steven—. También me preocupaba que Felicia pudiera perjudicar mi reputación entre las editoriales, si convencía a los *trolls* de internet para que publicaran opiniones negativas. Ella trabaja con las redes sociales, y sabe cómo aprovecharse del sistema.

Hice una mueca al recordar que Cameron me había ofrecido acabar con toda la publicidad sobre el libro de Steven. En aquellos días, me había dado la impresión de que yo le importaba al menos un poco. Pero, claro, también hubo una época en la que había creído que Steven me quería. Tal vez mi problema era ser una ingenua incorregible en las cuestiones del amor.

En la pantalla, Jody se dirigió a Kira.

—Supongo que estarías preocupada, Kira. Estoy segura de que te consideraba su sustituta, una competidora. Eres una mujer impresionante. ¿Quién no se sentiría amenazado por ti? ¿La has llegado a conocer?

—¡No! —chillé a la televisión, contestando por ella—. No nos conocimos porque yo ya había olvidado a ese cabrón cuando empezasteis a salir juntos. ¡Las fechas del libro solo son una de las muchas partes de la historia que se ha *inventado* del todo!

Nina entró corriendo en el salón, todavía en pijama, y se detuvo junto a mí con las manos en posición de ataque de karate.

—¿Qué pasa? ¿A quién le estás gritando?

Señalé a la pantalla sin decir nada.

—Oh —dijo ella, dejando caer los brazos al ver la estúpida cara de Steven en la pantalla—. Mierda. ¿Lo han invitado al programa de la mañana?

—Lo han invitado a *todos* los programas.

—Parece de plástico —añadió Nina, sin apartar los ojos de la televisión.

—¿A que sí?

—Y ella parece…

—Es guapísima —suspiré—. Puedes decirlo.

—Iba a decir *prefabricada* —me corrigió Nina—. Sí, parece muy elegante, pero también da la impresión de que se muere de aburrimiento. ¿Te fijas en que tiene los ojos como desenfocados? Yo diría que hace meses que ha perdido el interés en esta relación, pero como el libro ahora es un éxito, sigue con él tan solo por la publicidad.

¿Sería posible que tuviera razón? Miré a Kira con más atención y me di cuenta de que había intentado no poner mala cara cuando Steven la llamó «cosita», pero no lo consiguió. Vaya. Tal vez las cosas no eran tan perfectas en el paraíso como parecía. Aquello no mejoraba en absoluto lo que me había hecho Steven, pero saber que su vida quizá no era tan maravillosa, me aportaba algo de satisfacción. Sí, tal vez estaba siendo rencorosa, pero no por eso iba a dejar de alegrarme de que le fuera mal. Nina, que se había sentado a mi lado en el sofá, me dio un abrazo, cogió el mando a distancia y apagó la televisión.

—Bueno, ya está bien de ver eso.

—Gracias —suspiré—. Ha sido tan horrible que no podía dejar de mirar.

Nina me apretó la mano con cariño.

—Eso es lo que parece mi vida últimamente, una sucesión de situaciones horribles —continué, con los ojos cerrados para intentar evitar el llanto—. ¿Qué dice el mundo de la chica a con la que cortaron durante una transmisión en directo?

—Déjalo ya —me reprendió Nina—. No cortó contigo en directo, y nadie sabe lo que pasó entre vosotros después. Y la única persona que quedó mal en ese vídeo fue Cameron.

Volví a notar aquella opresión en el pecho.

—Es una persona horrible —continuó Nina—. Ya te dije cómo habló sobre Tyler. ¿Qué clase de amigo diría esas cosas?

—Lo cierto es que no parecía nada propio de él —dije, sacudiendo la cabeza—. Él trata a Tyler como a un hermano; de hecho, le trata mejor que a un hermano, si tenemos en cuenta cómo se comportó con Aiden y Megan. No tiene ningún sentido.

—Oye, ¿por qué te pones de su parte? —Nina me dio un golpe en el brazo.

—Tienes razón —contesté con tristeza—. No pienso volver a hablar de él; es más, ni siquiera voy a pensar en él.

—Bien —dijo Nina, poniéndose en pie—. Hoy tienes que mantenerte ocupada, así que ve a vestirte y nos reunimos en la cocina.

—¿De qué estás hablando? ¿Y por qué sigues en pijama? Tienes que ir a trabajar en treinta minutos.

—Me he cogido el día libre, igual que tú —contestó ella, mirándome con afecto—. No me gusta la idea de que te quedes en casa y te pases el día entero sola y triste. Yo te distraeré para que no tengas que pensar en nada de eso.

—¿Lo dices en serio? —pregunté—. ¿Harías eso por mí?

—Pues claro que sí, Lis. Siempre estaré cuando me necesites. En la casa del árbol, en la universidad, aquí, en nuestra futura librería, y hasta el final. Tú y yo siempre estaremos juntas, amiga.

Estuve a punto de echarme a llorar otra vez, pero ahora, de felicidad.

—Nina —exclamé, poniéndome en pie de un salto y dándole un abrazo enorme—. ¡Gracias!

—Que se jodan los dos —respondió ella, devolviéndome el abrazo y apretándome fuerte.

—Sí, que se jodan —confirmé—. Bueno, ¿qué vamos a hacer? ¿Brownies? ¿Bizcocho?

—¡Sopa de cebada!

Fingí que me daban náuseas.

—Para —me reprendió ella—. No tienes que comértela si no quieres, pero no es para nosotras. Hay alguien más que tuvo un mal día ayer.

—No te referirás a Tyler —dije, siguiéndole a la cocina.

—¿Y por qué no? —Nina se volvió a mirarme.

—Venga ya, ese hombre está hecho polvo, las dos lo sabemos —dije, tratando de no sonar muy crítica—. Hasta Cameron te lo ha dicho. Creí que habías decidido no seguir relacionándote con él.

—Ahora mismo Tyler lo está pasando muy mal, y yo soy su amiga. Solo se trata de eso.

—Nina… —Le dirigí una mirada cargada de significado.

—¿*Qué*? ¡Necesita saber que alguien está de su parte! No pienso hacer ninguna estupidez. Lo único que quiero es ayudarle. Además, sé muy bien que ahora no está en condiciones de tener una relación. Así que no te preocupes: le voy a hacer la sopa solo como amiga, y nada más.

—Espero que él lo sepa.

Nina se encogió de hombros y empezó a rebuscar en los armarios.

—¿Dónde está la cazuela grande?

—Solo cabe en uno de los armarios. Si no está en ese, no tengo ni idea.

—Ah, ya me acuerdo —exclamó ella—. La usé para teñir unos pantalones cortos de terciopelo blanco que compré de segunda mano. No tenemos un barreño.

—¿Y no podías haberlos teñido en el fregadero o en la bañera? —pregunté, riendo.

—No se me ocurrió. De todos modos, los teñí con zumo de remolacha, así que no hay riesgo de que nos envenenemos, ni nada por el estilo.

—¿Y cómo han quedado?

—De un color rosa claro horrible, pero como experimento, ha sido interesante.

Mientras Nina traía la cazuela de su habitación, yo empecé a buscar una película para ver y acabé eligiendo *El diario de Bridget Jones*, aunque las dos la habíamos visto ya un millón de veces. Cuando empezó a sonar la música de los créditos, oí un grito de alegría resonar desde su dormitorio.

—*Sí* —dijo Nina, que volvió con la cazuela en las manos—. Sopa y Mark Darcy. El día perfecto.

La película nos proporcionó el sonido de fondo perfecto para cocinar. Aunque la televisión se podía ver desde la cocina, no necesitábamos ver la película para sentirnos de mejor humor. Solo más tarde me di cuenta de que, probablemente, debería haber elegido una película que no tuviera un final feliz, considerando que el mío había terminado en la basura.

Cuando nos reunimos en la cocina, Nina empezó a sacar los ingredientes necesarios para la sopa.

—Tú sabes que podríamos enviarle comida a domicilio, ¿verdad? —pregunté, mientras ella organizaba las verduras sobre la encimera—. No es necesario que hagas todo esto.

Antes incluso de que terminara de hablar, Nina ya estaba negando con la cabeza.

—Eso lo puede hacer cualquiera. Yo quiero demostrarle a Tyler que me preocupo y que quiero hacer algo por él.

La miré enfadada.

—Como amiga —añadió enseguida.

—Ya… —dije dudosa—. Claro.

—Anda, ayúdame —dijo ella—. Empieza a picar la cebolla, por favor.

—Se supone que íbamos a aprovechar el día para compadecernos de nosotras mismas y echarnos una buena siesta —protesté, aunque arrastré los pies hasta donde ella había colocado la tabla para cortar—. ¿Por qué me obligas a trabajar?

—Porque si estás ocupada, no estarás triste. Las únicas lágrimas que deberías derramar hoy son las que te provoque la cebolla. ¡Hala, a picar!

—Vale, vale —reí.

Mientras tanto, en la pantalla, Bridget estaba siendo tan torpe y encantadora como siempre, y nosotras coreamos con ella las frases más conocidas de la película. Como Nina había sugerido, centrarme en pelar patatas, picar ajos y cortar zanahorias resultó ser una buena forma de evitar pensar en cómo Cameron me había pisoteado el corazón el día anterior. Al cabo de poco tiempo, todo nuestro piso olía a comida casera y, cuando terminamos, nos sentamos en el sofá para ver el final de la película y llorar un poco.

—Uff —resoplé, dando una palmada al sofá—. ¿Por qué las cosas no salen así en la vida real? ¿Besar al hombre perfecto bajo la nieve, mientras suena música de Van Morrison de fondo?

—Y con tus mejores bragas de estampado de cebra —añadió Nina.

—No es justo —protesté—. Yo había llegado a pensar que me ocurriría algo así, aunque mis circunstancias son bastante inusuales, por supuesto.

—Eh, lo de fingir una relación no es tan inusual. ¿Cuántas novelas románticas utilizan ese argumento?

—Eso es ficción —espeté—. Y nunca debería haber salido de ahí. Ahora ya sé que no debo esperar que me ocurra algo así. Yo no tengo tanta suerte.

—Bien, pues vamos a centrarnos en lo que sí puede ocurrir —contestó Nina—. ¡La librería!

Me puse boca abajo en el sofá y me coloqué un cojín bajo el pecho.

—Oh, me encanta hablar de eso.

—¡Y a mí! Nuestro sueño se va a convertir en realidad. Las cosas están empezando a encajar por fin. —Nina hizo una pausa—. Bueno, lo tenemos casi todo menos el sitio, y encontrar el lugar perfecto no va a ser fácil.

—Lo encontraremos, me lo dice mi instinto.

—¿Cuánto tiempo crees que tardaremos? —preguntó.

—Ya no lo sé —dije, dejando caer la cabeza sobre el cojín—. Hasta ahora, iba camino de poder ahorrar lo suficiente en unos cuantos meses, gracias al trabajo en Veritique y todos los extras, pero ya no creo que pueda seguir trabajando allí. Sería demasiado complicado, y no estoy segura de que pueda ver a Cameron todos los días.

Inspiré por la nariz, porque decir su nombre bastaba para que me volvieron a abrumar aquellas sensaciones tristes y oscuras.

—Oye, no tomes ninguna decisión drástica en este momento —recomendó Nina—. No hagas nada que puedas lamentar, como renunciar al trabajo. Tendrás que admitir que es un puesto muy bueno.

—Era un puesto muy bueno —corregí—, hasta que mi jefe y novio falso me rompió el corazón.

—Ay —dijo Nina, frotándome un hombro—. ¿Sabes? Lo que te ha pasado me recuerda a esa escena de *Apostando por el barón*.

—Esa es una novela sobre la época de la Regencia. —. La miré preocupada—. Y tampoco es que Cameron sea un aristócrata.

—Nooo —dijo ella alargando la sílaba—. Pero dirige un imperio fundado por su familia y, al igual que el barón Bartholomew Segrave, perdió los papeles delante de un montón de gente: el barón delante de los asistentes al baile, y Cameron delante de… bueno…

—¿El mundo entero? —terminé la frase por ella.

—Sí, supongo que sí —rio ella.

—No me acuerdo de cómo acaba esa novela. ¿Ese era el barón que compró todos aquellos caballos para Lady Alva?

—No —ella negó con la cabeza—. El barón Segrave volvió a recuperar los terrenos que pertenecieron a los bisabuelos de Alva, los terrenos que tuvo que jugarse su familia. Se los regaló sin pedirle nada, y ¿sabes lo que le dio ella a cambio?

—¿Su virginidad? —reí.

—¡No! Se acostaron la noche de la tormenta de nieve. ¿Pero tú te has leído el libro? —preguntó Nina, fastidiada—. Lady Alva le permitió ser él mismo. Él estaba obligado a ceñirse a unos patrones de conducta tan estrictos que suponían una carga, pero la mujer a la que amaba le permitió ser humano, con sus defectos y todo. ¡Eso es lo que yo llamo un romance!

—Esa es la definición del amor —suspiré—. Aceptar a alguien tal y como es.

Una lágrima silenciosa se deslizó por mi mejilla.

—Oh, no. Lo siento, no deberíamos haber hablado de eso. ¡Hablemos de sexo con vampiros! ¡Hombres lobo! ¡Alienígenas! —Nina me clavó un dedo en el hombro—. ¿Vale?

—Vale —confirmé, limpiándome las lágrimas de los ojos—. En nuestra sección de novela romántica no habrá lugar para la censura. Aceptaremos todas las versiones del amor y no avergonzaremos a nadie por sus preferencias.

—¡Exacto! —aclamó Nina—. Y nada de eso de «placeres culpables». Si a alguien le gusta, solo será un placer, y punto.

El cansancio resultante del estrés se estaba apoderando de mí y, de repente, lo único que quería era dormir. Cerré los ojos un momento.

—¡Oh, no!

No me había dado cuenta de que me había quedado dormida, pero desperté sobresaltada cuando escuché el grito de Nina desde la cocina. Cuando llegué allí, tenía la tapa de la cazuela en una mano y estaba mirando la sopa.

—¿Qué pasa? ¿Se ha quemado? No huele a quemado.

Me puse a su lado para mirar la sopa. Cuando vi lo que le había hecho gritar, me quedé boquiabierta.

—Nina, esas patatas están…

—¿Moradas? —dijo ella, que se quedó mirándome—. Eso parece.

—Pero… ¿*cómo*? —pregunté.

—Debe ser el tinte de remolacha —gimoteó ella—. Creo que no limpié la cazuela tan bien como creía. Las patatas han absorbido el resto del color que quedaba. Dios mío, ¡he echado a perder todo nuestro trabajo!

—No, no, el resto está bien. —Cogí una cuchara de madera del tarro para cubiertos que había en la encimera y saqué una de las patatas—. Además, huele fenomenal.

—Ten cuidado, está caliente —advirtió Nina.

Soplé un poco sobre aquella patata morada y mordí un trocito con precaución. Nina me observaba muy preocupada.

—¿Y bien?

—Pues el tinte que quedaba solo es decorativo. ¡La patata está buenísima y no sabe a remolacha!

—¿Lo dices en serio?

Cogió otra cuchara, sacó una patata de la cazuela y sopló sobre ella.

—Gracias a Dios, qué alivio —dijo ella, hablando con la boca llena, porque no había podido esperar a que se enfriara la patata—. ¡Está muy bueno!

—Supongo que la vida imita al arte —dije, señalando la televisión con un gesto de la cabeza.

Nina se me quedó mirando con el ceño fruncido, hasta que comprendió lo que quería decir.

—¡La sopa azul de Bridget!

Nos reímos juntas, aunque, en el fondo, yo sabía que la vida nunca imitaba al arte en las cuestiones importantes.

Y yo tampoco tendría un final feliz de película.

23

CAMERON

Considerando mi estado de ánimo desde el incidente en Central Park hacía unos días, el último lugar en el que me apetecía estar era el Club Glenhaven de Nueva York. Sin embargo, había acudido para una reunión a la que no podía negarme a asistir: Vincent Forde, de Summit, quería proponerme un negocio.

Vincent y yo nos habíamos movido en círculos similares durante años, pero aún no habíamos tenido ocasión de conocernos, a pesar de que ambos éramos miembros de Glenhaven. Teníamos muchos conocidos comunes, y todos ellos me habían asegurado en un momento u otro que el imperio de perfumes de Vincent encajaría con Veritique a la perfección. A pesar de que ambos vivíamos en Nueva York, había resultado muy difícil organizar una reunión con él, pero por fin conseguimos encontrar un hueco que nos fuera bien a los dos, a pesar de lo apretado de nuestras agendas respectivas. En los últimos tiempos, yo tenía más trabajo que nunca, y eso me obligaría a concentrarme mucho en su proposición y tratar de olvidar el estrés de mi vida, para poder asimilar lo que fuera a proponerme.

La tranquilidad de Glenhaven me resultó muy agradable después de la tensión y el drama de los últimos días. El ambiente en Veritique me resultaba demasiado forzado, mi ático estaba demasiado vacío, y no tenía ánimos para intentar arreglar las cosas con Tyler ni Aiden. Por eso me había parecido una buena opción distraerme un rato en el lujo tranquilo de aquel lugar, discutiendo nuevas opciones para Veritique.

Desde fuera, el club no parecía nada especial, solo otro antiguo edificio de ladrillo. El único indicador era una discreta placa de latón cerca de la puerta. Había sucursales de Glenhaven en todas las grandes ciudades del mundo, y cada una de ellas estaba adaptada al estilo propio del lugar. Glenhaven Londres tenía un aire de elegancia aristocrática, Glenhaven París tenía vistas a la torre Eiffel, y la decoración de Glenhaven Nueva York era muy moderna y sexi. El club ofrecía todo lo que alguien pudiera desear, incluyendo un gimnasio completo en el sótano con piscina olímpica, una biblioteca, zonas de descanso insonorizadas y salas de reuniones de diferentes tamaños, además de un restaurante con dos estrellas Michelín en el segundo piso, habitaciones de hotel en el tercero y una terraza en la azotea. Yo era uno de los pocos miembros de Glenhaven que habían visitado todas las sedes del club, y la de Manhattan seguía siendo mi favorita.

El asistente de Vincent me había escrito para avisar de que llegaría con media hora de retraso, así que, al llegar, me dirigí al bar para tomar algo mientras esperaba.

—Señor O'Connor —saludó Wally, el camarero de toda la vida, cuando me vio entrar—. No constaba entre las visitas para esta tarde, pero nos encanta tenerle aquí. ¿Con cuánta gente se va a reunir? Le prepararemos su mesa favorita.

—Oh, no, solo voy a tomar una copa rápida en el bar, Wally —dije.

—Excelente. Estoy seguro de que su amigo James se alegrará de verle. Está sentado allí.

Enfoqué la vista para ver a quién se estaba refiriendo, y reconocí enseguida al hombre de pelo castaño claro que había indicado.

—¿James Branson? Hacía tiempo que no le veía.

Me acerqué a donde estaba sentado y me detuve detrás de él.

—Disculpe, señor, ¿le importa que le pregunte dónde ha comprado ese traje?

James se volvió hacia mí, riendo.

—Cameron O'Connor, ¡cuánto tiempo, maldita sea! ¡Me alegro mucho de verte!

Después de darnos la mano y un medio abrazo, James se abrió la chaqueta para mostrarme la etiqueta de su traje.

—Es de Branson. Si te gusta, creo que conozco a alguien que podría conseguirte uno.

James Branson se había hecho cargo de la conocida empresa de diseño de su familia y la había convertido en una marca muy potente en los últimos años, pero el mérito no era solo suyo. Su mujer, Natalie, había puesto en marcha una línea de alta costura para novias que ya rivalizaba con la de Vera Wang. Además, tras del nacimiento de Olivia, su hija, habían añadido también una colección de ropa para niños muy original, de modo que la marca no dejaba de acumular éxitos. Pero, lo mejor de todo, era que James y Natalie eran dos de las personas más encantadoras a las que había conocido.

—¿Qué tal estás, amigo mío? —pregunté, sentándome junto a él—. ¿Cómo te está tratando la paternidad?

—Es lo mejor que he hecho en mi vida, Cameron —contestó él, con una sonrisa enorme—. Te voy a enseñar una foto de Liv.

Sacó su teléfono y me enseñó unas cuantas fotos de un bebé verdaderamente adorable, con sus ojos azules y el pelo rubio de su madre. El orgullo evidente en la cara de James me resultó un tanto doloroso. Yo nunca había pensado en la paternidad y, desde luego, no quería parecerme a mi padre de ninguna manera; pero, sobre todo, nunca había conseguido imaginar un futuro con nadie, ni siquiera con Carolina. Con ella, las cosas habían ido tan rápido que no hubo mucho tiempo para hablar de una vida en común, aunque eso, al final, resultó ser lo mejor. No podía echar de menos un futuro con ella que nunca había imaginado. En cuanto al resto de las mujeres con las que había salido, nunca me había molestado en pensar más allá del siguiente fin de semana. Ninguna de ellas me había hecho sentir ilusionado por un posible futuro en común, con la única excepción de... Bueno, ninguna de mis relaciones de verdad me había hecho sentir así, pero ver a James tan feliz de ser padre me hizo reconsiderar la idea del compromiso durante un segundo.

—Te veo muy contento, ¿eh? —le pregunté, mirándole con atención.

—No tienes ni idea —sonrió él—. Antes de conocer a Natalie, creía que lo tenía todo. Ya sabes, dirigía un imperio, vivía deprisa... pero me acabé cansando. También me estaba haciendo más viejo y empezaba a perder el tiempo, pero no quería darme cuenta. Y no encontraba nada que me hiciera feliz, hasta que conocí a esa fierecilla de Natalie, que puso mi mundo patas arriba... —Sacudió la cabeza, con la vista perdida en la distancia mientras pensaba en su mujer—. No le tiene miedo a nada, es la única persona que conozco capaz de llevarme la contraria. —Con una risilla, añadió—. Bueno, ella y Olivia.

Noté una extraña presión detrás de los ojos. Yo también conocía a una persona así. A pesar de todos mis esfuerzos por apartarla de mi mente, la imagen de la hermosa cara de Felicity se me vino inmediatamente a la cabeza. Y, al mismo tiempo, recordé lo dolida que había parecido aquella tarde en Central Park.

El camarero trajo un vaso de Glenlivet que yo no había pedido, pero, a decir verdad, esa era mi bebida habitual. El personal del club siempre estaba en todo. Bebí un buen trago con la esperanza de que suavizara las asperezas que sentía en mi interior.

—¿Dónde has dejado hoy a Natalie? —pregunté.

—Tenía una reunión para preparar la nueva colección de gafas de sol, pero se pasará por aquí en cualquier momento. ¿Te vas a quedar un rato? Seguro que se alegrará de verte.

—Creo que sí. —Miré el reloj—. He quedado aquí con Vincent Forde, pero llega tarde.

—Vaya, ¡ya era hora! —dijo James—. Llevo siglos tratando de conseguir que habléis. ¿Qué está tramando?

—Eso es lo que he venido a averiguar —dije, encogiéndome de hombros.

—Bueno, ya vale de hablar de negocios —dijo James tras terminarse la cerveza—. ¿Cómo te va la vida últimamente?

¿Triste? ¿Deprimente? James no parecía saber nada de mi reciente culebrón, y no me apetecía contárselo en ese momento. Había venido a Glenhaven para olvidar durante un rato.

—Bien —dije, y bebí otro trago—. Me va bien. Como siempre.

—¿Qué quiere decir eso? —James me miraba con suspicacia.

—Quiere decir que no tengo nada interesante que contar.

Mentira. La presión detrás de mis ojos aumentó un poco más.

James parecía tener la intención de seguir preguntando, pero en ese momento, nos interrumpió una mujer menuda, vestida como si hubiera salido de un antiguo catálogo de Branson Designs. Natalie Branson era la modelo perfecta para la marca.

—Oh, por Dios, ¡pero si es Cameron O'Connor en persona! —exclamó, dándome un abrazo enorme—. ¿Cómo puede ser que no te haya visto desde nuestra boda?

—Lo sé, soy horrible —le sonreí—. Pero ya sabes, todos estamos siempre muy ocupados.

Ella se sentó en la silla que había entre nosotros.

—Ya lo creo que lo sé. Nosotros vamos a estar aún más atareados ahora, porque acabamos de contratar a Percival Banks para que sea la imagen de Branson Eyewear. ¡Deberíamos celebrarlo con champán!

Observé a James y Natalie mientras brindábamos por su último éxito, y me sorprendió hasta qué punto estaban en sintonía. Cuando Natalie necesitó una servilleta, James se la entregó sin hacer una pausa en lo que estaba diciendo, y cuando contaron una historia sobre Olivia, prácticamente hablaron a la vez. Él mantenía una mano apoyada en el muslo de ella por debajo de la mesa, y ella no dejaba de encontrar motivos para tocarle, arreglarle el pelo o acariciarle una mejilla. Verlos juntos me resultaba doloroso de verdad.

Joder, cuánto echaba de menos a Felicity.

—Bueno, ¿hay alguna chica de la que tengas que hablarnos? —preguntó Natalie, subiendo y bajando las cejas con rapidez—. ¿Con quién te entretienes estos días?

—Pues con Boris— resoplé, sorprendido.

—Oh, venga ya —insistió ella, dándome una palmada juguetona en la mano—. ¿Cuándo vas a sentar la cabeza y añadir nuevos miembros al clan O'Connor?

—Ahora mismo, no. —Sacudí la cabeza y me terminé el whiskey—. Tengo demasiadas cosas que hacer. Tal vez algún día, dentro de veinte años, o así.

—Cam —dijo James—, no debes perderte esto. Te lo digo en serio. Es fácil dejarse atrapar por el trabajo, pero la vida es mucho más que eso, hazme caso.

Deslizó un brazo alrededor de los hombros de Natalie y los dos me miraron como si me compadecieran, lo que me hizo sentir aún peor. Pensé que, tal vez, si les hablaba de Felicity, eso me ayudaría a aclararme las ideas y comprender qué diablos estaba haciendo. Sin embargo, al imaginar cómo iría la conversación, opté por mantener la boca cerrada. Seguro que ambos insistirían en que fuera a buscarla y admitiera que me había equivocado sobre nosotros dos, pero yo *no* me había equivocado. No todas las relaciones resultaban en una felicidad tan perfecta como la que habían encontrado James y Natalie. Según mi experiencia, era mucho más probable que una relación solo sirviera para distraerse de las cuestiones realmente importantes.

Natalie empezó a preguntar algo más, pero entonces recibí un mensaje en el teléfono.

—Parece que ya ha llegado Vincent, tengo que dejaros —dije, poniéndome en pie despacio—. Me alegro mucho de haberos visto.

Abracé a Natalie y, cuando le di la mano a James, él sujetó la mía un instante más de lo necesario.

—No olvides vivir tu vida —dijo, mirándome a los ojos—. Créeme, hay muchas otras cosas fuera del trabajo, no lo olvides.

—Haré lo que pueda —dije, con una seca inclinación de la cabeza.

Mientras subía a la biblioteca en el ascensor, sus palabras seguían resonando en mi mente. Yo estaba viviendo mi vida, ¿no? Estaba a punto de enfrentarme a una posible nueva aventura empresarial. ¿No trataba la vida de oportunidades como esa? Entré en la biblioteca, que era más bien un salón muy sofisticado, y encontré a Vincent esperándome en uno de los sillones de cuero de la zona de espera.

—Cameron —dijo, poniéndose en pie y acercándose a mí—. Me alegro de que hayamos podido vernos. Encantado de conocerte.

Vincent era el clásico hombre alto, guapo y moreno. Me fijé en que las mujeres se volvían a mirarle cuando se acercó a mí, pues no solo tenía un aspecto impresionante, sino también una presencia muy carismática. Era evidente que llevaba un traje a medida, y la barba incipiente en sus mejillas estaba cuidadosamente recortada. Tenía un cierto aire de misterio, como si ocultara secretos, pero mi inquietud desapareció en cuanto sonrió. Se me daba bien valorar a la gente a primera vista, y Vincent no había activado ninguna de mis alarmas.

Tras estrecharnos la mano, nos dirigimos a una mesa en un rincón tranquilo para hablar. Vincent sacó un iPad de su cartera y comenzó su exposición.

—Los dos tenemos mucho que hacer, así que iré directo al grano. Estamos desarrollando una edición limitada de una serie de fragancias que pensamos vincular con piedras preciosas, y creemos que asociarnos con Veritique podría resultar en buena publicidad para las dos empresas. Lo que necesito es orientación durante la fase de desarrollo de cada fragancia, para asegurarnos de que cada una de ellas aporta las notas relevantes adecuadas. Luego lanzaríamos una campaña publicitaria conjunta, tanto en los medios tradicionales como a través de *influencers*.

Al oírle hablar de *influencers* sentí que me ponía un poco tenso, y me pregunté si sabría algo de la catástrofe publicitaria más reciente de Veritique.

—Está claro que a Veritique le vendría bien un cambio de rumbo en este momento —dijo él, intuyendo mi preocupación y refiriéndose a ella con elegancia—. Esta asociación podría permitirnos reorientar la conversación. Veritique es una marca venerable, como lo es Summit y, si unimos nuestras fuerzas, podríamos ayudarnos mutuamente a dominar nuevos segmentos de mercado.

—Me parece muy interesante —respondí—. ¿Cuál es tu propuesta, en concreto?

—Aún no hemos ultimado todos los aspectos financieros, pero aquí tienes una idea general del concepto creativo que ha propuesto mi equipo —dijo él, poniendo en marcha su tableta.

Cuando me la entregó, vi una simulación de un anuncio que mostraba una elegante botella de perfume tallada en facetas, junto a un anillo de compromiso de Veritique. Era el Eternity, por supuesto. No había forma de escapar de Felicity.

—Las fragancias contendrían trazas de las piedras preciosas, que es algo que no hemos intentado hacer hasta ahora, pero se trata de que evoquen la *sensación* de las piedras. Por ejemplo, este perfume recordaría el brillo centelleante de los diamantes. —Vincent pasó a la siguiente foto, que mostraba el rojo profundo e intenso de nuestra pulsera Caligo de rubíes, junto a una botella del color del vino tinto—. El perfume Ruby sería más oscuro, más misterioso. Y así hasta completar la colección. —Hizo una pausa para observarme—. ¿Qué te parece?

En lo único en que podía pensar era el recuerdo de poner el anillo Eternity en el dedo de Felicity.

—La idea parece interesante —ofrecí por fin—. Me gustaría continuar esta discusión con nuestros equipos respectivos. ¿Podemos organizar una reunión cuanto antes?

Aunque solo habíamos hablado unos minutos, Vincent me había causado una buena impresión. Además, James había hablado bien de él, y eso era todo lo que necesitaba saber. Creía que nuestra asociación podría dar buenos resultados.

—Claro que sí. Le pediré a mi asistente que lo organice—. Tras una pausa, continuó—. Oye, llevo sin parar todo el día y aún no he comido nada. ¿Tienes tiempo para cenar algo rápido? Te prometo que no hablaré de trabajo.

—Me encantaría, pero ahora tengo otra reunión —dije, sacudiendo la cabeza—. Pero quedaremos en otra ocasión, sin falta. —Le tendí la mano—. Me alegro mucho de conocerte y estaré esperando esa reunión para hablar de tu propuesta.

—Por supuesto —dijo él, estrechándome la mano con una sonrisa sincera.

Salí del club, pero la sensación positiva que me había dejado esa reunión tan productiva fue desapareciendo al recordar una vez más las palabras de James.

No olvides vivir tu vida.

Era demasiado tarde, pero ya no importaba. Lo único que necesitaba era Veritique. Bueno, y a Boris, que era con quien tenía esa «reunión» ahora.

Me dirigí a casa, esperando que un paseo con mi mejor amigo me levantara el ánimo destrozado.

24

FELICITY

El tiempo estaba empezando a mejorar, y eso significaba que todo el mundo en Nueva York había salido a la calle para disfrutar de los primeros rayos de sol después de un frío invierno. Yo tampoco podía resistirme, pero ni en broma pensaba volver a la escena del crimen emocional en la que se había convertido Central Park para mí, así que terminé paseando junto al río Hudson en Riverside Park, intentando no pensar en nada más que la calidez del sol en mi cara.

En los últimos días, había tratado de huir de la realidad, pero pronto tendría que enfrentarme a ella. Hacía varios días que decía en el trabajo que estaba enferma, así que Lucy y Sandrine me habían estado llamando con regularidad para asegurarse de que me encontraba bien. Sandrine se había asegurado de insistir en que me tomara el tiempo necesario para volver al trabajo, pero yo sabía que iba a tener que tomar pronto una decisión sobre mi futuro. Solo que no podía hacerlo todavía.

Me detuve para mirar el paisaje al otro lado del río. Se suele decir que la mala prensa no existe y lo cierto era que, después de aquel desastre de transmisión en directo, me habían sorprendido las muchas posibilidades que se habían abierto ante mí. Eso eran buenas noticias, porque de lo que estaba segura era de que ya no necesitaba seguir en Veritique, a la sombra del hombre que me había roto el corazón. ¿Cómo iba a volver a aquel trabajo y fingir que no había pasado nada? Cerré los ojos e incliné la cabeza hacia atrás, para concentrarme en el momento y tratar de no volverme loca pensando en lo que debería hacer para reorientar mi vida.

Al sentir un golpe en la espalda, me puse inmediatamente a la defensiva. Era de día y estaba rodeada de gente, así que, ¿quién diantre me podía estar atacando? Me di la vuelta y me encontré con un asaltante peludo que jadeaba y meneaba la cola. Debía haberme reconocido a distancia.

—¡Boris! —dije, estirándome para coger su correa—. ¿Qué has hecho? ¿Te has escapado de Tyler?

Miré a mi alrededor, entre la multitud, para buscarle, y el estómago se me cayó a los pies cuando un grupo de gente se apartó para dejar paso a Cameron, que corría hacia nosotros. Era justo la *última* persona a la que habría querido ver.

—Hola —dijo, cuando llegó a mi lado, un poco falto de aliento—. Lo siento.

Le devolví la correa a Cameron, que no fue capaz de mirarme a los ojos.

—Supongo que te ha visto desde lejos, a veces hace eso cuando reconoce a alguien. —dijo Cameron—. Se ha echado a correr de repente, y yo no tenía la correa sujeta lo bastante fuerto, así que… —dejo la frase sin terminar e hizo un gesto vago hacia mí—. Bueno, gracias por pararlo.

—Supongo que él no se ha enterado de que lo nuestro no era real —le espeté—. Creo que deberías informar a tu perro de que ya no hace falta que siga fingiendo que le gusto.

—Boris no está fingiendo —replicó él, ceñudo—. A él de verdad le… —No terminó la frase.

Miré a mi alrededor para asegurarme de que nadie nos estaba observando, aunque me había puesto unas gafas de sol y una gorra que me hacían irreconocible. Cameron también llevaba gafas de sol, además de vaqueros y un jersey con capucha. Aunque había ocultado todas las trazas del multimillonario, su actitud seguía siendo tan intensa como siempre. Se las había apañado para confundirse entre la gente y, al mismo tiempo, para estar mucho más guapo de lo que era aceptable.

Necesitaba alejarme de él cuanto antes.

—Tengo que volver a casa. Me alegro de verte, Boris. —Le acaricié un poco entre las orejas.

—Nosotros también íbamos ya hacia casa.

No hacía falta que Cameron lo dijera: a menos que estuviéramos dispuestos a ignorarnos mutuamente durante todo el camino, lo que sería incomodísimo, íbamos a tener que hablar de algo. Por un momento, pensé inventarme algún recado para tener una excusa para no caminar con él, pero decidí que no iba a darle esa satisfacción.

—Vamos —suspiré.

Empezamos a andar en silencio, esquivando a corredores y ciclistas, hasta que no pude aguantarlo más.

—Yo estoy bien, por cierto —solté con brusquedad—. Gracias por preguntar.

—Me he dado cuenta —contestó Cameron con calma—. Y así debería ser. No hay razón para que estés disgustada.

Su afirmación me hizo pasar de la ira a las ganas de llorar.

—Ah, ¿no? ¿Quieres decir que lo que me dijiste aquel día en Central Park no supone ningún problema?

—De acuerdo, vale —suspiró él—. Es posible que mi reacción a lo de la petición de mano fuera un tanto desproporcionada.

No dije nada, esperando una disculpa que seguía sin llegar.

—Eso fue lo mejor, ¿no crees? —continuó—. Cuando una pareja se somete a una situación de presión y no la supera, es señal de que no debían estar juntos. Claro, que eso no se nos aplica a nosotros, porque nunca fuimos una pareja.

No pude contener una mueca de disgusto al escuchar aquel razonamiento tan ridículo.

—¿*Perdona*? ¿Tú crees que aquella situación tan absurda sería suficiente para poner fin a una relación? ¿Es que no has oído hablar de superar las dificultades? ¿O de ir al psicólogo?

—Los psicólogos no sirven para nada —dijo él, dando una patada a una piedra que salió rodando, con Boris detrás de ella.

—Suenas igual que mis padres —dije con un resoplido.

Mi confesión le debió intrigar lo suficiente como para que se volviera a mirarme, por fin.

—¿Qué quieres decir?

No había esperado contarle nada de aquello, y tampoco se trataba de un tema del que me gustara hablar, pero el momento parecía adecuado. Podía demostrarle lo equivocado que estaba con un ejemplo de la vida real.

—Mi casa parecía un gimnasio de boxeo —empecé, despacio—. Mis padres eran expertos en destruirse el uno al otro. Sabían cómo insultarse para hacerse la mayor cantidad de daño posible. Se gritaban, se tiraban platos, daban portazos. Creo que los oí decir «te odio» mucho más a menudo que «te quiero».

Cameron soltó una especie de resoplido de sorpresa.

—Ni qué decir tiene que nunca me gustó mucho pasar tiempo en casa. Y ahí es donde entra Nina. Ella se dio cuenta de que estaba desesperada por encontrar una forma de escapar de mi vida, así que me ayudó a crear nuestro propio mundo privado en la casita del árbol. Básicamente me pasé allí todo el divorcio de mis padres.

—Siento mucho que tuvieras que enfrentarte a eso —dijo Cameron a media voz baja.

—No fue muy agradable, pero las cosas mejoraron después del divorcio —continué, con un esfuerzo por no dejarme ablandar por su actitud compasiva—. Mis padres no eran malas personas, pero parecían sacar cada uno lo peor del otro.

Boris se detuvo para olisquear una farola, y los dos lo miramos a él en lugar de mirarnos a la cara. Yo me sentía muy frágil hablándole de esa parte de mi vida, pero creía que debía conocerla.

—A eso es a lo que me refiero, ¿sabes? —dijo Cameron cuando empezamos a caminar de nuevo.

—¿A qué? —pregunté.

—A las relaciones. Así es como acaba la mayoría de ellas. Peleas, dolor, divorcio… Todo el mundo conoce las estadísticas.

—¡No! —exclamé—. Eso no le pasa a todo el mundo. La relación de mis padres terminó así porque ellos se negaron a intentarlo siquiera. Y toda esta esta conversación ha empezado a raíz de tu comentario de que los psicólogos no ayudan. Mis padres jamás se plantearon resolver nada, pero eso es lo más absurdo de todo: al principio estaban muy enamorados. He visto fotos antiguas suyas en las que estaban abrazados, tan felices e ilusionados que casi resultaba embarazoso. Pero con las dificultades de la vida, en lugar de enfrentarse juntos a los problemas, lo que hicieron fue dejar que se interpusieran entre ellos. Y no me refiero a cosas serias como un engaño o algo así, sino a las dificultades cotidianas. Poco dinero, cosas del trabajo, el nacimiento de su hija… Ante cada nuevo problema, se comportaban como rivales en lugar de colaborar. Un buen psicólogo les podría haber ayudado a encontrar la forma de solucionarlo, pero ellos ni siquiera lo intentaron, y eso nos costó la familia.

—Lo siento muchísimo, Felicity —repitió Cameron.

—Lo que la gente no comprende es que hasta qué punto afecta el trauma a las personas. Gracias a mis padres, yo nunca tuve un ejemplo de una buena relación, así que estuve dispuesta a aguantar todas las tonterías de mis parejas, como Steven.

—Creía que no se podía hablar de él.

—Estoy tratando de explicarte mi punto de vista —dije, con un suspiro irritado—. Steven me negaba su cariño. Nuestra relación parecía más bien una transacción, como si fuera él quien debía decidir si yo merecía la pena. Aguanté esa actitud durante tanto tiempo porque no sabía que me merecía mucho más. Y cuando me cansé de que me diera largas y empecé a exigirle lo que necesitaba de él, como aprobación y un compromiso de verdad, simplemente se marchó. —Ahogué una risa de amargura—. Claro, que lo que hizo fue mucho peor que marcharse sin más. Se fabricó toda una carrera literaria contando mentiras sobre mí.

—Felicity.

—Te he contado todo esto para demostrarte que estás equivocado, Cameron. Las relaciones pueden funcionar si uno está dispuesto a invertir en ellas. No digo que haya que aguantar lo que sea, si lo único que hay son estrés y problemas, porque eso no tiene sentido. Lo que quiero decir es que salir corriendo ante la más mínima señal de dificultad es tirar la toalla.

Le lancé una mirada rápida, pero él se negó a mirarme.

—Trabajas más que nadie a quien haya conocido jamás. Diriges una empresa icónica, Cameron, está claro que sabes cómo hacer las cosas. Por eso me ha sorprendido tanto que hayas abandonado tan rápido. Creo que teníamos algo importante, y sé que tú sentías lo mismo, pero en lugar de quedarte a arreglar las cosas, elegiste marcharte. Yo pensaba que te conocía, pero ahora veo lo equivocada que estaba.

—No es lo mismo —suspiró Cameron.

—No lo pillas, ¿verdad? —pregunté, dejando que el enfado se me notara en la voz.

Él no contestó y, después de eso, me rendí. Los dos nos sumimos en nuestros pensamientos y seguimos caminando, uno al lado del otro, pero a miles de kilómetros de distancia.

—Perdón.

Una adolescente se había acercado a nosotros, con los ojos brillantes y el teléfono en la mano. Mierda, nos había reconocido.,

—Ay, mi madre, ¡soy super fan vuestra, qué ilusión veros juntos! —dijo, hablando a toda velocidad—. ¿Puedo haceros una foto? ¡Si no tengo pruebas nadie creerá que os he visto! ¿Habéis vuelto? ¡Por favor, decid que sí!

Cameron empezó a hablar, pero yo le interrumpí, porque él era incapaz de manejar un encuentro espontáneo con las redes sociales.

—Hola —dije a la chica en un tono muy dulce—. ¿Cómo te llamas?

—¡Me llamo Maddie! —Sus mejillas enrojecieron—. Ay, mi madre, ¡no me puedo creer que esté hablando contigo!

Noté la mirada asesina de Cameron tratando de fulminarme un lado de la cabeza.

—¿Sabes una cosa, Maddie? Estamos encantados de conocerte, y nos hace mucha ilusión que te haya gustado nuestra historia, pero en este momento, estamos hablando de unas cosas del trabajo muy importantes, y estamos intentando pasar desapercibidos. ¿Te importa que no nos hagamos esa foto?

La alegría desapareció de su cara, pero no dijo nada.

—Tengo otra idea. ¿Cómo te llamas en Instagram? Te seguiré, y podrás utilizar eso como prueba de que nos has conocido.

—¿En serio? —Maddie se volvió a animar, y Boris hizo lo propio, correteando a nuestro alrededor—. Vale, ¡sí! Me llamo MaddieMagnificent en todas las redes.

Miró a Cameron, seguramente con la esperanza de que él le hiciera la misma oferta.

—A Cameron no le van las redes —expliqué por él—. Es muy aburrido, ¿verdad?

Me reí con más ganas de las necesarias, y Maddie se unió a mí.

—¡Muchas gracias! —dijo—. Sois los mejores, y todo el mundo está esperando que arregléis las cosas. ¡Buena suerte!

Se puso un dedo sobre los labios en gesto de silencio, y se marchó corriendo.

—¿Por qué le has dado a entender que nos estamos reconciliando? —preguntó Cameron con voz tensa.

—¿Y qué esperabas que hiciera? —gruñí, hablando por un lado de la boca—. Tampoco es que Veritique me haya dado instrucciones sobre cómo responder en casos como este. Es lógico que la gente siga interesada por CamLicity durante algún tiempo, y yo no he confirmado ni negado nada.

—Si volvieras a la oficina, tal vez podríamos decidir algo —respondió él—. Además, habías dicho que estabas enferma. No tienes pinta de encontrarte mal.

—*Estaba* enferma —mentí—, y ahora estoy utilizando mis días de vacaciones.

—¿Durante cuánto tiempo?

—No lo sé. Sandrine me dijo que podía tomarme unos días libres.

Él murmuró algo ininteligible, pero en ese momento, caí en la cuenta de que no tenía por qué seguir aguantándole. No le debía nada a Cameron O'Connor fuera del horario de trabajo. Podía caminar en cualquier otra dirección y disfrutar de aquel día tan bonito sin la desagradable compañía de un jefe antipático y cabreado.

—¿Sabes una cosa? He cambiado de opinión, no voy a ir directa a casa. Necesito algo dulce después de este mal rato.

Él me miró, confundido.

—Eso es. Necesito unas galletas de Levain — continué, más bien para mí misma. Me arrodillé delante de Boris y le di un beso en la cabeza—. Adiós, guapo. Eres el mejor. Cuídate.

Sonó como una despedida definitiva, porque lo era. Estaba empezando a comprender que mi futuro no incluía a Cameron, y eso significaba que, probablemente, no volvería a ver a Boris.

—Bueno… A él no le vendría mal un paseo más largo, te acompañamos —dijo.

Lo miré tan atónita que él se quitó las gafas de sol para verme mejor.

—No, no hace falta. De hecho, prefiero que no lo hagas —repliqué
—. Resulta que tenías toda la razón: estoy mucho mejor sin ti,
Cameron.

Me alejé antes de que pudiera contestar, sin dejarle ver mi pequeña
sonrisa victoriosa. Cuando le perdí de vista entre la multitud, llamé a
Nina.

—Oye, voy a pasar por Levain. ¿Qué te apetece?

Aceleré el paso ante la idea de reconfortarme con las galletas de
chocolate más adictivas del mundo.

—Ah, tu tienda favorita —se alegró ella—. ¿Qué celebramos?

—El primer día del resto de mi vida.

—¿Qué? —chilló ella—. Eso suena un poco siniestro. ¿A qué te
refieres?

—Me acabo de encontrar a Cameron y me he dado cuenta de que
estoy bien. —Mi voz sonó bastante temblorosa, así que aclaré—:
Bueno, voy a estar bien.

—Uf. ¿Has llorado? ¿Ha sido incómodo?

Todos los sentimientos que había estado conteniendo mientras
hablaba con él acabaron por apoderarse de mí. Había intentado
parecer fuerte ante él, y lo había conseguido, pero solo había sido una
fachada. Maldita sea, aún le echaba de menos.

—No, no he llorado, pero sí ha sido incómodo. Alguien ha reconocido
a CamLicity, pero me he ocupado de ello.

Al decir aquel nombre, no pude evitar mirar furtivamente a mi alrededor, pero nadie se había fijado en mí.

—¿Se ha portado como un capullo?

—Solo ha estado muy… antipático. Más de lo normal. Pero lo más raro es que, cuando he dicho que iba a ir a Levain, ¡se ha ofrecido a acompañarme!

—Vaya, parece que no se aclara —rio ella.

—No. Sigue convencido de que las relaciones no tienen ningún sentido. Solo le apetecía dar un paseo más largo con Boris. Le he dicho que no se molestara.

—¡Bien hecho!

—Sí —confirmé—. Me siento… *bien*. Ahora solo tengo que decidir qué hacer con el trabajo.

—Entonces, ¿vas a dimitir?

Me encontré andando más despacio detrás de un trío de turistas que ocupaban toda la acera, y aproveché para considerar la pregunta de Nina. La idea me resultaba bastante desagradable, porque me encantaba aquel trabajo, pero no veía la forma de seguir haciéndolo y tener que ponerme delante a Cameron en cada reunión.

—Sí, creo que sí. Supongo que tendré que encontrar un trabajo nuevo.

—Librería, librería… —canturreó ella.

Su insistencia me hizo reír.

—Sí, por supuesto, pero aún no hemos llegado a ese punto, ¿no te parece? Aún no he ahorrado tanto como pensaba, y tampoco hemos encontrado el local.

—Lo encontraremos, me lo dice la intuición.

—Vale, y ahora dime qué galletas quieres.

Nina me dijo lo que quería y nos despedimos. Cuando colgué, me pareció tener las ideas más claras que nunca. No me sentía feliz ni optimista, pero suponía que no tardaría demasiado en encontrarme mucho mejor, ahora que estaba empezando a asumir el giro que había tomado mi vida y el final de mi relación con Cameron.

Sin embargo, había una idea persistente que no se me iba de la cabeza, por mucho que intentara ignorarla. Cameron había fingido muy bien que yo no le importaba nada, pero le conocía. Tanto si quería como si no, me había permitido ver lo que pensaba. Lo había visto en sus ojos.

Él también me echaba de menos.

25

CAMERON

—¿Un café, Cameron?

Me limité a negar con la cabeza sin decir palabra a Alessandra. Ya me había tomado dos tazas, y una más no iba a ayudarme mucho.

Tenía la sensación de estar incubando una gripe. Me despertaba cada día atontado y agotado, y no conseguía centrarme en nada. No me encontraba tan mal como para quedarme en casa, pero sí lo bastante como para estar de un mal humor de cojones.

Había organizado una reunión con mi equipo, exceptuando una empleada muy importante, para intentar encontrar la forma de salir de aquel nuevo problema de imagen de la empresa. La respuesta de las redes sociales a lo que yo había dado en llamar el «acontecimiento» en Central Park había sido inmediata y brutal, pero la caída de las ventas era aún peor. Me negaba a decir que nuestros números eran malos, porque eso habría sido como admitir que Veritique volvía a encontrarse en crisis y, esta vez, no podía echarle la culpa a mi padre.

Con un suspiro, aparté un poco mi teléfono en la mesa de la sala de reuniones. Últimamente, lo único que encontraba en él eran malas noticias.

—Empecemos —dije, mirando las caras cansadas que me rodeaban.

El murmullo reinante en la sala cesó de inmediato.

—¿Quién empieza?

Todo el mundo se volvió a mirar a Glen.

—Oh, vaya, supongo que soy yo. —Hizo una pausa para organizar los papeles que tenía delante—. Bueno, he mirado las últimas cifras que nos han enviado las tiendas, y lo cierto es que no son muy buenas.

Tuve que hacer un esfuerzo para no rechinar los dientes. Ya sabía todo eso.

—Aún sigue entrando mucha gente en la tienda principal, pero la mayoría son solo mirones, ¿no? Turistas, y gente que no son adictos a las redes sociales y no se han enterado de… las cosas. —Dijo aquello último con cierta timidez—. Pero no hay muchos compradores serios. Las ventas en internet también han bajado. En la página web, la mayor parte de las visitas van a la sección «quiénes somos», lo que se debe a la gente que busca información sobre ti y… —Glen carraspeó un poco—. También hemos identificado una tendencia de visitas que llegan a nuestra página principal desde las redes sociales y, a continuación, desaparecen. Pinchan en un par de enlaces y se marchan. Sandrine podrá explicar lo que está ocurriendo.

Se apoyó contra el respaldo de la silla, agradecido por haber terminado.

—Hemos tenido que dar un giro radical a nuestras redes sociales que no habíamos previsto —dijo Sandrine, que también parecía agotada —. Lucy y los demás habían preparado contenidos suficientes para varias semanas de publicaciones en las redes con la… campaña anterior, y hemos tenido que descartarlos. —Pareció ponerse un poco más pálida—. Hemos recurrido a algunos contenidos antiguos para ganar tiempo, y estamos esperando utilizar algunas de las imágenes y vídeos que hemos grabado entre bastidores para la nueva campaña de primavera. —Frunció los labios e hizo una breve pausa—. Bueno, tengo que ser sincera. Hemos comprobado que el planteamiento que seguíamos antes ya no funciona. Todo eso de mostrar unas manos preciosas con unos anillos bonitos se ha acabado. Nuestro público se enganchó a una historia de amor de verdad, con gente real, y ahora no aceptan otra cosa. O, al menos, eso es lo que nos dice el tráfico en las redes. Así que, lo que tenemos que hacer es ir en una dirección distinta que refleje esta nueva versión de Veritique, para lo bueno y para lo malo.

—Se me ha ocurrido una idea —dijo Glen, levantando una mano como un maldito alumno de guardería.

Dejé escapar un leve resoplido. Por supuesto que se le habría ocurrido algo.

—Creo que tenemos la posibilidad de convertir lo ocurrido en una nueva oportunidad —explicó.

Oh, seguro que esto iba a estar bien.

—¿Y si intentamos darle la vuelta? —comenzó—. Podemos empezar una nueva campaña llamada «Qué difícil es romper», que seguiría los pasos de nuestro valiente jefe enfrentándose al mundo de las citas después de CamLicity. Podríamos acompañarle en sus citas, pedir a los seguidores que propongan ideas sobre con quién podría salir…

—¿Pero a ti quién *cojones* te ha contratado? —le interrumpí—. Lo pregunto en serio. ¿A quién le pareció que sería buena idea tenerte en el equipo? Porque no haces más que proponer una idea lamentable tras otra. No haremos eso bajo ningún concepto, Glen.

Mi estallido dejó la sala en silencio. Hacía tiempo que no había perdido el control en el trabajo, y mis empleados se habían acostumbrado a un Cameron O'Connor más amable y comedido. Bien, pues aquel imbécil había desaparecido.

Cerré los ojos y me froté las sienes, mientras todo el mundo intentaba estar lo más callado posible.

—Creo que deberíamos hacer algo totalmente inesperado. —dije—. ¿Quién ha estado trabajando en la colección para mascotas? Las fotos de perritos monos con collares de cuero y hebillas de platino podrían volver a atraer a la gente.

—Bueno, um, esa soy yo —dijo una vocecilla.

Me fijé en una mujer aterrada sentada en el extremo más alejado de la mesa de reuniones.

—¿Y tú quién eres?

—Yo, bueno, nos conocimos mi primer día aquí —contestó ella, hundiéndose un poco más en su silla—. Soy Becca Pearson, la nueva jefe de equipo de productos para mascotas. Estamos listos para lanzar la colección. Solo, bueno, estábamos esperando el momento perfecto para hacerlo.

Era evidente que eso significaba que habían estado esperando a que terminara la campaña CamLicity.

—Bien, pues no hay mejor momento que el presente. ¿Cuál es el plan?

—Te he enviado un email.

—No lo he recibido; si no, no te lo habría preguntado.

Becca parecía a punto de llorar.

—Bueno, yo había pensado que podríamos presentar la colección utilizando a Boris como modelo para todas las piezas. Presentaríamos una al día hasta mostrarlas todas. Ginny, la nueva fotógrafa de la plantilla, está lista para empezar a hacer las fotos cuando queramos. Una vez que hayamos presentado la colección, podemos admitir contenidos subidos por los usuarios, que eso siempre atrae mucha atención. La gente nos podría enviar fotos de sus mascotas con las distintas piezas. Es muy probable que eso atraiga más seguidores.

—¡*Por fin*! —Hice un gesto hacia Becca—. Esto es lo que estaba esperando. Me encanta esa idea, Becca. Quitaremos todo lo que tengamos en la agenda y nos centraremos en las mascotas. —Me volví a Sandrine—. ¿Puedes organizarte con Becca para poner esto en marcha cuanto antes?

—Por supuesto, nos ponemos con ello.

—¿Algo más?

Al percibir las miradas asustadas de mis empleados, me calmé de golpe. Con una sensación de profunda vergüenza, me di cuenta de que esa era la forma en que mi padre había llevado la empresa. Desde que ocupé su puesto, siempre había dirigido a mi equipo con mano dura, pero nunca había utilizado el miedo ni la intimidación para motivar al personal.

—¿No? Muy bien. Antes de que os vayáis, quiero daros las gracias por vuestra ayuda para superar estos obstáculos. No ha sido fácil para ninguno de nosotros, pero saldremos de esta. Vamos a centrarnos en el futuro, ¿de acuerdo? Aquí ya hemos terminado. —Tras dar una palmada sobre la mesa, me puse en pie.

—Un momento. —Alessandra me sujetó el brazo—. Acabo de recibir una alerta… Creo que deberías ver esto. —Miró a su alrededor—. ¿Sandrine? Creo que tú deberías verlo también.

—Y ahora, ¿qué pasa? —dijo ella, acercándose con cautela.

—Aún no estoy segura, he recibido una alerta sobre... una publicación nueva.

—Alessandra, últimamente se han estado publicando un *montón* de cosas. ¿Qué tiene esta de especial? —Dejé que la irritación pudiera conmigo una vez más.

Ella me mostró su teléfono sin decir nada, y vi una foto de Felicity en la pantalla.

—Ha publicado un vídeo en su cuenta personal —dijo Alessandra—. Y ha etiquetado a Veritique.

Me dejé caer en la silla. Joder, esto no iba a ser nada bueno.

Gracias a Carolina, había tenido que aguantar muchos sermones. Cuando le daba una pataleta, soltaba largas diatribas que atraían mucha atención. No podía ni imaginar la cantidad de cobertura que ella habría exigido de la prensa si hubiera sido ella la implicada en el incidente del parque. Nunca pensé que Felicity sería capaz de caer tan bajo, pero estaba a punto de comprobar que me había equivocado con ella. No la había tomado por la clase de persona que airearía nuestros trapos sucios en público, pero tampoco sería la primera vez que juzgaba mal a una mujer. Esperé hasta que Alessandra, Sandrine y yo nos quedamos solos en la sala.

—Ponlo en la pantalla —dije a desgana—. Será mejor que lo veamos juntos.

Alessandra asintió y, al instante, Felicity apareció en la pantalla delante de mí. Verla me resultaba doloroso.

—¿Listo? —preguntó Alessandra.

—Supongo que sí —suspiré.

Tocó un botón y el vídeo se puso en marcha. Felicity estaba sentada con las piernas cruzadas en el sofá de su apartamento, abrazando un cojín contra su pecho y con una ligera sonrisa. No llevaba nada de maquillaje, tenía el pelo recogido en una coleta y vestía unos *leggings* y una camiseta desgastada.

Nunca la había visto tan guapa. El corazón se me encogió de anhelo al verla.

—Hola a todos —dijo, saludando con la mano—. Hacía tiempo que no publicaba en esta cuenta, pero he pensado que era el lugar perfecto para comunicar un mensaje. Mi número de seguidores se ha multiplicado por tres en las últimas semanas, sin duda debido a… los acontecimientos recientes.

Frunció el ceño durante un momento.

—No, Lis, tú dilo —murmuró para sus adentros, y volvió a mirar a la cámara—. Con lo de «acontecimientos recientes», me refiero a la campaña CamLicity. A estas alturas, todos sabéis ya lo que ha ocurrido, ¿no?

Continuó después de hacer otra pausa.

—Sé que muchos de vosotros os sentís decepcionados por la forma en que terminó nuestra historia. He visto vuestros comentarios y he recibido un montón de mensajes de apoyo. —Se llevó una mano al corazón—. Muchas gracias, amigos. Vuestro cariño significa mucho para mí.

Esta vez fui yo quien frunció el ceño. A mí solo me habían enviado mensajes para atacarme sin piedad. Al principio, había intentado leerlos todos, pero al poco tiempo, Alessandra dejó de reenviármelos.

—Pero lo que quiero deciros es que no importa cómo acabaran las cosas con Cameron. Quiero que sepáis que me alegro mucho de haberle dado una oportunidad al amor. —Hizo otra pausa e inspiró hondo—. Porque ha sido mágico.

Felicity sonrió y yo me encontré devolviéndole la sonrisa de forma inconsciente. Entonces caí en la cuenta de que lo que estaba diciendo no era, en absoluto, lo que había esperado.

—He vivido un cuento de hadas. Me lo he pasado como nunca, como habréis comprobado, sin duda. —. En ese punto, rio un poco—. Os agradezco mucho toda la atención, ¿sabéis? Pero hay algo más. — Volvió a ponerse seria—. No todo ha sido diversión. Lo de CamLicity me ha hecho entender mejor lo que significa estar en una relación. He aprendido lo que supone tener una pareja que te apoye, alguien que te anime a perseguir tus sueños. Alguien que te escuche, que te escuche *de verdad*. Él me hizo sentir especial, querida, importante.

Felicity miró hacia abajo y jugueteó con el fleco de la almohada, antes de continuar.

—*Creedme*, no siempre he tenido tanta suerte.

Cuando volvió a sonreír de nuevo, le devolví la sonrisa a pesar del dolor que sentía en el pecho. ¿Por qué estaba siendo tan amable?

—En fin, bueno, CamLicity ya no existe. Sé que estáis muy decepcionados, pero, a veces, hay que correr riesgos, aunque te rompan el corazón. —Se encogió de hombros—. Así es la vida.

Estaba intentando parecer indiferente, pero me di cuenta de que estaba ocultando su dolor.

—Pero la cuestión es que… Cuando se supera un corazón roto, hay que pensar en las cosas buenas que tuvo la relación. Al principio, puede parcccr imposible, sobre todo cuando todavía estás triste. — Hizo un gesto delante de su pecho—. Pero os prometo que, cuando se consigue, acabas siendo más fuerte.

Felicity se levantó del sofá y se acercó al teléfono, de modo que su preciosa cara llenó la pantalla.

—Una última cosa. Chicas, quiero deciros que no tenéis que esperar a que nadie os compre joyas. Vosotras os las merecéis. ¡Compraos esa sortija en la que habéis estado pensando! Como esta… Esta me la he comprado yo. —Se acercó un poco más y mostró un collar de oro del que colgaba un símbolo del infinito—. Siempre me recordará el tiempo que pasé en Veritique, y la forma en que trabajar allí me ayudó a creer en mí misma. ¿No es precioso? —Rio un poco—. Os prometo que no lo hago por publicidad, pero, en caso de que os guste, es de Veritique.

—¡Siempre pensando en el marketing! —exclamó Sandrine.

—Bueno, eso es todo por mi parte —dijo Felicity—. Pero recordad, el amor os hace más fuertes, amigos. Espero que todos podáis recordar ese mensaje.

El vídeo terminó con un primer plano de Felicity y, a pesar de lo animada que se había mostrado, la tristeza de su mirada me resultó evidente.

—Vaya —suspiró Alessandra.

—Sí —confirmé—. Eso no me lo esperaba.

—Yo tampoco —corroboró Sandrine—. Tiene mucha clase. Hemos tenido mucha suerte con ella.

Apreté los labios. ¿Por qué tenía la sensación de que su etapa en Veritique había terminado?

—Tenemos que contactar con ella, para comunicar todos el mismo mensaje —dijo Sandrine, que no dejaba de mirar la imagen de Felicity en la pantalla—. Ese vídeo ha sido un buen comienzo, pero deberíamos hacer algo oficial. —. Hizo una pausa—. A decir verdad, había pensado esperar un poco más antes de proponértelo, pero no creo que podamos esperar mucho más.

Nadie lo había expresado abiertamente, pero todo el mundo parecía saber que CamLicity había terminado por ser algo más que una mera campaña publicitaria.

—De acuerdo —contesté con rapidez—. ¿Por qué no preparáis algo para que le eche un vistazo?

—Bueno, yo esperaba que… —se interrumpió y miró a Alessandra—. De acuerdo, te preparé unas cuantas opciones.

Las dejé en la sala, hablando en voz baja y, sin duda, analizando todo lo que había dicho Felicity en el vídeo. Estaba demasiado exhausto como para pensar en ello.

De camino hacia mi despacho, me fijé en que la gente se apartaba a mi paso o cambiaba de dirección. Era como si tuviera una nube de tormenta situada sobre mi cabeza. La montaña de trabajo que me esperaba me parecía imposible de abordar. ¿Qué demonios me estaba pasando? No podía concentrarme ni en una maldita cosa. Me giré en la silla para mirar por la ventana, con la esperanza de que me llegara la inspiración.

Nada.

Cuando sonó mi teléfono, me abalancé sobre él para cogerlo, lo que era extraño, ya que últimamente solo me había traído malas noticias.

Era un mensaje de mi hermano, que preguntaba: «¿Comemos?»

Me sorprendió. No habíamos hablado desde la discusión en la taberna. ¿Por qué se había puesto en contacto conmigo ahora? ¿Habría visto el vídeo de Felicity? Así era mi hermano, siempre dispuesto a ignorar nuestras diferencias si tenía la sensación de que yo lo necesitaba. ¿Por qué no podía yo hacer lo mismo?

«De acuerdo. Tú eliges.»

Aiden sabía que me gustaban los restaurantes caros, pero él prefería ir a bares mal iluminados. No me sorprendió que me enviara la dirección de un gastrobar.

«¿Te va bien ahora?».

Típico de Aiden. Eran las once y media.

«Claro, nos vemos allí.»

El lugar indicado no estaba muy cerca, pero decidí ir andando para disfrutar del buen tiempo. En la calle, todo el mundo parecía estar de buen humor, y no pude culparles. La primavera estaba en el aire y, con ella, una cierta sensación de renacer. Solo podía esperar que se me contagiara un poco, si tenía suerte.

Gracias a la campaña CamLicity, cada vez que alguien me miraba, asumía que estaban tratando de identificarme. ¿Cuándo acabaría todo eso? Ya tenía bastantes preocupaciones como para, además, ir por ahí con la sensación de ser observado en todo momento.

Caminé con la cabeza baja y seguí adelante, hacia quién sabía qué nuevos problemas me iba a contar mi hermano.

26

CAMERON

Entré en el restaurante con unos minutos de retraso. Era más agradable de lo que esperaba, con ese ambiente entre campestre e industrial típico de este tipo de establecimientos. Claro, que tampoco importaba mucho, porque no tenía nada de hambre.

—Hola —saludó Aiden cuando me senté enfrente de él.

—Hola. ¿Qué pasa? ¿Por qué querías que nos viéramos? —pregunté con rapidez.

—Vaya, no cambias nunca. —Sonrió con desdén y sacudió la cabeza despacio, mirándome a los ojos—. Qué tal estás, hermano, yo también me alegro de verte —dijo, sarcástico.

—Lo siento, es que tengo muchas cosas en la cabeza.

Él pareció ablandarse un poco.

—Sí, Megan me ha contado lo del vídeo. Aún no he tenido la oportunidad de verlo. ¿Estás bien?

—¿Por qué no iba a estarlo? —repliqué con dureza.

—Eh, eh, calma. —Levantó las manos—. Solo estoy tratando de apoyarte. Después de veros juntos, di por hecho que vuestra relación era real. Supongo que me equivoqué.

—Exacto —dije, en un tono pensado para dejarle claro que no íbamos a hablar más del tema.

El bar era uno de esos que te obligan a escanear un código QR para ver la carta, lo que me fastidió bastante, pero me alegré de tener algo con lo que distraerme unos minutos para no tener que hablar de Felicity.

—¿Pepinillos cajún fritos? ¿En serio, Aiden?

—Son productos locales, y eso es mucho mejor que comer carnes exóticas traídas del otro lado del mundo.

—Este no es momento para charlas sobre el cambio climático.

Lo miré con el ceño fruncido, pero él se limitó a escanear el código QR sin decir nada más. Habíamos empezado con muy buen pie.

Miré la carta durante más tiempo del necesario, y por fin decidí pedir una hamburguesa. Después de pedir, no supimos hacer nada más que quedarnos en silencio.

—Tienes muy mala pinta —dijo él, por fin—. ¿No duermes, o qué?

—No mucho —confirmé—. Y gracias por el piropo. Tú sí que tienes buen aspecto.

Me molestaba admitir que mi hermano tenía un aspecto más feliz y saludable que nunca.

—¿Qué tal está Boris?

—Es el mejor perro del mundo. —Conseguí reír por fin.

Me hubiera gustado que pudiéramos seguir hablando de mi perro. Hacía mucho tiempo, nuestra vida había sido mucho más sencilla, y

Aiden y yo nos habíamos llevado muy bien. Sin embargo, los años, las circunstancias y nuestras decisiones nos habían convertido en poco más que unos desconocidos.

—Tengo novedades —dijo Aiden.

Eso era lo que había estado esperando. Hice un gesto con la cabeza, invitándole a continuar, y esperé a que soltara la bomba.

—He comprado un anillo.

Aguardé un momento mientras asimilaba la información.

—Aiden…*no*.

Él se echó a reír.

—¡Y Megan gana la apuesta! Yo dije que te daría un ataque cuando te lo contara, y ella dijo que no, que solo lo desaprobarías con calma. Qué lista es mi chica.

No me hizo la más mínima gracia que tuvieran bromas privadas a mi costa.

—Vas demasiado rápido —expliqué.

—Cameron, estoy enamorado de ella.

Había algo en su expresión que me hizo prestarle más atención.

—Nos va muy bien juntos —continuó—. Solo porque vayamos rápido, no significa que nos estemos precipitando. Hay una diferencia.

Sacudí la cabeza, incapaz de creer lo que estaba oyendo. Me aferré a una idea: había dicho que había comprado el anillo, pero no que le hubiera pedido que se casara con él. Era posible que aún estuviera a tiempo de salvarle de sí mismo.

—Es que no lo entiendo. Como no sé casi nada sobre ella, aparte del hecho de que es nuestra competencia en los negocios, dame un ejemplo de algo en lo que os llevéis tan bien.

Los ojos le brillaron con picardía.

—Que *no* sea el sexo.

Él rio y bebió un trago de cerveza.

—Vale, de acuerdo. Nos cuidamos mutuamente, y cada uno prioriza al otro. ¿Te acuerdas de que me rompí la muñeca, porque ella quería ir a patinar?

Me habría dado un puñetazo por no haberle vuelto a preguntar por su muñeca, pero me limité a asentir.

—Lo primero que hizo cuando volvió a casa del hospital fue dejar los patines en la calle, delante de casa, con un cartel que decía «gratis». Los regaló porque sabía que yo no querría volver a intentar patinar. También fue ella quien se ocupó de buscar a un buen rehabilitador, para que no me quedaran secuelas a largo plazo.

Qué amable por su parte. De acuerdo, era un buen comienzo.

—Eso es algo que ella ha hecho por ti —dije mirándole—. ¿Y lo contrario?

—Algo así como un millón de cosas —sonrió Aiden—. Me aseguro de que su manta eléctrica esté calentita antes de que se acueste. Sé cómo toma el café, y qué tazas son sus favoritas, así que se lo preparo cada mañana como a ella le gusta. Le dejo el mejor lado del sofá y la abrazo cada vez que puedo. Presto atención a las cosas que menciona, como la crema que le gusta o los restaurantes que quiere probar, y la sorprendo con ellos. Lo único que quiero hacer es agradarla. Me hace feliz hacerla feliz.

Él sonrió, casi atontado por sus sentimientos hacia ella.

—Pero no son solo cosas materiales. También nos apoyamos el uno en el otro, nos escuchamos de verdad y nos damos consejos cuando hace falta. Ella me respalda en todo, y yo a ella. Cuando estoy con ella, soy mi mejor versión.

Al llegar a este punto, Aiden casi pareció más tímido, como si le diera miedo haber dicho demasiado.

—No sé qué decirte —ofrecí—. Las cosas pueden ir muy bien ahora, pero eso podría cambiar. No, a la mierda con eso, todo cambia, *siempre*. ¿Qué va a pasar cuando las cosas se vayan a la mierda entre vosotros y su padre vaya a por Veritique como represalia?

—¡Maldita sea, Cam! —Golpeó la mesa con las manos, irritado—. ¿Es que no puedes olvidarte ni un momento de tu jodida historia y comprender que, solo porque a ti te fue de pena, eso no significa que al resto del mundo le vaya a pasar lo mismo? El amor existe. Puedes negarlo todo lo que quieras, pero yo lo estoy viviendo, cada día. Y me voy a casar con Megan, tanto si te gusta como si no.

Nunca había visto al amable y tranquilo Aiden tan cabreado.

—Espero que hayas comprado el anillo en Veritique, al menos.

—Pues claro que no —respondió enfadado.

Empecé a protestar, pero él me interrumpió.

—He comprado el diamante por mi cuenta, y Clara ha diseñado el anillo según mis indicaciones. Quería que representara mi amor por Megan sin ninguna influencia externa. Es único.

Sentí una punzada en el estómago. Era el enfado contra mi hermano. O, tal vez, el hambre. ¿O sería otra cosa?

—Que imbécil he sido al pensar que cambiarías de opinión —continuó Aiden—. Debería haber sabido que tú nunca cambiarás, Cameron.

Me costó encontrar las palabras para contestarle, y estaba demasiado cansado para discutir.

—¿Sabes qué? Ya no tengo hambre. —Se puso de pie bruscamente—. Voy a cancelar lo que he pedido y te invito a comer. Que disfrutes de tu soledad, Cameron. A estas alturas, ya debes estar acostumbrado.

Se marchó enfadado antes de que pudiera decir nada. Me sentí tentado a marcharme también, pero no había comido nada desde la noche anterior. No sería la primera vez que comía solo.

Suspiré hondo y miré mis correos electrónicos. No tenía nada urgente, pero un nuevo mensaje que llegó en ese momento me hizo parpadear un par de veces. El asunto era «Carta de dimisión».

Era de Felicity.

—*Maldita sea* —murmuré para mis adentros.

Lo que hubiera ocurrido entre nosotros daba igual, ella era fantástica en su trabajo. Veritique la necesitaba.

Leí el dichoso mensaje por encima. Decía las típicas banalidades sobre que su etapa en la empresa le había aportado una valiosa experiencia laboral, insistía en que apreciaba mucho la oportunidad que le habíamos dado y se comprometía a colaborar en dar formación a quien la reemplazara.

¿Reemplazarla? No encontraríamos a nadie que pudiera estar a su altura.

Le envié una respuesta rápida, sin copiar a los contactos de recursos humanos. Un mensaje breve y directo.

«Por favor, no permitas que lo ocurrido entre nosotros afecte a tu carrera. Tienes que reconsiderar esta decisión.»

Lo envié y esperé. Actualicé la bandeja de entrada varias veces, pero nada.

Un pensamiento insidioso se introdujo en mi cabeza. Era yo quien le había hecho aquello; ella había dimitido por mi culpa. Tal vez, si hubiera tenido algo más de respeto por su corazón, podríamos haber llegado a algún tipo de entendimiento. Pero ¿sería posible que me hubiera precipitado al terminar nuestra relación?

Ver a Aiden tan feliz me había afectado. Si me olvidaba de Megan durante un momento y solo consideraba lo feliz que parecía mi hermano, podía admitir que yo también me había sentido así de afortunado durante un tiempo. O, al menos, había sentido algo parecido, porque *yo* no me había enamorado de Felicity.

¿Verdad?

Me tragué la hamburguesa casi sin masticar y llamé a Jimmy para que me recogiera. No me apetecía nada volver a la oficina, y pensé que, tal vez, Tyler pudiera mejorar mi humor. Las últimas veces que había hablado con él después de aquella situación tan incómoda con Jerry, había parecido más estable, así que esperé encontrarlo de buen ánimo cuando me presentara allí sin avisar.

Cuando llegué, su puerta estaba un poco abierta, lo que me hizo asumir lo peor.

—¿Ty? —Entré en la casa al tiempo que golpeaba la puerta con los nudillos.

—Estoy aquí.

La voz que sonó desde su dormitorio parecía sorprendentemente clara y coherente. Había asumido que lo encontraría dormido, pero cuando entré en su diminuta habitación, estaba haciendo la maleta. Todas mis preocupaciones se evaporaron de repente, porque ese comportamiento no era normal en Tyler.

—Eh, ¿qué pasa? —pregunté—. ¿Te vas de viaje, o algo?

—Algo así —contestó, con una especie de risa—. Lo llamo «el gran experimento en rehabilitación».

Me quedé de piedra.

—No, lo digo en serio —insistió Tyler, que sabía lo que estaba pensando.

—Yo... No lo puedo creer. ¿En serio?

Tyler metió un par de vaqueros en su bolsa.

—Sí, ya va siendo hora.

Hacía *años* que yo le había estado sugiriendo terapia de rehabilitación. Había buscado programas que pensé que le irían bien y había investigado los métodos que parecían más eficaces. Pero cada vez que sacaba el tema, él me hacía callar, insistiendo en que podía resolverlo solo, aunque ambos sabíamos que eso era mentira.

Cogió la funda de su guitarra y la tiró sobre la cama.

—¿Te dejan llevar eso?

—Es parte de la terapia —confirmó él.

—¿Cómo has encontrado ese sitio?

—No he sido yo. Lo ha encontrado Nina.

Eso supuso una sorpresa distinta. La última vez que había visto a Nina, le había dicho que Tyler era un caso perdido. Había supuesto que eso la asustaría y haría que no intentara volver a ponerse en contacto con él, pero, al parecer, había provocado justo el efecto contrario.

—¿Así que has estado en contacto con ella?

Tyler me dirigió una sonrisa de superioridad, porque la pregunta era bastante tonta.

—Sí, Nina ha estado viniendo de vez en cuando a ver qué tal estaba. Todo empezó con la sopa…

Levanté una ceja.

—Se presentó aquí con un montón de sopa de cebada porque, según dijo, había oído que lo estaba pasando mal. Me pregunto quién le habría dicho tal cosa.

—Es posible que yo le hubiera mencionado algo —admití avergonzado.

—Ella quería dejar la sopa y marcharse, pero yo insistí en que podíamos compartirla. Como amigos. Así que se quedó, y hablamos, y luego…

—Tyler, ¿en serio?

—Eh, venga ya. *Escribimos unas letras* juntos. ¿En serio creías que iba a decir que nos habíamos acostado?

—Bueno… Algo así.

—Me gusta —dijo él, negando con la cabeza—. Me gusta mucho. Es una persona increíble, pero ahora mismo no estoy en condiciones de ser una buena pareja para ella. Aún me estoy enfrentando a mis demonios, y si empiezo una relación con ella, solo acabaría en desastre. Ella me ha ayudado a ver eso.

Cualquier duda que hubiera tenido antes sobre Nina se evaporó. Había conseguido lo imposible.

—Llevo demasiado tiempo sintiéndome como una mierda. No, olvida eso. Me he convertido en una mierda —admitió Tyler—. Soy yo quien se ha hecho esto a sí mismo, y tengo que admitirlo.

—Y ¿cuál es el plan?

Él levantó una comisura de la boca.

—Bueno, voy a ir a rehabilitación, hablaré de mis problemas, me recuperaré y arreglaré mi vida. Cuando lo consiga, volveré y esa chica será mía.

Vaya. Tyler ya había resuelto toda su vida, mientras que yo no hacía más que dar vueltas en círculo, buscando un cambio. Él se detuvo y me miró.

—¿Qué pasa? Creí que te alegrarías de la noticia.

—Y me alegro, Ty. No tienes ni idea de lo mucho que me alegro.

—No me lo creo. Tienes muy mala pinta.

—Eres la segunda persona que me dice eso hoy, gracias.

—Siéntate. —Señaló un rincón de la habitación, donde había un montón de ropa con forma de silla—. Puedes tirar todo eso al suelo.

En cualquier otra situación, habría evitado una discusión profunda sobre mi vida. Tyler solía ser quien necesitaba consejos y apoyo, pero esa vez… Sí, esa vez era yo quien necesitaba su ayuda. Dejé la ropa en el suelo y me senté en la silla.

—Cuéntamelo —dijo.

Estaba agotado y no me apetecía nada analizar mis problemas con Tyler, pero algo en su expresión me sorprendió. Esta vez, quería ayudarme, para variar.

—Bueno, ya sabes que lo de CamLicity ha sido un desastre —empecé, hablando despacio.

Él se sentó en el borde de la cama y me miró con atención.

—Sí, sé que se ha complicado mucho, pero ya has tenido problemas en Veritique antes de ahora. Esta vez se trata de otra cosa.

—Bueno, al parecer circulan algunos memes por ahí en los que me llaman «bebé jefazo», así que diría que, sí, esta vez la cosa es peor de lo habitual.

Él intentó contener una risa, y acabó soltando un resoplido.

—¿«Bebé jefazo»? ¿En serio? Eso es la hostia de gracioso.

Lo miré de mal humor.

—Lo siento. Muy bien, no te voy a pedir que me cuentes lo que te pasa, pero me voy a quedar aquí sentado mirándote fijamente hasta que lo sueltes todo.

Abrí la boca para empezar a hablar, pero no conseguía organizar mis descontrolados pensamientos.

—Es Felicity, ¿no?

—Sí —confirmé, tras una larga exhalación—. Ha dimitido.

—Oh, venga ya, tío. Espabila y admite de una vez lo que te preocupa. Sí, que dimita es una mierda, pero tu depresión no tiene nada que ver con el trabajo. Estás cabreado contigo mismo por lo que ha pasado con ella, y por cómo lo has llevado tú. —Asentí, y él continuó—. Cam, me has echado bastantes sermones como para el resto de mi vida. Ahora me toca a mí.

—De acuerdo. —Le sonreí con burla—. Soy todo oídos.

—Te lo voy a resumir. Estás actuando como un imbécil, así que admite de una puta vez que todavía te importa.

La idea me resultó difícil de aceptar. Había intentado negarlo durante mucho tiempo, y solo había que ver cómo había terminado. Debía empezar a ser sincero, empezando conmigo mismo.

—De acuerdo…

—Bien, es un comienzo —dijo Tyler ansioso—. Y ahora, profundicemos. ¿Hay algo más?

Lo miré ceñudo. No estaba dispuesto a entrar en eso, ni con él, ni conmigo mismo.

—No creo que pueda contestar esa pregunta ahora —dije, poniéndome a la defensiva—. Además, ella no quiere saber nada de mí. Ni siquiera me contesta los mensajes del trabajo.

Eché una mirada rápida a mi correo y comprobé que así era. No me había contestado.

—Anda, venga ya —dijo Tyler—. Si hay alguien que sepa de segundas oportunidades, ese soy yo.

No dije nada.

—Entonces, ¿no te importaría dejarla marchar? —continuó—. ¿No vas a luchar por ella? Intenta imaginártela con otro hombre, a ver qué sientes.

Apreté los puños con fuerza ante esa idea.

—Sería una mierda, ¿verdad?

—Sí —admití por fin.

—Cam, fíjate en lo que estoy haciendo yo, solo por conseguir un final feliz. La única cosa que juré no hacer jamás. ¡*Yo*! ¡En rehabilitación! —Sonrió—. Y no lo hago porque ella me haya insistido. Lo hago porque ya estoy listo para dar este paso por mí mismo. Y creo que tú también tienes que trabajar un poco en ti mismo, resolver tus problemas y enfrentarte a tus fantasmas. No olvides que tu pasado no es tu futuro. En eso me puedes usar a mí como ejemplo, porque estoy a punto de ganar la medalla al mejor paciente de rehabilitación del mundo, y luego iré directo a empezar mi nueva vida, con Nina a mi lado. —Hizo una pausa—. A ti también te puede ir así de bien, lo único que tienes que hacer es proponértelo.

Me apoyé en el respaldo de aquella silla tan desvencijada y crucé los brazos. Maldita sea, tenía razón. Si no lo intentaba, me odiaría a mí mismo. Tenía que intentarlo.

—¿Y bien? —preguntó—. ¿Ha funcionado mi sermón? ¿Te he inspirado?

—Sí, sí, ha funcionado —reí—. Veré qué puedo hacer.

—¡Bien por mí! —Alzó un puño en el aire—. Quién sabe, igual dejo toda esta mierda del rock and roll y me dedico a dar charlas de motivación.

—Ni se te ocurra —gruñí.

—Tienes razón, la música no se me da mal. —Se inclinó hacia un lado y cogió su guitarra—. Escucha esto, es el principio de la canción en la que estamos trabajando Nina y yo.

Hizo sonar las primeras notas de lo que, sin duda, sería su próximo éxito, y empezó a cantar sobre encontrar la fuerza en la persona a la que amas.

Sí, ya sabía lo que tenía que hacer.

27

FELICITY

—**E**ste está bien —dije, pensando en aquel meme de un perro con sombrero sentado en un edificio ardiendo.

Estaba en mi nuevo despacho acristalado en Brooklyn, junto a una zona común en la que había varios cubículos para trabajar diseñados con mucha creatividad, un montón de pufs y un futbolín.

Gracias al incidente del parque y al vídeo que publiqué después, me había convertido en una especie de estrella del marketing. Había recibido un montón de ofertas para trabajos con buena pinta a los pocos días de comenzar la búsqueda; el único problema fue que, con tantas ofertas entre las que elegir, acabé decidiendo trabajar en el lugar que menos se parecía a Veritique: una empresa de zapatillas de deporte de reciente creación, llamada Ideal.

Los primeros días habían sido muy divertidos e intensos, pero había dado por hecho que eso se debía a que era una empresa nueva. Sí, el director había olvidado la reunión que tenía conmigo en mi primer día, y el jefe de recursos humanos había perdido mi documentación, pero no importaba. Aún estaban limando asperezas. Sin embargo, la falta de atención al detalle resultó ser un problema constante. Por mucho que yo insistiera en los aspectos más básicos necesarios para hacer funcionar bien al departamento de marketing, cosas como una estrategia para optimizar resultados en los motores de búsqueda, o definir hitos claros de publicación en las redes; ellos se oponían a todo. Según ellos, las reglas restringían la creatividad, así que me veía obligada a cambiar de rumbo y pensar en conceptos nuevos cada semana.

La mejor parte de mi trabajo era el hecho de que la oficina fuera prácticamente un salón de recreativos, y que mis nuevos compañeros se comportaran como estudiantes recién graduados trabajando de camareros. Eso, al menos, significaba que no necesitaba preocuparme por vestirme con nada más complicado que unos pantalones cómodos, además de que ahora tenía acceso a zapatillas de deporte ilimitadas.

Pero enseguida comprendí que aquello no me gustaba nada.

El descontrol me hacía echar de menos la organización de Veritique. Allí siempre habíamos tenido un plan y, aunque el último había salido de pena, el negocio marchaba bien, y todos trabajábamos bien juntos. Bueno, casi todos.

El caso era que Cameron estaba intentando compensarme por aquella lamentable escena en el parque.

Había empezado por enviarme un montón de correos electrónicos, pero en algún momento cayó en la cuenta de que era muy fácil ignorar los correos, así que había empezado a llamarme una vez al día y dejar mensajes. Cuando ignoré esos también, empezó con los mensajes de texto.

Y cuando seguí sin querer hablar con él, pasó al siguiente nivel.

Miré la taza de café que había sobre mi mesa. En los últimos días, encontraba cada mañana una taza de café moca con chocolate belga esperándome al otro lado de la puerta de casa. Nunca había una nota, pero la única persona que sabía que me gustaba el café así, aparte de

Nina, era Cameron. Se lo había mencionado una sola vez, la mañana en que quedamos a tomar café para hablar de la campaña CamLicity, y estaba claro que no lo había olvidado.

Y los regalos no dejaban de llegar: una entrega de galletas de Levain tan enorme que Nina y yo tuvimos que congelar buena parte de ellas; una pulsera de Veritique con el símbolo del infinito, a juego con mi collar, o una pequeña botella de perfume llamado *Felicidad* que olía a flores silvestres y rayos de sol.

Y aquel día, después de publicar en mi cuenta privada de Instagram lo mucho que me ilusionaba ver las flores de la primavera, me habían entregado en la oficina una glicinia enorme, la misma planta que había adornado la ventana del restaurante en nuestra primera cita.

Ninguno de aquellos regalos llevaba tarjeta, pero tampoco era necesario. Con cada uno de ellos, Cameron me confirmaba que había prestado atención a todo lo que habíamos hecho juntos, incluyendo cuál era mi café favorito.

Sí, todos aquellos detalles estaban muy cuidados, pero no permití que me conmovieran. Había elegido muy bien los regalos y, sin duda, muchos de ellos eran caros, pero tratar de arreglar un corazón roto con dinero era una salida demasiado fácil. Yo aún estaba muy dolida y, sinceramente, no estaba segura de que Cameron pudiera darme lo que necesitaba. Comprar regalos era sencillo; lo que requería esfuerzo era ser bueno como pareja, y él me había demostrado que no era capaz de hacerlo.

Mi teléfono sonó con una llamada de Nina.

—Hola, ¿qué pasa? —contesté.

—Oye… ¿podrías escaparte para comer? ¿Ahora mismo?

—Supongo. —Miré la hora—. ¿Estás bien? ¿Pasa algo?

—Ahora no te lo puedo explicar, pero sí, estoy bien. Quedamos en Opa Grille.

Me sorprendió que eligiera aquel lugar. Estaba mucho más cerca de casa que de nuestros respectivos lugares de trabajo, pero ya estaba acostumbrada a sus caprichos. Al mirar a mi alrededor, vi que la mitad de mis compañeros estaban inmersos en un campeonato de futbolín.

—Claro, allí estaré.

Cuando llegué y la vi dando vueltas por la acera delante del restaurante, supe que pasaba algo de verdad.

—Hola. —Le di un abrazo rápido—. ¿Qué pasa? Estás pálida.

—Tengo que enseñarte algo.

Me tomó de la mano y me arrastró un poco más adelante, hasta detenerse delante de un edificio vacío. Tenía una bonita fachada, con dos grandes ventanas bajo un toldo de rayas verdes.

—Qué bonito —dije. Al mirar dentro, vi que el interior era amplio y el suelo era de madera gastada, pero aún brillante, lo que significaba que había sido muy utilizado—. ¿Lo añadimos a nuestra lista de posibilidades? Buscaré los detalles. ¿Qué dirección es esta? —Saqué mi teléfono.

—Calle Callaghan 801 —contestó ella, metiéndose una mano en el bolsillo—. Pero será más sencillo entrar.

— ¿Eh?

Pasó por mi lado con una llave en la mano, la metió en la cerradura y, tras abrir la puerta, entró en local.

—Nina, ¿de qué va esto? —pregunté, mientras la seguía al interior—. ¿Cómo has conseguido la llave? ¿Has organizado una visita con un agente inmobiliario, o algo así?

Al mirar a mi alrededor, me quedé sin palabras, porque el espacio era aún más bonito por dentro. Las paredes eran blancas y resultaba muy luminoso, justo lo que estábamos buscando. Me dio la impresión de que acababa de entrar en Treehouse Books.

—No sé con quién has hablado para conseguir esa llave, pero ahora que veo lo grande que es, está claro que no podemos permitírnoslo. Creo que prefiero no verlo, porque se me romperá el corazón cuando me digas lo que cuesta.

—Venga, ven a verlo conmigo —insistió ella—. Vamos por aquí.

—Nin, no —protesté—. Esto va a ser muy deprimente, y ahora mismo no necesito más penas en mi vida.

Ella me ignoró y señaló hacia arriba.

—Mira qué techo más alto. ¿Te imaginas lo altas que serían las estanterías? ¡Podríamos poner una de esas escaleras, como en *La bella y la bestia*!

—Para —supliqué.

—Ven por aquí. —Continuó ignorándome y empezó a andar de espaldas, mientras señalaba a una habitación que había a un lado—. Aquí podríamos poner la sección de libros para niños, hay un montón de sitio. De ahí se pasaría a la sección para adolescentes, que estaría aquí. —Indicó una pared cercana—. ¡Y fíjate en todo el espacio que hay para organizar eventos con autores invitados! Tal vez podríamos hacer otras cosas, como lecturas de poesía o noches de micrófono abierto. ¡Con todo este espacio, podríamos ser muy creativas!

—Nina, *ya vale* —ordené—. No sé por qué no lo dejas, no podemos pagar esto. Solo son fantasías, nunca será real. ¿Por qué no buscamos algo parecido dentro de nuestro presupuesto?

Ella se acercó a mí con una sonrisa conspiradora.

—No tenemos que encontrar nada parecido a este sitio, porque ya es nuestro.

Me tomó la mano y dejó caer la llave en ella. Yo sacudí la cabeza, en un intento por ordenar las ideas que se atropellaban en mi mente.

—¿De qué estás hablando?

—Ven aquí. —Hizo un gesto con la mano y tiró de mí hacia la habitación delantera, donde se sentó en el amplio banco bajo la ventana—. Tenemos que hablar.

—No lo entiendo —contesté, sentándome junto a ella.

Ella inspiró hondo y me miró con aire misterioso.

—Cameron se ha puesto en contacto conmigo.

—No —susurré—. ¿Cuándo? ¿Y por qué no me lo has dicho hasta ahora? No puedo creer que hayas mantenido algo así en secreto. ¿Pero tú, de qué lado estás? ¡Tenías que haberle colgado el teléfono!

—Por *esto* es por lo que no te lo había dicho —dijo ella, señalándome—. ¡Sabría que te cabrearías!

Tiré la llave sobre la repisa de la ventana y la miré enfadada.

—No quiero deberle nada —dije, por fin—. Sabes muy bien que no quiero nada más con él.

—Pero ¿por qué? Él no deja de intentar hablar contigo, y te ha enviado todos esos regalos tan bien pensados. Está claro que aún le importas.

—¡Pero nunca me ha pedido *perdón*! —chillé, de una forma un tanto estridente.

—Ah, ¿no? —Me miró extrañada—. Vaya, qué sorpresa. Siempre que hablamos, menciona lo mucho que se arrepiente por la forma en que acabó todo. Y dice que te echa de menos.

Cerré los ojos y me apoyé contra la pared.

—Tú solo cuéntame qué pasa con este sitio. Quiero todos los detalles, para entender cómo podemos salir de esta.

—Cameron me llamó hace una semana o así para darme las gracias por ayudar a que Tyler se decidiera a ir a rehabilitación, y estuvimos hablando un buen rato. Yo no saqué el tema de vosotros dos, fue él quien lo hizo.

—Vale, da igual. —Me encogí de hombros—. Seguro que se siente culpable.

—Me preguntó por los planes para la librería. En qué tipo de zona querríamos abrirla, el tamaño, el ambiente, y eso. Se ofreció a ayudarnos a encontrar un local porque tiene un montón de contactos, como es obvio, pero yo le dije que antes tenía que hablar contigo. Bueno, pues una hora después de aquella conversación, me envió la información sobre este sitio, incluso antes de darme tiempo a llamarte. Le dije que me encantaba, pero que no podíamos pagarlo.

—Pues claro que te encanta, es perfecto —dije, gesticulando a mi alrededor con enfado.

Nina se acercó más a mí y me cogió una mano.

—Lis, me preguntó si pensaba que este lugar te haría feliz. En cuanto le dije que sí, me dijo: «Entonces, es vuestro. Yo me haré cargo de los dos primeros años de alquiler».

Me quedé con la boca abierta.

—¿Cómo?

Nina asintió con una sonrisa enorme, segura de que estaba ganando.

—Nos reunimos con el representante del propietario, lo vinimos a ver, y aquí estamos.

—Un momento, ¿has quedado con Cameron?

—¡No! —Negó con la cabeza vigorosamente—. Envió a su asistente, Daniel. Creo que le preocupaba que pudieras venir tú también.

Me puse en pie despacio y caminé por aquel espacio vacío, tratando de ignorar el hecho de que me gustaba mucho, pero que muchísimo. Era lo que siempre habíamos soñado, y mucho más que eso. Pero también estaba vinculado a Cameron, y eso lo situaba fuera de mi alcance.

—Él se va a mantener al margen —dijo Nina como si me hubiera leído el pensamiento—. Me ha prometido que no pondrá aquí ni un pie, salvo si le invitas tú. Ya sabes, como con los vampiros.

Me di la vuelta, sin poder aguantar más.

—No tienes ni idea de lo enfadada que estoy contigo.

La traición de Nina me había afectado tanto que estaba a punto de llorar.

—Vale, sí, lo entiendo —dijo, extendiendo las manos en un gesto apaciguador—. Vamos a hablar de ello con calma, a ver cómo lo resolvemos.

—¡Has hecho todo esto a mis espaldas! —Mi voz chillona resonó con un eco en aquel amplio espacio sin muebles.

—Pero tú ni siquiera te lo habrías planteado —protestó ella.

—Y tú has aceptado que nos pague esto, como si fuera nuestro *sugar daddy*, o algo así.

—Eh, espera un momento. Yo no tenía ni idea de que iba a pagar nada. Jamás le habría pedido algo así. Todo ha pasado muy rápido, y ¡me he dejado llevar! Ya sabes que él funciona así. Cameron O'Connor puede conseguir lo que quiera con solo chasquear los dedos.

Tal vez fuera así, pero lo que no iba a conseguir era a *mí*.

Caminé a grandes zancadas por la habitación, debatiendo conmigo misma. Por una parte, odiaba que Cameron se hubiera entrometido en mi vida, pero, por otro lado, no podía dejar de imaginarme nuestro sueño hecho realidad en aquel lugar. Pondríamos un mostrador en la pared junto a la ventana principal, y pintaríamos un enorme mural con una casa en un árbol y, a su alrededor, todos nuestros personajes de ficción favoritos. Junto al arco, podríamos poner cestas llenas de luces para leer, marcapáginas y otros pequeños detalles relacionados con la lectura para regalar. El suelo estaría cubierto de alfombras diferentes, y habría cuencos con agua por si nos visitaba alguna mascota. Sillones cómodos, la música perfecta y una agenda repleta de eventos con autores que vendrían a pasar un rato con sus lectores.

—No sé qué decirte —conseguí decir por fin.

Se me había pasado el enfado, porque el aluvión de sentimientos me había dejado exhausta. Hasta ahora, me había mantenido firme a base de dejar a un lado los recuerdos felices del tiempo con Cameron y centrarme en la forma en que me había hecho sentir en el parque.

—Di que sí —pidió Nina—. Siento mucho no habértelo contado, pero solo lo he hecho porque te quiero y quiero hacer realidad este sueño, para ti, para *nosotras* dos. Por favor, di que tú también quieres cumplir nuestro sueño. Para esto hemos trabajado tanto. Y está aquí mismo, a nuestro alcance. Solo hay que tomar la decisión.

Clavé la vista en mis nuevas zapatillas Orange Creamsicle. Mi vida parecía una sucesión de nudos que no conseguía deshacer. Habría querido lanzarme de lleno a aquella librería, pero no me sentiría cómoda sabiendo que se la deberíamos a Cameron. Qué injusto era que él pudiera limitarse a aparecer con su montón de dinero y esperar que eso lo resolviera todo.

Decir que sí a la librería sería lo mismo que decir que sí a Cameron, y él no se merecía que yo aceptara nada de él. Me había humillado ante todo el mundo y, lo que era peor, unos minutos después me había rematado, justo cuando estaba en mi peor momento.

Nina podría llevar la librería sin mí. El plan de negocios que habíamos preparado juntas era muy sólido y, gracias a su trabajo, ella tenía muchísima experiencia en el sector de los libros. La ayuda de Cameron suponía no tener que preocuparse por el alquiler, de modo que podría centrarse en disfrutar del trabajo. Ella podría hacerlo sola sin ningún problema y, tal vez, esa sería la mejor solución. Así no me vendría abajo. Lo que ocurría era que aún no me sentía capaz de tener esa conversación con ella.

—Necesito tiempo para pensarlo —dije.

Me apoyé contra una pared y miré a Nina, observando la forma en que su expresión delataba sus emociones. Nos conocíamos tan bien que sabía todo lo que sentía sin necesidad de que dijera una palabra: estaba muy decepcionada, pero intentaba ocultarlo. Ella se aclaró la garganta.

—De acuerdo. Imaginaba que dirías algo así. Tómate el tiempo que necesites, pero… Prométeme que pensarás en todo lo bueno que podría salir de esto, no solo en la parte mala, ¿de acuerdo? No todas las historias tienen que acabar mal.

—Lo sé. Solo necesito un día o dos —contesté, sacando el teléfono para mirar la hora—. Tengo que volver al trabajo.

Era una mentira inofensiva. Ella no tenía ni idea de que, en Ideal, a nadie le importaba una mierda dónde estuviera yo.

—Decidas lo que decidas, estoy de tu parte, ¿de acuerdo? Lo resolveremos juntas —prometió Nina.

Conseguí esbozar una sonrisa.

—Sí, lo sé. Te quiero mucho.

—Yo a ti también. Nos vemos después del trabajo. Tal vez podamos hacer algo divertido para desconectar un poco. Para olvidarnos de Cameron y pensar solo en lo que nos hace felices.

Asentí, con la mano en el pomo de la puerta. Me empezaba a moquear la nariz.

No le dije que, por mucho que lo intentara, aún no había encontrado la forma sacar de mis sueños a Cameron O'Connor.

28

CAMERON

Hanwell Park era más bien un jardín, un parque de bolsillo en el que era fácil que los neoyorquinos, siempre tan ocupados, no reparasen. Una verja alta de metal negro ocultaba la belleza de su interior, lo que significaba que, por lo general, solo lo frecuentaba la gente de la zona, como yo.

Y, lo que era más importante, Felicity.

Hanwell se había creado como parte de un movimiento de conservación a finales de los años sesenta, que buscaba crear un nuevo tipo de espacio público en la ciudad. Era un oasis urbano, con grandes árboles de sombra distribuidos por toda su superficie, y hiedra que trepaba por la pared de los edificios cercanos. La mayoría de los visitantes no solían fijarse en que había otra parcela adjunta, situada tras las paredes cubiertas de hiedra. Yo tampoco había reparado en ella hasta un día en el que, recorriendo el parque con Boris, había encontrado aquel espacio cubierto de malas hierbas y oculto a la vista. Aquel día, Boris y yo nos habíamos quedado allí durante mucho más tiempo de lo habitual, porque yo estaba esperando que Felicity decidiera darse una vuelta por allí. Me deprimía pensar que mi única esperanza de volver a verla fuera encontrarme con ella por casualidad. Hasta aquel momento.

El día anterior, por fin, había llamado al teléfono principal de Ideal y había pedido que me pasaran con Felicity, para que no tuviera la posibilidad de evitar mi llamada. Ella había estado a punto de colgar el teléfono en cuanto oyó mi voz, pero había conseguido convencerla de que nos viéramos en Hanwell.

No había esperado sentirme tan nervioso por verla. A mí no me alteraba *nada*, nunca. Había cenado con reyes y presidentes, dado discursos delante de cientos de personas, aparecido en directo en programas de televisión para defender a Veritique en nuestros peores momentos, y negociado contratos millonarios sin que el pulso se me acelerase lo más mínimo. Sin embargo, aquella cita había hecho que se me revolviera el estómago y me sudaran las manos.

¿Y si me había equivocado? ¿Y si había dado ese enloquecido salto de fe para nada?

Me volví a mirar detrás de mí. Pensándolo bien, no sería inútil. Alguien se beneficiaría de lo que yo había hecho, incluso aunque Felicity decidiera que no quería un futuro conmigo. Volví a mirar por el parque. Como siempre, había madres y niñeras corriendo detrás de niños pequeños, gente con ordenadores portátiles sentada en las pequeñas mesas de metal y parejas acarameladas. Aquel era un lugar donde los visitantes se sentían felices, y yo solo esperaba poder sentir lo mismo. Cabía la posibilidad de que Felicity ni siquiera se presentara, pero yo sabía que era una mujer de palabra. Había dicho que vendría, y yo confiaba en ella. Me di la vuelta para echar a andar en otra dirección y me detuve al identificar una silueta que miraba en mi dirección.

Felicity estaba en la entrada del parque, con los brazos cruzados y la espalda muy erguida, como preparada para la batalla.

¿Cómo era posible que estuviera más guapa que nunca, a pesar de la tristeza que veía en sus ojos, incluso a esa distancia? No parecía la Felicity de Veritique a la que estaba acostumbrado. Llevaba una sudadera negra con capucha, *leggings* negros, y las zapatillas de deporte más chillonas y ridículas que había visto en mi vida. ¿Se habría intentado camuflar, para que no la reconocieran como parte de CamLicity? Algo en su aspecto, allí parada junto a la verja, transmitía una gran fragilidad, como si le diera miedo entrar en el parque. Tal vez el motivo era el más obvio: hasta ahora, no nos había ido demasiado bien en los espacios verdes de Nueva York.

Le sonreí y ella inspiró profundamente y se dirigió hacia mí.

—Hola —dije, tratando de mantener un tono neutral—. Me alegro de que hayas venido.

Sentía mucho más que eso, pero no quería asustarla mostrándome demasiado ansioso. Ella parecía tensa.

— Si te soy sincera, no sé muy bien por qué he venido.

Traté de ignorar el cansancio evidente en su voz.

—Hay muchas cosas que necesito decirte, pero antes de eso, quiero mostrarte algo. —Resistí las ganas de tomarle la mano—. Es aquí al lado.

Ella frunció el ceño, pero me siguió de todos modos. La conduje a una puerta oculta tras una enredadera, en la zona más alejada del parque.

—Esto es para ti —dije, abriendo la puerta—, y para todo el mundo.

Felicity atravesó el umbral y dio un respingo de sorpresa.

—¿Qué?

La observé mientras se acercaba a una casa situada a poco más de un metro del suelo, sujeta entre dos grandes árboles, que parecía sacada de un cuento de hadas.

—Pero esta parcela estaba vacía. ¿Tú has…?

Me preparé para soltar un discurso que había practicado una docena de veces, al menos.

—Sé que a ti y a mí no se nos dan bien los parques, y quería cambiar eso. Me pareció que este podría ser un buen comienzo.

Ella pareció no escucharme, ocupada en examinar la casa del árbol.

—Es *mágica* —dijo por fin—. Como la casa de jengibre, la casa de la familia Robinson, la de Peter Pan y la de Tarzán, todas en una. ¡No me lo puedo creer!

—Me alegro de que te guste —continué, sin permitirme sentir esperanza—. Esta parcela estaba prácticamente abandonada, así que estuve investigando hasta averiguar a quién pertenecía. Ofrecí comprarla con el compromiso de donarla a la ciudad, siempre que me permitieran diseñar y construir lo que se instalaría en ella.

Felicity se había vuelto a mirarme mientras se lo explicaba. No me atreví a valorar si su expresión se había ablandado.

—Sé que, cuando eras pequeña, la casa del árbol suponía un refugio especial para ti, y he querido ofrecer un espacio similar a los niños del barrio. Y también es para ti, si alguna vez lo necesitas.

Ella se volvió para ocultar una sonrisa.

—La casa la ha diseñado un antiguo arquitecto de Disney y, si te fijas bien, verás que en el diseño hay ocultos algunos personajes de distintos cuentos de hadas y otras historias.

Felicity se acercó para examinar el detalle de la barandilla de la escalera, donde había una inscripción.

«Que todos tus sueños se hagan realidad».

Durante un momento, su sonrisa pareció temblar, y deseé saber qué estaba pensando. ¿Que sus propios deseos estaban ahora a su alcance? ¿O que sus sueños ya no podrían realizarse?

Felicity subió los peldaños para ver el interior de la casa. La dejé examinarla a placer, con la esperanza de que le gustara tanto como me había gustado a mí. Cuando salió, las lágrimas temblaban en sus pestañas.

—Es maravillosa, y es un gesto tremendamente generoso.

—En realidad, esto es solo el principio. Ven a sentarte conmigo un momento. —Señalé hacia un banco situado junto a unos arbustos—. Hay algo que tengo que decirte.

Felicity caminó junto a mí como entre sueños.

—Antes de nada, quiero disculparme por mi comportamiento aquel día en Central Park. Fui inmaduro, grosero y te hice daño. No tengo ninguna excusa, pero me gustaría explicártelo. Te hablé de mi relación con Carolina. Verás, es que yo… le pedí que se casara conmigo en Central Park.

Felicity abrió mucho los ojos, y resultó evidente que no se había esperado eso.

—Aquel día, al estar allí durante tanto rato, no pude evitar recordar mi relación con ella —continué—. Recordé cómo, al principio, todo parecía perfecto, pero luego se vino abajo. Lo mucho que me odié a mí mismo después por dejarme llevar por lo bueno de la relación, e ignorar todas las señales de que iba a acabar en desastre. Cuando Lucy creyó que te había pedido que te casaras conmigo, que estaba actuando de forma espontánea, romántica y temeraria, al igual que lo había hecho entonces, perdí la cabeza. La tomé contigo, aunque tú eras la última persona que lo merecía. Está claro que no puedo borrar lo que dije, pero quiero que sepas que lamento cada segundo de aquella situación.

—No sabes cuánto tiempo he esperado oírte decir eso —susurró ella, con los ojos llenos de lágrimas.

—Lo sé —respondí con voz ronca por la emoción. Maldita sea, tenía que conservar la calma. Aún tenía mucho más que decirle—. Siento mucho haber tardado tanto tiempo en pedirte perdón.

Ella se mordió el labio y miró la casa del árbol.

—Quise aprovechar aquella situación como excusa para huir de lo que me hacías sentir, porque me daba miedo que el amor volviera a hacerme daño, como con Carolina. Pero ¿sabes qué? El amor nos ha hecho daño a *todos*. Sabía que me estaba enamorando de ti, pero no quería admitirlo. Luché contra ello, y solo conseguí que hacerme aún más daño. Te perdí, y creí que era demasiado tarde para arreglar las cosas. Por eso me alegro tanto de que estés aquí, Felicity. Así puedo decirte algo que debería haberte dicho hace mucho tiempo.

Con las mejillas cubiertas de lágrimas, ella me miró en silencio, con una expresión esperanzada en los ojos que me rompió el corazón. Le tomé una mano.

—Quiero que sepas que me he enamorado de ti.

Su cuerpo se agitó con un pequeño sollozo, y se llevó las manos a la boca.

—Hay algo más. —Me metí la mano en el bolsillo de la chaqueta—. Quiero hacerte una promesa con este anillo que he pedido a Clara que diseñe para ti.

Le mostré una delicada banda de platino cubierta de diamantes que simulaban una lluvia de estrellas, y ella dio un respingo.

—Es un símbolo de mi promesa de que te esperaré todo el tiempo que necesites. Esperaré hasta demostrarte, más allá de toda duda, que siempre podrás contar conmigo. Puedes llevar este anillo en la mano derecha y, cuando te haya convencido de que haré cualquier cosa por ti, que estaré a tu lado para siempre, puedes cambiarlo a la izquierda.

Le entregué el anillo para que se lo pusiera. No era un anillo de compromiso, así que sería muy raro si se lo ponía yo. Con suerte, el día en que pudiera hacerlo no tardaría en llegar.

—Cameron —susurró ella, mirando los diamantes y alzando luego la vista hacia mí—. Es precioso, pero… Tengo que ser sincera contigo. Aún no estoy segura. A pesar de lo que digas ahora, me preocupa que, cuando las cosas vayan mal, te marches igual que aquella vez —terminó, con voz temblorosa.

Sabía que reaccionaría así e inspiré hondo. Estaba preparado.

—Lo entiendo, y voy a hacer todo lo que pueda para demostrar que te equivocas. Eso incluye aceptar mis responsabilidades.

Me puse en pie y me dirigí hacia la casa del árbol, para apoyar mi teléfono contra la barandilla, de forma que mi imagen se mostrara en la pantalla. Felicity quedaba fuera del encuadre, pero podía ver lo que estaba haciendo. Las redes sociales no eran lo mío, pero conocía su funcionamiento básico gracias a las cuentas que utilizábamos en Veritique. Abrí la aplicación adecuada, inspiré y pulsé el botón de transmisión en directo.

—Hola, amigos de Veritique, soy Cameron O'Connor, y esta es mi primera transmisión en directo. Estoy seguro de que muchos de vosotros me reconocéis por lo de CamLicity. —Me esforcé por mantener una expresión neutral—. Quería empezar disculpándome por lo que ocurrió hace unas semanas. Mi comportamiento fue inexcusable. No, si soy sincero, me comporté como un gilipollas, e hice mucho daño a alguien muy importante para mí.

Me detuve un instante y me fijé en que el número de espectadores se estaba multiplicando por cuatro cada pocos segundos. Lancé una mirada rápida a Felicity y la vi mirándome con la boca abierta y los ojos brillantes por las lágrimas.

—Asumo toda la responsabilidad por mi comportamiento. Puedo admitir que, debido a mi pasado, me resulta difícil gestionar mis sentimientos de una forma racional. A causa de ese pasado, tenía miedo del amor, y ese miedo me hizo perder los papeles. Pero no quiero seguir teniendo miedo, así que quiero admitir algo delante de todos. Estoy enamorado de Felicity Rhodes. ¿Lo habéis oído? Lo diré de nuevo. —La miré a los ojos y mantuve su mirada—. Quiero a Felicity, y ese amor me ha hecho más fuerte, lo bastante como para enfrentarme a cualquier desafío que se presente, y poder superarlo. Porque espero que mi amor sea correspondido, y ser digno de merecerlo.

Había esperado sentirme nervioso y alterado cuando admitiera mis sentimientos, pero me sentía totalmente calmado, porque sabía que cada una de mis palabras era cierta.

Al mirar de nuevo el número de espectadores, me quedé sorprendido. ¿Acaso lo estaba viendo el mundo entero? Los comentarios llegaban tan rápido que era imposible leerlos, pero era fácil ver la cantidad de corazones y emoticonos lanzando besos que aparecían en el lado derecho de la pantalla.

—Eso es todo lo que tengo que decir —continué—. Gracias por escucharme, espero poder daros más noticias pronto.

Noté una mano en la espalda y, antes de poder pararme a pensar, Felicity me estaba besando con todas sus ganas. La atraje hacia mí, rodeándola con los brazos y levantándola del suelo sin separarme de su boca. Fue el beso más dulce que me habían dado en mi vida. Era la prueba de que había recuperado a mi Felicity.

Ella se apartó de mí por fin cuando la dejé en el suelo, y me puso una mano en la mejilla.

—No puedo creer que haya esperado tanto tiempo para decirlo, pero yo también te quiero, Cameron. Te quiero mucho.

Volvimos a abrazarnos de nuevo y, en cuestión de segundos, lo único en lo que pude pensar fue en llevármela a casa para hacerle el amor. Deslicé las manos por su espalda y aún más abajo y, justo cuando rodeé con ellas su culo perfecto, recordé que aún nos estaban mirando.

—Tenemos público —murmuré contra sus labios.

Ella empezó a reír, lo que me hizo reír a mí también. Nos separamos a desgana.

—Hola a todos. —Felicity saludó a la cámara con la mano—. Ahora tenemos que irnos, tenemos una, uh, reunión de negocios muy importante a la que asistir.

Gruñí suavemente contra su oído, lo que le hizo reír de nuevo mientras apretaba el botón para terminar la transmisión en el teléfono.

—Mira —dijo ella, enseñándome la mano izquierda, donde centelleaba el anillo.

—¿De verdad?

Ella asintió con una sonrisa tímida.

—Ya lo creo.

La arrastré hacia la puerta de aquella sección del parque, ya no tan secreta.

—Hola a todos —dije a las personas que estaban en la zona principal del parque—. Considerad esto la Inauguración oficial del nuevo Parque Rhodes de la casa del árbol. Por favor, ¡entrad y pasadlo bien!

Mientras nos marchábamos a toda velocidad hacia la calle, cogidos de la mano y riendo como dos tontos, oí unos cuantos susurros que mencionaban a CamLicity. Solo estábamos a unas manzanas de casa, pero la distancia me pareció enorme en aquel momento. Carl nos saludó cuando atravesamos el vestíbulo a la carrera, y su risa resonó a nuestras espaldas cuando entramos en el ascensor. Él sabía perfectamente por qué teníamos tanta prisa.

—No puedo esperar —dije, presionando a Felicity contra la pared.

Ella me devolvió los besos con una pasión incontenida que me hizo desear desnudarla allí mismo. La levanté, ella me rodeó la cintura con las piernas y yo le sujeté el culo mientras nos besábamos con aún más fervor. No podía creer lo mucho que había echado de menos aquello, ni que hubiera estado a punto de perderla.

Avancé por el pasillo con Felicity en brazos hasta la puerta de mi piso, sin dejar de besarla. Daniel se había ofrecido para cuidar de Boris esa tarde, así que no había nada que pudiera detenerme una vez que estuviéramos en casa.

En cuanto la puerta se cerró detrás de nosotros, nos arrancamos la ropa como si se tratara de una carrera para ver quién podía desnudarse antes. A causa de mi impaciencia, me atasqué con los vaqueros y, para cuando conseguí quitármelos, Felicity había desaparecido. Seguí el rastro de sus zapatillas, *leggings* y sudadera, hasta descubrir a una maravillosa y muy desnuda Felicity esperándome en mi dormitorio.

La tomé en mis brazos, la deposité en la cama y le demostré con todo mi cuerpo que no tenía la menor intención de volver a dejarla marchar nunca más.

29

FELICITY

Un año después

Cuando el cuarteto de cuerda comenzó a tocar el Canon en re mayor de Pachelbel, me sentí tremendamente afortunada. Era la música perfecta para avanzar por aquel pasillo, entre nuestros amigos y familiares, una preciosa tarde de otoño. El recorrido hasta aquí no había sido sencillo, y eso hacía que el gran día resultara mucho más feliz.

Cameron me miraba avanzar con una sonrisa enorme. En los últimos tiempos, apenas me había quitado los vaqueros, así que debía estar muy sorprendido al verme tan elegante. Aunque me arreglaba de vez en cuando, para asistir a fiestas con él, o cuando Nina y yo recibíamos a algún autor en Treehouse Books, por lo general, siempre iba con ropa cómoda y sencilla. Aquel día, sin embargo, me hacía ilusión ir vestida de seda color agua, con el pelo recogido y luciendo unas pestañas postizas por segunda vez en mi vida.

Me reuní con las otras tres damas de honor junto al altar y dediqué un guiño rápido a Cameron, mientras la música cambiaba a la marcha nupcial. Los invitados se volvieron a mirar a Megan, que apareció del brazo de su padre al fondo del pasillo. Cuando miré a Aiden, se apretaba la boca con el puño y trataba de contener las lágrimas. En su papel de padrino, Cameron se acercó a apoyar a su hermano y le dio una palmada en el hombro.

No podía creer que hubiéramos llegado hasta allí. Hacía unos meses, el desacuerdo entre los dos hermanos había culminado en una discusión durante una cena en nuestra casa en la que casi terminaron a golpes, y Megan y yo habíamos conseguido calmarlos solo a duras penas. Después de aquello, habíamos conspirado a escondidas hasta conseguir llevarlos a un punto en el que fueron capaces de hablar con calma de sus diferencias de opinión y, con el tiempo, comprender que el amor puede superarlo todo. Al final, tanto Megan como Aiden dejaron sus puestos en los respectivos consejos de las empresas para demostrar a sus familias que lo único que les importaba era estar juntos.

La novia estaba espectacular, con un amplio vestido de varias capas de tul que yo le había acompañado a probarse. Sus hermanas, Abby y Gia, no pudieron contener el llanto al verla avanzar hacia el altar. Nos habíamos hecho amigas durante el año en que habíamos estado planeando la boda, y yo tenía la sensación de haber ganado dos nuevas familias, aunque ninguna de las dos incluía ningún padre o madre. Cameron no se llevaba muy bien con sus padres, y desde que murió la madre de Megan hacía unos años, ella no tenía buena relación con su padre; pero claro, yo tampoco podía juzgarles. Solo veía a mis padres una o dos veces al año, y eso ya era bastante para todos nosotros. En cambio, me encantaba la sensación de tener ahora un montón de hermanos nuevos, además de Nina, por supuesto.

Yo tampoco pude contener las lágrimas cuando Megan y Aiden recitaron sus votos. Sus promesas de ser siempre el mejor amigo del otro y no dejar nunca pasar la oportunidad de cogerse de la mano me resultaron familiares. Acaricié con el pulgar el anillo en mi dedo anular, un gesto de consuelo al que solía recurrir cuando me sentía abrumada por las emociones. Aquel anillo de la promesa me había ayudado a volver a querer a Cameron, y representaba la posibilidad de mucho más. Cuando miré a Cameron y vi que me había estado observando, le susurré que le quería, y él me devolvió sin voz las mismas palabras.

¿Cómo había podido tener tanta suerte?

Nuestro negocio iba viento en popa, mi mejor amiga había encontrado la felicidad en el amor de una estrella del rock, nuestro cariñoso perro por fin estaba aprendiendo algunos modales gracias a mí, Veritique seguía en niveles récord de ventas y, aquel día, dos personas que se amaban se estaban prometiendo estar juntos para siempre. La vida era maravillosa.

Cuando terminó la ceremonia, después de posar para un millón de fotos, pudimos dedicarnos a celebrar como era debido.

—¿Quieres comer algo? —preguntó Cameron, cogiendo mi mano en la suya para dirigirnos hacia el amplio salón que se abría hacia el espacio exterior donde había tenido lugar la ceremonia.

—Me estoy muriendo de hambre. Y como he ayudado con la planificación, sé todo lo que van a servir durante el cóctel, así que voy a esperar a los buñuelos de cangrejo y los hojaldres de queso azul.

Estiré el cuello en busca de alguno de los camareros que deberían aparecer en cualquier momento con las bandejas de aperitivos.

—¿Puedo traerte un poco de champán? —preguntó Cameron riendo.

—¿Y me lo tienes que preguntar?

—Hecho.

Con una inclinación de cabeza, Cameron se dirigió al bar, que había comenzado a servir bebidas antes de los saludos formales a los novios. En ese momento, Megan se acercó a mí para susurrarme al oído.

—Necesito que me ayudes.

Parecía preocupada, lo que no era muy congruente con el día más feliz de su vida.

—Claro, lo que haga falta. ¿Qué pasa?

—Abby y Gia han desaparecido, creo que están con sus novios —dijo ella, y se mordió el labio, azorada—. ¡Y yo necesito ir al baño!

No pude evitar reír ante su dilema. En una de las pruebas del vestido, habíamos comentado lo difícil que sería moverse con todas aquellas capas de tul, y ahora estábamos comprobando la magnitud del problema.

—No te preocupes, yo te ayudo.

Por suerte, encontramos vacío uno de los enormes baños del recinto y nos pusimos manos a la obra. Yo me situé a un lado para sujetar en alto una enorme cantidad de tela, y ella hizo lo que tenía que hacer, sin que ninguna de las dos dejara de reír ni un momento ante lo absurdo de la situación.

—Sabes que tú eres la siguiente en pasar por el altar, ¿no? —preguntó Megan cuando terminamos y nos estábamos lavando las manos—. Ya estás casi a medio camino. —Hizo un gesto hacia el anillo en mi dedo.

—Tiene gracia, pero ni siquiera hemos hablado de eso aún —musité —. Estamos disfrutando tanto juntos que aún no nos lo hemos planteado.

—Sé lo que quieres decir —contestó ella—, pero tú quieres casarte con él, ¿no? No tendrás dudas, o algo así.

—Oh, no, por Dios. ¡Para nada! Si me lo pidiera, me casaría con él hoy mismo.

—¿Y él lo sabe? —preguntó Megan, inclinándose hacia el espejo para comprobar el maquillaje.

Abrí la boca para contestar, pero la cerré enseguida.

—Pues, ahora que caigo, no se lo he dicho a las claras.

—Tal vez deberías hacerlo. —Megan se volvió a mirarme—. Sobre todo, si estás pensando en bebés.

—Perdona, ¿has dicho *bebés*? —chillé—. ¡Ay, mi madre, no! No hasta dentro de mucho tiempo. ¿Por qué dices eso?

Ella me miró en silencio unos segundos, con una gran sonrisa en su bonita cara.

—¿Puedes guardar un secreto?

—¡Megan! —jadeé sorprendida—. ¿Estás…?

Cuando asintió, empecé a dar saltos a su alrededor, gritando en silencio en consideración a su petición de que le guardara el secreto. Por fin, la envolví en un gran abrazo.

—Ay, ¡Dios mío! ¡Muchísimas felicidades!

Ella me devolvió el abrazo y luego se apartó.

—Es super secreto, no lo sabe casi nadie, pero quería contártelo hoy.

—¿Se lo ha dicho Aiden a Cameron?

—Aún no, pero estoy segura de que se lo dirá en algún momento esta noche, antes de que nos vayamos de luna de miel. Aún es pronto, seguramente no debería haberlo contado aún, pero es que me hace muchísima ilusión.

—Me alegro un montón por ti —le sonreí—. Por los dos.

—Gracias. —Ella me tomó las dos manos—. Como he dicho, tú eres la siguiente, pero antes tendrás que hablar con Cameron y decirle lo que quieres.

—Tienes razón, lo haré, te lo prometo. Y no te preocupes, tu secreto está a salvo conmigo. Aiden es quien se lo tiene que contar a Cam, será un momento muy especial.

—Nos esperan tiempos muy felices… cuñada.

—Futura —reí, agitando un dedo hacia ella.

Al salir del baño, encontramos al novio y al padrino esperándonos justo delante de la puerta.

—Lo que os ha costado —bromeó Aiden—. Estaba empezando a pensar en enviar una patrulla de rescate ahí dentro. Marie está de los nervios con el horario.

Su organizadora de bodas era una de esas personas con la clásica personalidad tipo A, y no se desprendía ni un instante de su carpeta y sus auriculares.

—¿Es que no te has fijado en mi vestido? —preguntó Megan—. No tienes ni idea de la cantidad de tul que hay en esta zona. —Hizo un gesto vago hacia su abdomen y guiñó un ojo a su marido.

—Vámonos ya, me muero de hambre —dijo él, ignorándolo.

—Ya somos dos —añadí yo.

Cameron me entregó una copa de champán.

—Tienes unos tres segundos para bebértelo antes de que empiece el saludo a los novios. ¿Serás capaz?

—Eh, que aún no he perdido facultades. ¡Adentro!

Chocamos las copas y nos bebimos el champán como si fuera un chupito. Después, nos situamos en nuestros puestos con el resto del grupo de los novios.

El consejo de Megan no se me fue de la cabeza a medida que avanzaba la noche. Era una sugerencia muy sencilla, y tenía razón. Si no dejaba claro lo que esperaba de nuestra relación, era posible que Cameron no pudiera imaginar lo que nos depararía el futuro. Había llevado el anillo de la promesa en la mano izquierda desde que me lo había dado, y aquella iba a ser la noche en que le sugeriría que ya iba siendo hora de poner otro anillo junto a ese.

No, no se lo sugeriría. Iba a decírselo.

Me encantaban las bodas, y la de Aiden y Megan fue histórica. Habían cuidado hasta el más mínimo detalle y todo resultaba muy elegante y bastante excesivo, desde los cantantes famosos hasta el baile coreografiado que Megan dedicó a Aiden. Pero, a pesar de todo, la fiesta nunca perdió la esencia de ser una celebración de su amor. Estaba segura de que habrían disfrutado igual si se hubieran casado ellos dos solos en una pradera.

Después de la cena, pasé la mayor parte del tiempo bailando con las otras damas de honor, mientras Cameron se mantenía pegado a su silla, por mucho que le suplicara que bailase conmigo. Recurrí a todos mis trucos para sacarle a bailar, incluyendo agitar las caderas delante de él. Sabía que lo apreciaba, pero nada de lo que hice fue suficiente para que se animara a salir a la pista de baile. Esa noche habíamos bailado juntos una única vez, y fue solo porque Cameron no tuvo elección, ya que, durante el primer baile de Megan y Aiden, el padrino y las damas de honor estaban obligados a bailar también. El resto del tiempo estuvo sentado, hasta que empezó a sonar *The Very Thought of You*, de Billie Holiday.

Estaba charlando con Gia en la pista, sin apenas prestar atención a la música, cuando sentí una mano en la cintura.

—¿Os importa que interrumpa? —preguntó Cameron.

—He estado esperando que lo hagas durante toda la noche —exclamé con una sonrisa enorme.

Nos dirigimos a una esquina de la pista y Cameron me rodeó con sus brazos.

—¿Por qué no te gusta bailar? —pregunté cuando empezamos a movernos al ritmo de la música—. Me sorprende lo bien que se te da.

— A estas alturas, ya deberías saber que se me da bien todo.

Estuve a punto de burlarme de su arrogancia, pero entonces me fijé en su expresión. De vez en cuando, exageraba su actitud de jefe capullo para provocarme y hacerme reír.

—Lo que tú digas, Romeo. —Utilicé su antiguo apodo, que ahora solo servía para recordarnos nuestra vida anterior—. Cameron O'Connor no puede hacer nada mal.

Él me atrajo un poco más hacia sí.

—Exactamente, Fagin. —Inspiró por la nariz y levantó la barbilla, siguiendo con la actuación—. Presta atención, tengo muchas cosas que enseñarte, y no olvides suscribirte para mantenerte al día de todos mis trucos y consejos para dominar la pista de baile.

Tuve que reírme. Él seguía odiando las redes sociales, pero sabía ocultarlo bien. Los dos nos volvimos a mirar cuando los asistentes comenzaron a aplaudir, y vimos a Megan y Aiden salir al centro de la pista de baile, mirándose a los ojos.

—Ha sido un día perfecto —dije, mientras ellos empezaban a bailar.

—Ya lo creo —asintió él, con la vista puesta en su hermano—. Me equivoqué con ellos, lo admito.

Yo me aparté un poco para mirarle.

—Perdona, ¿cómo dices? ¿Acabas de admitir un error?

Él volvió a apretarme fuerte en sus brazos.

—A estas alturas, Lis, ya deberías saber que siempre admito mis errores. Joder, si hasta lo hice en una transmisión en directo delante de unos cuantos millones de seguidores. Es solo que, a veces, tardo un poco.

—Es verdad, cuando te equivocas, lo admites —suspiré, apoyándome contra su pecho—. Es una de las muchas cosas que me encantan de ti.

Tarareé la canción mientras nos movíamos juntos.

—¿Te he dicho lo guapísima que estás esta noche? —murmuró Cameron.

—Como una docena de veces —reí—. Pero no me canso de escucharlo. —Incliné la cabeza con coquetería—. Dilo otra vez, por favor.

Él se inclinó para susurrarme al oído.

—Eres la mujer más preciosa que he visto en mi vida, y tengo mucha suerte de estar contigo.

—Gracias, y te digo lo mismo —respondí en voz baja.

Él me acarició la espalda mientras bailábamos, y en lo único en que pude pensar fue en lo mucho que nos íbamos a divertir desnudos cuando volviéramos a casa. Mi mente aprovechaba cualquier excusa para perderse en pensamientos subidos de tono. Consideré la posibilidad de escaparme al baño cuando terminara la canción para hacer algunas fotos sugerentes, que era una de mis formas favoritas de provocar a Cameron. Cuando una de sus manos se deslizó hasta mi culo, decidí que merecía ser torturado con una foto excitante, aunque sabía que, cuando las viera, no se cortaría en meterme en un baño o un cuarto de la limpieza para hacer conmigo lo que le apeteciera. Pero primero, antes de pasar a la parte sexi, debíamos tener una conversación muy seria.

Cuando terminó la canción, llevé a Cameron a la terraza, aprovechando que la orquesta había empezado a tocar música de baile.

—¿Qué pasa? —Cameron me miró con aire suspicaz cuando vio que todo el mundo iba en dirección contraria a nosotros—. ¿Es que ya no te gusta ABBA?

—Solo quiero hablar contigo, y he pensado que podíamos disfrutar de esta noche tan bonita. ¡Mira qué luna!

Él la miró un momento, pero volvió la vista hacia mí enseguida.

—Sí, muy bonita. Suéltalo.

Estábamos apoyados contra la barandilla, uno al lado del otro, mirando la interminable silueta de los edificios de Manhattan. Me miré la mano.

—Me encanta este anillo —dije, poniendo la mano cerca de la cara.

—Me alegro. Eres mi estrella errante, así que me pareció muy apropiado.

—Sí que lo fue —murmuré, moviendo la mano de un lado al otro.

—¿Qué quieres decir con que «fue»? ¿Hay algo que quieras decirme? — Cameron parecía preocupado.

Me mordí el labio e intenté parecer nerviosa. Me seguía gustando juguetear con él de vez en cuando.

—Creo que va siendo hora de buscar uno nuevo.

—De acuerdo. —Cameron dejó escapar un suspiro—. Eso no debería ser difícil. ¿Quieres uno de oro? Incluso podríamos probar con oro dorado, que iría muy bien con el tono de tu piel. Lo que tú quieras.

No lo estaba entendiendo.

—¿Y si pasamos al… siguiente nivel? —Hice una pausa—. Quiero decir, a un diamante.

—Un momento. —Cameron dio un paso atrás—. ¿Lo dices en serio? ¿Es lo que creo que es?

—Lo es.

Cameron me alzó en sus brazos y dio una vuelta conmigo, besándome con ansia.

—Supongo que eso quiere decir que te alegras —reí cuando me dejó por fin en el suelo.

—Lis, no tienes ni idea de cuánto tiempo llevo esperando oírte decir eso —sonrió él—. Te dije que esperaría a que estuvieras lista. No pensaba presionarte, pero, joder, me estaba matando no proponerte ir a elegir anillos. Después de todo, ese es mi trabajo.

Volví a abrazarle y me apreté contra él.

—Bien, pues ya es hora. ¿Concertamos una cita con Bernard en la boutique?

Su risa resonó contra mi cuerpo.

—Ni hablar. Clara se está *muriendo* de ganas de diseñar algo para ti. Creo que a ella le va a hacer más ilusión que a mí.

Me aparté para mirar a Cameron con preocupación.

—Espero que eso no sea verdad.

—Venga ya —me reprendió, y me besó en la cabeza—. No tienes ni idea de lo feliz que me hace todo esto. El anillo, decirte «sí, quiero» y pasar el resto de mi vida contigo, cariño.

Me acurruqué contra el pecho de Cameron, con la sensación de ser la persona más afortunada del mundo, porque sabía cómo iba a responder cuando le dijera lo que estaba pensando.

—Te quiero, Cameron O'Connor.

Él me puso un dedo bajo la barbilla y la levantó con cuidado para mirarme a los ojos.

—Y yo te quiero más. Para siempre.

Siempre intentaba superarme, pero aquella vez, me alegró dejarle ganar.

30

EPÍLOGO

Un año después

—¿**P**or qué estoy tan nerviosa? —pregunté a Nina, alisando la parte delantera de mi vestido ajustado de encaje blanco—. Estar nerviosa es una estupidez, ¿no?

Ella rio con picardía y sacudió la cabeza.

—Tienes todas las razones del mundo para estar nerviosa, si tienes en cuenta que ahí fuera hay dos expresidentes, un ganador de un Grammy y el *influencer* con más seguidores del mundo en Instagram. Hasta yo estoy nerviosa por ti, y lo único que tengo que hacer es caminar por el pasillo y quedarme ahí de pie. ¡Tú tienes que recitar tus votos!

—Gracias. —Le di un golpe juguetón—. Te odio.

—Mentirosa.

Solo Cameron O'Connor podía conseguir que todas las personas importantes de Manhattan aceptaran desplazarse hasta Wave Hill Gardens en el Bronx, a veinticinco minutos. Aquel jardín siempre estaba precioso, pero Dana, nuestra organizadora de bodas, y el equipo encargado de las flores, lo habían decorado de un modo que creaba un suntuoso entorno de ensueño para nuestro gran día.

Intenté no alterarme aún más al pensar en cuánta razón tenía Nina al señalar todos los invitados importantes que asistirían. Aquel día era para Cameron y para mí; el resto no era más que ruido de fondo.

—Hola, chicas, traigo una entrega especial —dijo Megan, entrando en la habitación con una pequeña caja—. Cam me ha pedido que te dé esto.

Los ojos se me llenaron de lágrimas, en previsión de lo que pudiera ser. Iba a estar hecha un desastre en el altar.

—No me puedo creer lo guapísima que estás —dije a Megan, recogiendo la caja que me entregaba—. ¿Cómo es posible que acabes de tener un bebé? Fíjate qué cuerpazo.

Ella se volvió a un lado y al otro para exhibir como una modelo profesional su vestido color maquillaje, con un lazo detrás del cuello.

—No es mérito mío. Has elegido un vestido fantástico. ¡Espero que el Spanx no me traicione!

Nos reímos con ella. Tenía razón en que los vestidos eran un tanto ajustados, pero mis dos damas de honor estaban perfectas.

—¿Quieres abrir eso en privado? —preguntó Nina señalando la caja.

—No, me vendrá bien practicar no dejarme llevar por las emociones, con todo el maquillaje que llevo. Quedaos, por favor.

Me dirigí a la ventana y me senté en el amplio banco que había debajo. La caja estaba envuelta en papel rosa y plateado, y adornada con un lazo blanco muy grande. Me tomé mi tiempo para deshacer el envoltorio, hasta que Nina me reprendió.

—Lo sé, lo sé —respondí—. Es que quiero disfrutar de cada instante de este día.

—Sí, hazlo —corroboró Megan—. Yo me alegro de que tengamos tantas fotos y vídeos, ¡porque no me acuerdo de nada de mi propia boda!

Inspiré hondo antes de levantar la tapa de la caja. Cameron era muy generoso con los regalos, y tenía la sensación de que lo que hubiera dentro no solo iba a ser magnífico, sino también lleno de significado. Cuando vi lo que era, comprendí que había tenido razón.

Sobre un pequeño cojín azul marino había un colgante de plata con forma de libro. En la portada estaban nuestras iniciales, escritas con diamantes.

—Oh, ¡es *perfecto*! —suspiré, sacándolo de la delicada cadena de plata.

Nina y Megan se acercaron para verlo.

—Parece antiguo. ¿Se puede abrir? —preguntó Nina.

Cogí el libro con cuidado y lo abrí para revelar dos pequeñas fotos en blanco y negro. En una de ellas, estábamos de perfil, con las frentes juntas, y en la otra se veían nuestras manos unidas. Nunca había visto ninguna de aquellas fotos tan bonitas, pero así era Cameron: siempre encontraba formas originales de sorprenderme.

—Mira la parte de atrás —dijo Megan.

Cuando di la vuelta al colgante, encontré una inscripción: *Que nuestra historia de amor sea eterna.*

—Ooooh —dijeron las dos a la vez.

Dejé escapar una larga exhalación con los labios fruncidos.

—Mantén la calma, mantén la calma —me repetí, mientras mi corazón intentaba salirse del pecho por la felicidad.

—Ay, ¡ya sé qué puede distraerte! —exclamó Megan, sacando el teléfono—. ¿Has visto el último vídeo de Kira?

—¿Un vídeo nuevo? ¡A ver! —dije, abriendo y cerrando las manos para que me entregara el móvil, porque me encantaban los vídeos de Kira.

No sabía por qué me había parecido tan delicada y comedida cuando la vi en aquel programa de la mañana con Steven. Desde que habían roto, ella se había mostrado cualquier cosa menos delicada y comedida, y yo estaba disfrutando de todo lo que publicaba.

Su videoblog se llamaba «Gilipollas desatado», y en cada nuevo vídeo explicaba otra razón más por la que Steven Brudny era escoria. Hasta ahora había subido unos treinta vídeos, y no daba señales de tener intención de parar.

Por supuesto, él se merecía todo aquello después de engañarla con la actriz a la que había contratado para que representara el papel de Kira en la película sobre su libro. El engaño se hizo público incluso antes de que comenzara el rodaje, y la reacción del público fue tan negativa que terminaron cancelando el proyecto. En lugar de una película, lo único que quedaría para la posteridad serían los vídeos de Kira, que dejaban más que clara la realidad de lo que suponía salir con Steven. Ella lo contó todo: los rencores, la manipulación, la forma en que condicionaba su amor a que ella lo adulara y fingiera entusiasmarse con su aburrida conversación y su mediocre rendimiento en la cama. Para cuando Steven intentó contraatacar, Kira ya controlaba la historia de su ruptura y no parecía dispuesta a darle ningún tipo de tregua. Resultaba increíble.

Dana asomó la cabeza por la puerta y nos encontró muertas de risa ante el último ataque de Kira.

—Señoritas, ya falta poco para empezar. ¿Puedo traeros algo?

—No, nada, ¡gracias! —contesté—. Y yo estoy lista para salir en cuanto me digas.

Por mucho que me divirtiera asistir como espectadora a la caída de Steven, estaba deseando soltar el teléfono y dedicarme a lo que realmente importaba. Ya había esperado bastante tiempo para casarme con Cameron.

Los últimos preparativos se me pasaron volando, y cuando quise darme cuenta, me encontré caminando bajo un cielo sin nubes hacia donde me esperaba mi verdadero amor. No me sorprendió que a Cameron le brillaran los ojos por la emoción cuando me acerqué a él. Esta vez, fue Aiden quien se acercó para ponerle una mano en el hombro en un gesto de ánimo, y Tyler le dio una palmada en la espalda.

Cuando llegué delante del altar, él me dio un beso rápido, lo que provocó las risas de los asistentes y una advertencia del oficiante. Yo no podía dejar de mirarle porque, aunque ya le había visto muchas veces con esmoquin, verle así de guapo aquel día lo era todo para mí.

Veinte minutos más tarde, éramos marido y mujer, y sellamos nuestros votos con un beso que me cortó la respiración. Cameron me apretó contra su costado y puso su mano sobre la mía para recorrer juntos el pasillo.

—Soy el hombre más afortunado del mundo —me susurró al oído.

Yo me mordí el labio y lo miré, esperando que la felicidad evidente en mi cara fuera una respuesta adecuada, porque cada vez que intentaba hablar, las lágrimas de alegría me bloqueaban la garganta.

Cuando habíamos planeado la fiesta con Dana, solo nos fijamos un objetivo. No nos preocupaba que todo resultara elegantísimo, aunque eso se daba por hecho, considerando lo que había costado el evento. Pero lo que queríamos era que resultara divertido. Por esa razón, la banda no dejó de tocar durante todo el cóctel y la cena y, aunque sonaron algunas baladas y canciones lentas, la mayor parte de la música era animada y alegre, de forma que la gente estuvo bailando sin parar toda la noche. Hasta Cameron.

Él no se apartó de mi lado durante ninguno de los ridículos bailes de grupo, congas, coreografías, canciones disco y bailes pegados. Reímos, sudamos, cambiamos de pareja y no paramos de movernos durante horas. Megan me había advertido de que lo único que lamentaba de su boda era no haber podido disfrutar mucho con Aiden, y Cameron y yo habíamos aprendido la lección. Una boda era, ante todo, una fiesta, y habíamos querido disfrutar hasta el último segundo de ella.

Cuando la banda hizo por fin una pausa hacia el final de la noche, todo el mundo se dirigió a por una bebida para recuperarse. En ese momento, se oyó una voz familiar por los altavoces.

—Escuchad todos. ¿Podéis prestarme atención unos minutos?

—¿*Tyler*? —Cameron me miró, atónito.

Estiré un poco el cuello y vi a Tyler delante de la banda, con la guitarra colgada de un hombro. Cuando miré a mi alrededor, vi que Nina se tapaba la boca con las manos y le miraba del mismo modo que lo había hecho la primera noche que le vimos cantar.

—Se supone que solo soy el padrino, pero no he podido resistir la tentación de apoderarme del micrófono para cantar una canción. Cameron, Felicity, he escrito esta para vosotros. Venid aquí, por favor.

No supe decir quién de los dos se sorprendió más. Miré de nuevo a Nina mientras Cameron me llevaba de nuevo a la pista de baile, y ella hizo un gesto de asentimiento con la cabeza. Estuve segura de que habría ayudado a Tyler con la canción, ya que ahora escribían canciones juntos todo el tiempo.

La canción de Tyler era una alegre oda al amor que dejaba entrever aspectos de nuestra historia, pero se centraba en la experiencia universal que suponía encontrar a esa persona especial. No era una canción melancólica de las que se suelen usar para el primer baile en una boda, sino que estaba llena de felicidad y esperanza. El estribillo era dinámico, al estilo de preguntas y respuestas, y antes de que terminara la canción, todo el mundo lo estaba coreando.

—Creo que nuestro amigo acaba de componer un éxito —me dijo Cameron al oído mientras bailábamos.

—No sé si la volverá a tocar —murmuré yo—. Hoy, en este momento mágico, es nuestra y, cuando termine, es posible que desaparezca para siempre. Es efímera.

—Tal vez esa haya sido su intención, pero mira allí —indicó Cameron mirando por encima de mi hombro—. Lucy ha vuelto a las andadas.

Miré a donde indicaba y encontré a Lucy grabando a Tyler con aire emocionado.

—Oh, no —suspiré—. Fijo que con eso va a conseguir un millón de seguidores nuevos, y seguro que alguna discográfica se pone en contacto con él en breve.

—Ya lo decidirá él —contestó Cameron—. No me preocupa.

Tyler y Nina habían encontrado juntos la estabilidad, y estábamos seguros de que ahora podrían enfrentarse a lo que fuera.

La fiesta continuó hasta bien entrada la noche, hasta el punto de que casi tuvieron que echarnos de las instalaciones. Horas después de la tarta, los fuegos artificiales y las despedidas llorosas, Cameron y yo nos encontramos por fin solos, en la suite Luna de Miel del Four Seasons, agotados, pero llenos de felicidad.

—Me encanta este vestido, pero necesito quitármelo *ya* —exclamé mientras me retorcía para tratar de alcanzar los botones en mi espalda —. ¿Me lo puedes desabrochar, por favor?

Me di la vuelta para ofrecerle la espalda.

—Un momento, no tan rápido —dijo él—. Quiero mirar a mi mujer una vez más antes de quitártelo.

Dio una vuelta a mi alrededor, despacio, como un tigre al acecho, deslizando los ojos por mi cuerpo.

—Eres perfecta, amor mío.

De repente, ya no me sentía cansada en absoluto.

—Eres la novia más sexi que he visto nunca. Ese vestido…

Cameron me había dado a entender que no le entusiasmaban los vestidos de novia tipo princesa, y cualquiera que me conociera habría sabido que, de todos modos, ese no era mi estilo. Las chicas me habían ayudado a elegir un vestido de encaje espectacular, ajustado, sin mangas y con un sutil adorno de cuentas.

—Sabía que te gustaría. Y tú… Bueno, tú básicamente pareces un modelo.

Él se agarró una solapa con cada mano, imitando una pose.

—A eso me refería —reí.

Los dos nos acercamos al mismo tiempo, para abrazarnos de un modo que ya nos resultaba familiar.

—El mejor día de la historia —murmuró él.

—Ya lo creo. —Me apreté aún más contra su cuerpo.

Cameron me besó la cabeza, pero se apartó con una mueca.

—Argh, ¿cuánta laca llevas en el pelo?

Yo me retiré un poco, riendo algo avergonzada.

—La peluquera quería asegurarse de que el peinado aguantara bien, ya que íbamos a estar al aire libre. Supongo que se le ha ido un poco la mano con la laca. Por eso quería quitarme el vestido, para poder ducharme y… ya sabes —le guiñé un ojo.

—¿Y te puedo acompañar?

—Bueno —dije, dando otro paso hacia atrás—. También puedes esperar a verme aparecer con un conjunto de lencería especial para la ocasión. Me ha costado bastante elegirlo, y me encantaría tener la ocasión de usarlo. Además, como soy virgen…

Miré al suelo con timidez.

—Cierto —dijo Cameron, siguiendo con la actuación—. Tienes razón, esta noche será nuestra primera vez.

—Trátame bien, por favor. —Agité las pestañas como una doncella inocente.

Él se acercó a mí y me rodeó la mejilla con una mano.

—Lo haré, preciosa. Cuando te haga el amor, los ángeles cantarán en el cielo.

Ya no pudimos más, y rompimos a reír a carcajadas.

—Desabróchame, anda.

Me di la vuelta y él me besó desde la base del cuello hacia abajo mientras lo hacía, hasta que estuve a punto de olvidarme de la lencería nueva y lanzarme sobre él en aquel mismo instante.

—Date prisa —instó Cameron—. Yo te esperaré aquí fuera. Seré el tío que está desnudo.

Me dio una palmada en el culo mientras me dirigía al baño a toda prisa. Cuando abrí la ducha, comprendí que nunca había sentido aquel nivel de felicidad. El día había sido perfecto en muchos aspectos. Estuve a punto de pellizcarme para asegurarme de que todo lo que me estaba pasando era real. El hombre que una vez me había amargado la vida se había convertido en la mejor parte de ella.

Había previsto darme una larga ducha, pero ya era muy tarde y me estaba empezando a dar el bajón, así que me apresuré, me sequé con rapidez y me recogí el pelo mojado con una pinza. Me puse una camisola blanca transparente con amplios detalles de encaje en los laterales, que me hacía parecer prácticamente desnuda.

Perfecto.

Abrí la puerta y posé contra el marco. Como había prometido, Cameron estaba ya en la cama, mostrando su espectacular pecho desnudo de un modo que sugería que tampoco llevaba nada debajo de la sábana. Estaba tan absorto sonriendo a su teléfono que no se fijó en mí, así que carraspeé un poco.

Él alzó los ojos, aún sonriendo y, cuando me vio, dejó caer el teléfono. La forma en que reaccionaba al verme era una de las muchas cosas que me encantaban de él. Ahí estaba yo, recién salida de la ducha y con el pelo mojado, y eso era suficiente para cortarle la respiración. A Cameron le gustaba por mí misma, sin importar mi aspecto. Me acerqué a la cama contoneándome, y me metí en ella.

—¿Qué estabas viendo?

—Se me ha olvidado, —contestó Cameron como si estuviera en trance—, porque, fíjate en mi mujer.

Me besó con ganas.

—Estabas sonriendo a algo —dije, apartándome un poco—. Cuéntame.

—Era Lucy, que dice que tenía razón sobre nosotros. Ha hecho un montaje con varias imágenes y la canción de Tyler de fondo, empezando por aquella noche en la boutique cuando te probaste los anillos. Está presumiendo, dice que ella ya lo había anunciado.

—Ella fue la única que lo creía posible —dije, poniéndome a horcajadas sobre él.

Él me abrazó para besarme, y me frotó contra su entrepierna.

—Eso no es verdad.

Nuestros besos se volvieron más apasionados por momentos.

—Desde el momento en que te vi, tan fogosa y empeñada en aquel taxi, supe que ibas a ser mía —murmuró Cameron.

—Mentiroso —reí contra su boca—. Al principio me odiabas.

—Puede que sí, pero lo único que importa ahora es que hemos llegado hasta aquí, y este es el primer día de nuestro futuro juntos.

—Qué suerte tengo —suspiré.

Cameron me besó con más intensidad.

—No, qué suerte tenemos los dos, mi amor.

FIN DE EL MÁS ANTIPÁTICO
LOS ARROGANTES MILLONARIOS DE GLENHAVEN LIBRO 3

El más prepotente, Julio 30, 2024

El más gruñón, Septiembre 24, 2024

El más antipático, Noviembre 5, 2024

P. D.: ¿Quieres más multimillonarios ardientes? Entonces, lee estos fragmentos exclusivos de *Un jefe insoportable.*

¡GRACIAS!

Muchas gracias por comprar mi libro. Las palabras no bastan para expresar lo mucho que valoro a mis lectores. Si disfrutaste este libro, por favor, no olvides dejar una reseña. Las reseñas son una parte fundamental de mi éxito como autora, y te agradecería mucho si te tomaras el tiempo para dejar una reseña del libro. ¡Me encanta saber qué opinan mis lectores!

Puedes comunicarte conmigo a través de:

ACERCA DE LESLIE

Leslie North es el pseudónimo de una misteriosa autora superventas del periódico USA Today que idea comedias románticas y romances contemporáneos como una campeona (¡los jefes de sus historias te robarán el corazón!). La protección del anonimato le permite dar rienda suelta a toda su creatividad, sobre todo cuando se trata de escribir unas escenas tan apasionadas y emocionantes que harán que te sonrojes.

De hecho, la autora ha confesado que… ¡casi le gusta más su identidad como Leslie North, que su personalidad cotidiana! Sus novelas superventas son conocidas por el carácter fuerte de sus personajes, sobre todo sus heroínas: mujeres mordaces y atrevidas, que no tienen reparos en plantar cara a un jefe capullo y dominante. ¿Y su sentido del humor? Bueno, digamos que tal vez debas avisar a quienes te rodean de que no se sorprendan si sueltas una carcajada inesperada.

El interés de Leslie por las novelas románticas comenzó cuando encontró una muy desgastada en su biblioteca local. Poco después de leerla, ella misma se animó a escribir y, como se suele decir, el resto es historia, una de lo más divertida y conmovedora. En la actualidad, Leslie vive en un acogedor chalet en la costa británica, donde le gusta dar largos paseos relajados con sus dos dálmatas, George y Fergie, que son de lo más traviesos.

A Leslie le encanta escuchar las opiniones de sus lectores, así que, si tienes algo que decirle, no te cortes y escríbele. ¡Le alegrarás el día!

SINOPSIS

¿Os confieso algo?

Odio las despedidas de soltera. Odio la idea de pasar una noche llena de pajitas con forma de pene, pasos de baile ridículos y mujeres diciéndome: «¡Tú serás la siguiente, Kaitlyn!». Y las odio todavía más si son en una discoteca superglamurosa de Miami, exactamente el tipo de lugar donde no encajo. La cosa no podría ser peor, ¿no?

Pues sí, podría ser peor. Con ustedes, el señor «Más-Guapo-Imposible». El rey de los insoportables. Hasta su ceño fruncido tiene el ceño fruncido. Y se pone todavía más insoportable después de que, sin querer, le tire encima unas bebidas. El tipo debe de ser el gerente de la discoteca, porque tiene las llaves del ático que está en el piso de arriba. El ático al que me invita después de compartir un beso en el balcón. El ático donde tenemos el mejor sexo de mi vida. El ático del que me echa minutos después al recibir una llamada. ¡Os he dicho que la cosa se ponía peor!

¿Estáis listos para que se ponga incluso peor? Es el primer día en mi nuevo trabajo y ese tipo insoportable resulta ser mi jefe. James Morris, un empresario multimillonario dueño de discotecas y un completo imbécil como jefe (si es que las revistas de cotilleos dicen la verdad). Y también padre soltero de una niña adorable que necesita mi ayuda.

Pero ¡de ninguna manera puedo aceptar el trabajo! Cada vez que miro a James, recuerdo esa noche en el ático. Y, por el modo en que me mira, sé que él piensa lo mismo que yo. Pero después me explica por qué es importante para él que acepte el trabajo. Y por qué no puedo negarme.

¿Os confieso algo más?

Odio a mi jefe.

Obtén tu ejemplar de *Un jefe insoportable* a www.LeslieNorthBooks.com

∾

FRAGMENTO

Capítulo 1

Kaitlyn

*Había dos cosas que d*ebería haber hecho. Una era quedarme en casa y la otra, ponerme las gafas. Claro está que no hice ninguna de las dos.

—¡Cuidado con las escaleras!

—¡La madre que…!

—¡Se va a…!

Aunque la gente suele gritar mucho en las discotecas, no llegué a oír el final de la última frase. Mis pies se precipitaron hacia la nada, las luces parpadeantes de la discoteca comenzaron a girar a mi alrededor y fue entonces que me di cuenta de que iba a salir volando a toda máquina.

Lo primero que hice fue lanzar los brazos al aire para recuperar el equilibrio, pero mi tobillo se torció cuando el zapato chocó contra el escalón. Ahí comprendí que mi final era inminente. En lugar de disfrutar de una vida larga y provechosa, mi existencia iba a limitarse a una línea triste en la sección de esquelas: «Joven se rompe el cuello en una discoteca». En eso estaba cuando apareció alguien más.

Lo único que alcancé a ver fue la silueta borrosa de un hombre, del que intenté sujetarme tan fuerte como pude. Pero, en lugar de tantear su cuerpo, mi mano palmoteó una bandeja llena de copas de champán.

—¡Señorita, no! ¡Cuidado! —gritó el camarero, que ahora estaba lo suficientemente cerca como para poder identificarle, pero su advertencia llegó tarde. Agarré el borde de su bandeja, en la que había tanto champán como para celebrar un *brunch* con una barra libre inagotable de mimosas, y tiré de ella para estabilizarme.

La buena noticia era que, efectivamente, había conseguido estabilizarme. La mala era que el camarero no. El pobre se tambaleó, lo que provocó que la bandeja volara por los aires y termináramos los dos bañados en una oleada de champán, así como todos los que se encontraban cerca. Bueno, al menos yo ya no me estaba cayendo: en cambio, ahora chapoteaba en un mar de champán. Vaya manera de empezar la noche.

En mi intento de ayudar al camarero, hice un movimiento demasiado rápido y volví a tropezar. Una vez más me precipité hacia el suelo y tuve que prepararme para recibir el impacto. Y entonces fue cuando él apareció.

—Tiene que ser una puta broma.

Oí una voz grave e irritada resonar en el ambiente y noté también un par de manos que me encandilaron. Sus dedos, largos y fuertes, me sujetaron el codo con firmeza para que me mantuviera en posición vertical y, eso bastó para que sintiera un escalofrío de lo más agradable recorrer toda mi espalda.

—Lo siento mucho —balbuceé—. No he visto por dónde iba. No es culpa suya, no llevo las gafas y… ¡oh, al diablo!

Me deshice de su agarre, metí la mano en el bolso y saqué unas enormes gafas fucsia con estrás y forma de ojo de gato.

No tenía pretensiones de ir a la última moda, se suponía que eran una broma. La clase de gafas que tienes a mano en caso de emergencias o como un accesorio divertido para hacer la gracia durante alguna cena. Pero, como Dios tiene un sentido del humor muy retorcido, la noche anterior me había sentado sobre mis gafas habituales y mi pedido de lentillas no había llegado a tiempo para la despedida de soltera de Cassie. Por eso, había tomado la insensata decisión de salir esa noche sin llevar siquiera las gafas puestas. El mundo se volvió a enfocar cuando me las coloqué sobre la nariz.

—¿Qué diablos acaba de pasar?

El hombre de la voz portentosa seguía de pie delante de mí, con la expresión de alguien que acababa de pillar a un intruso intentando llevarse la cubertería de plata. No supe descifrar si estaba enfadado conmigo o con el camarero.

—¿Está bien, señorita? —Sus palabras eran corteses, pero su actitud las dotaba de un significado diferente: en vez de querer saber si me había magullado, parecía estar sugiriendo que me hallaba mal de la cabeza. .

—Este, yo… Bueno…

«Santo cielo, Katie», pensé. «Espabila, tú puedes. Eres capaz de armar frases completas y con sentido».

Aun así, las palabras no me salían con facilidad. En un vano intento de despejar mi mente, me volví hacia el camarero, cuya camisa blanca se había teñido de color amarillo pálido, y luego miré de nuevo al otro hombre que estaba frente a mí. Él era… Maldición. Era todo.

Alto y de hombros anchos, llevaba una pulcra camisa negra que se adaptaba a su torso esbelto de una forma muy apetecible. En su cara se mezclaban tanto facciones suaves como duras, que le otorgaban una apariencia de estar esculpida en mármol y luego pulida hasta la perfección, y sus ojos eran, sencillamente, encantadores.

«Céntrate, por lo que más quieras», ordenó mi voz interior. «Ya sé que ha pasado mucho tiempo, ¡pero este no es el momento ni el lugar!».

—¿Hola, hola? ¿Puede oírme? —insistió el hombre, agitando la mano delante de mis ojos—. ¿Qué es lo que ha pasado, exactamente?

—Lo siento mucho —repetí, corriendo junto al camarero para comprobar cómo estaba. Era lo menos que podía hacer—. Estoy bien, de verdad que sí. Pero usted…

—Estoy bien, señorita—. El camarero me apartó de la forma más cortés posible, con la mirada puesta en la alfombra de cristales rotos que cubría el suelo de la discoteca, y cerró los ojos. A mí me estaba yendo fatal, pero su noche no parecía ir mucho mejor. Y todo por mi culpa.

—Ocúpate de esto, Fernando —le indicó el hombre misterioso.

Un pequeño batallón de camareros surgió de la nada tras un rápido chasquido de sus dedos. Moviéndose como una máquina bien engrasada, el grupo acordonó el desastre y comenzó a recoger los cristales y fregar el suelo, trabajando a toda velocidad mientras la fiesta continuaba sin pausa a nuestro alrededor. Me resultó odioso.

Había ido allí a pasarlo bien, no a complicarles la vida a los demás. Y esa discoteca, Dios, esa discoteca no era lo que esperaba. Para nada. Al estar situada en el ático de uno de los rascacielos más altos de Miami, esperaba que el ambiente del sitio fuera más del estilo típico de la ciudad, con luces de neón, palmeras y demás. Me había sorprendido mucho cuando entré y me topé con una escena que ejemplificaba la elegancia en su máxima expresión. El interior estaba decorado en tonos azul marino, con bancos bajos de cuero rodeando la pista de baile; las paredes estaban pintadas de color negro azulado y, en lo alto, unas arañas de cristal centelleaban como gotas de lluvia. El conjunto creaba la impresión de que Bloom era un club muy pijo y al que solo se ingresaba si eras miembro. Todo resultaba suntuoso, cómodo y opulento en extremo, y a mí eso me hacía sentir fuera de lugar.

—Me siento fatal, en serio. Puedo pagar por el incoveniente.

—En absoluto —me interrumpió el hombre, al que di por una especie de director de sala—. Ha sido un accidente y... —me miró estrechando los ojos y su expresión pasó de enfadada a sorprendida.Me miraba a los ojos con una intensidad suficiente como para partirme el alma, y sentí que me acaloraba sin remedio hasta que me di cuenta de que solo era por mis gafas—.¿Qué se supone que es esto?

Ay, ese tono. Podía tolerar un poco su mala educación, pero esto ya era demasiado.

—Gafas —contesté, resaltando la palabra con tono afilado—. Ya sabe, para ver.

—¿Y le funcionan? —replicó levantando una ceja. Sus ojos parecían soltar rayos láser, casi podía sentir cómo la montura de plástico de las gafas se derretía sobre mi cara.

De acuerdo, había algo que sí entendía. En lo que respectaba a discotecas, Bloom era el no va más del entretenimiento nocturno en Miami. Era imposible entrar salvo que estuvieras forrado o tuvieras el aspecto de una estrella de cine. Yo, desde luego, no estaba forrada, y me figuraba que aquellas gafas no cuadraban del todo con el estilo de Hollywood, pero ni en broma iba a aguantar que me juzgaran de tal modo por mi aspecto, a pesar de que no estaba demasiado orgullosa de él.

—Quizá unas gafas más prácticas le habrían ido mejor —continuó él, con la vista puesta en las escaleras que casi habían acabado conmigo —. ¿Cómo es que no las ha visto? No son difíciles de ubicar.

—No llevaba gafas —admití—. Está claro que debería habérmelas puesto, porque si… yo…

—Ah, así que no son para ver —dijo él—. Solo funcionan en retrospectiva, ¿no? Ya entiendo —se apretó el puente de la nariz y cerró los ojos un momento, como si tratara de contenerse para no destrozarme con más juegos de palabras inconducentes—. Supongo que no puedo culparla por no querer ponérselas.

Apretó los labios y un brillo divertido iluminó sus ojos. Estaba claro que, fuera quien fuera, a este tío le costaba mantener la profesionalidad en ese momento. Se había dado cuenta de que yo no encajaba ahí y se estaba divirtiendo a mi costa y, aun así, por mucho que me irritara, no era capaz de encontrar las palabras apropiadas con las que replicarle. Tenía la mente obnubilada por su mandíbula de simetría perfecta y con esos labios, que daban tantas ganas de besarlos. Ese hombre era, sin duda, una cruel broma del destino. Su actitud era tan cáustica que podía arrancar la pintura de las paredes, pero estaba oculta en un envoltorio tan espectacular que hubiese sido preciso que llevara un letrero de advertencia.

—Mire, no se preocupe, la próxima vez, solo… ¡Oh, vaya!

Su mirada recorrió mi cara y luego descendió hasta mi cuerpo y, de inmediato, fui consciente de la forma en que el vestido se me pegaba a las curvas. No recordaba que fuera tan ajustado ni que se hubiera mojado al punto de incomodarme.

—Oh, mierda —murmuré tocando la tela empapada del vestido estropeado por completo—. Estoy toda…

—¿Húmeda? —sugirió el hombre, y por sus labios se extendió una sonrisa de superioridad que había contenido hasta ahora. Hizo una pausa breve mientras intentaba borrar lasonrisa, que le daba un aspecto estúpido a su cara, y después continuó—: Le pido disculpas por todo esto, señorita, en serio. Tenemos una asistente maravillosa en el tocador de señoras que dispone de un armario lleno de ropa limpia para que pueda cambiarse a gusto. Ella le ayudará a arreglarse para el resto de la noche. Por supuesto que yo me haré cargo de todos sus gastos, así como de reemplazar su… —dejó la frase en el aire, pues intentaba averiguar la marca de mi vestido y fracasó en el intento—. Bueno, eso.

—¡A mi vestido no le pasa nada! —Tiré de la tela húmeda para separarla de mi cuerpo. El movimiento hizo que el vestido se pegara a mi trasero y revelara unos cuantos centímetros más de pierna. Noté que un calor incómodo se extendía por mis mejillas e intenté tirar de la prenda hacia abajo.

—No he dicho que le pasara nada. —Volvió a apretar los labios, como si estuviera intentando contener la risa, y obligó a su mirada a subir desde mi escote a mi cara—. Es solo que parece estar...

—Húmedo, ya lo sé.

—Por favor —insistió en un esfuerzo por mantener el tono profesional—, vamos a…

Bueno, ya era suficiente..

—No es necesario. Puedo pagar por mí misma, y también puedo ocuparme de esto. Eché los hombros hacia atrás y enderecé la espalda. Parecía un pez mojado al que un gato callejero había arrastrado, y las gafas ridículas desde luego que no ayudaban en nada, pero quise aferrarme a la poca dignidad que todavía tenía. Fuera quien fuera aquel idiota condescendiente, no necesitaba de su ayuda inservible ni tampoco quería deberle nada. Me daba igual que, en cuanto a atractivo , él fuera para mí tan peligroso como una bomba nuclear—. Además, no creo que me vaya a quedar mucho rato.

—Deje al menos que la ayude a encontrar a su grupo —propuso él, y me di cuenta de que elegía con cuidado sus palabras—: O a su pareja, en su caso.

—No tengo pareja. —La frase brotó de mis labios antes de que mi consciencia pudiera contenerla.

—¿Ah, no? —la sonrisa de superioridad volvió a aparecer—. ¿Y supongo que tampoco busca encontrar una? A ver, no quiero volver a sacar a relucir el tema de las gafas, pero…

—Escúcheme, señor «Vista Perfecta» —estallé—. No todos tenemos la suerte de ver bien y yo, desde luego, ni quiero ni necesito una pareja. Ni siquiera aunque…

«Ni siquiera aunque esa pareja fueras tú», estuve a punto de decir.

—¿Ni siquiera aunque? —me instó, con los brazos cruzados sobre el pecho. Sus ojos estaban clavados en los míos y casi podía sentir que intentaba leerme la mente. La actitud del muy capullo comenzaba a afectarme, me alteraba las ideas y disfrutaba de cada una de mis reacciones.

—¡No tengo por qué darle explicaciones!

—Por supuesto que no. Pensé que iba a decir que… —dejó la frase a medias y, aunque me di cuenta de que lo hacía a propósito, no me pude contener.

—¿Que qué?

Él se encogió de hombros.

—No tengo por qué darle explicaciones.

Quise estrangularle, pero, en lugar de eso, di dos pasos hacia él. El primero lo di muy enfadada, pero el segundo fue distinto.

—No tengo ni idea de por qué cree que tiene derecho a ser tan… —Apreté los dientes y, al no encontrar las palabras adecuadas, solo pude agitar la mano hacia él con irritación.

—¿Alto? —Ahora era él quien daba un paso hacia mí. Vaya, sí que era muy alto—. ¿Encantador?

—¡Molesto! —le solté—. ¡Y nada profesional!

Eso le dolió.

—¿No soy profesional? —Su boca se convirtió en una delgada línea y el rastro de una sombra oscureció sus facciones—. Me han llamado muchas cosas, pero nunca eso.

—¡Nada profesional! —repetí, sabiendo que había encontrado su punto débil—. Ya me ha oído. Su comportamiento no es profesional y no me está ayudando lo más mínimo. ¡Yo solo quiero encontrar a mis amigos, hacer mi parte y marcharme a casa! —Agité la mano hacia la elegante pista de baile que era un caos—. Esto no es para mí. Yo lo sé y usted también lo sabe, así que, por favor, ¿podemos terminar de una vez con todo esto?

—Muy bien —dijo, con tono neutro y profesional. Por alguna razón, eso me decepcionó—. ¿Puede decirme a quién está buscando?

—He venido a la despedida de soltera de Cassandra Thorn.

—¿Cassandra Thorn? —dijo él pestañeando—. ¿Quiere decir Cassie?

—Sí, Cassie —repetí—. Es mi hermana. Espere, ¿cómo sabe su nombre?

Y ese fue el momento en que mi hermana eligió hacer su aparición, invocada, al parecer, por la simple mención de su nombre. Envuelta en un torbellino de volantes blancos y un tocado de tul, se estrelló contra mí, rodeándome en un abrazo achispado.

—¡KATIE! —me gritó al oído, con un aliento que contenía el tequila suficiente como para embriagarme a mí también—. ¡Puaj, estás empapada! ¿Qué te ha pasado?

Cassie me miró a mí, después miró a mi némesis y, abriendo mucho los ojos con sorpresa, se echó a reír.

—¿James? ¿Qué está pasando? ¿Por qué estáis los dos empapados? No sabía que os conocíais.

—No nos conocemos —protestamos James y yo a la vez.

—Antes no —corrigió Cassie, con los ojos brillantes mientras seguía riendo— Pero ahora ya os conocéis.

Obtén tu ejemplar de _Un jefe insoportable a_
www.LeslieNorthBooks.com

363